老舍

駱駝祥子

經典新版

老舍——著

駱駝祥子

目錄

老舍先生為現代文學史上的大家，
其行文習慣與用語可能與當下的用法不同，
為尊重歷史原貌，本書一律不做改動。

總序

文學星座中，最特立獨行的那一顆星

秦懷冰

上世紀三十年代，由於適值新舊文化、中西思想處於強烈對接和震盪的不安時期，又是白話文學和現代藝術的創作剛好進入多元互激的豐收時期，所以，當時的文壇湧現了一波又一波令人目眩神迷的重要作家和作品。那個時代的文學星空，簡直可謂燦爛輝煌，極一時之盛。

有人認為魯迅、周作人兄弟是那個文學星空中的啟明星與黃昏星，撐起了一整個時代的文采與氣象；也有人認為胡適、徐志摩、梁實秋等「新月派」作者群係屬當時讀者公認的文壇主幹；更有人認為後起的巴金、茅盾、曹禺等左派前衛作家才是那個時代的主流與健將。

然而，無論是日後撰寫現代華人文學史的書齋學者們，或是稍為熟悉三十年代文藝實況的當今讀者們，恐怕沒有人會否認：那個總是刻意避開浮名虛譽，習慣於孑然一身、特立獨行的作家老舍，乃是當時的文學星空中持久熠熠發光的一顆恆星。他的作品所煥發的光輝和熱力，在洶湧起伏的潮流激盪中，撐起了一片人文的、鄉土的、人道的文學園圃。有了老舍的作品，現代華文小說才算是已走向鮮活與成熟。

眾所周知，本名舒慶春的老舍，是世居北京的正紅旗滿洲人，自幼喪父，家境貧寒。正因曾經家世不凡，出生時卻已淪為社會底層，所以他對世態炎涼、人情冷暖的現實社會，早有深刻而切膚的體會。憑著自己特異的天賦和不懈的努力，他青年時代即抓住機會赴英國留學並任教，同時開始文學創作。在英國，他時常尋訪當時的人文重鎮牛津、劍橋，親身接觸了西方現代文藝思潮與技法的奧妙，並與當時炙手可熱的「百花園作家圈」有過互動，故而日後他的創作中極自然地融入了諸多前衛的西方文學因素。返國後，他一往無前地投身文學創作，終身不渝。

老舍的作品，風格相當鮮明而獨特，這是因為：首先，他的語言非常鮮活，正宗北京話中又帶有胡同廝混的鄉土腔，令人一讀之下即難以忘懷。其次，他筆下的人物形象生動，往往只消寥寥幾個場景或動作，即令人如見其人，如聞其聲。尤其，他所抒寫的主角都是社會底層飽經生活折磨的辛苦人，每日須遭風刀霜劍摧折，甚至受傷害、受侮辱，但往往只為了一絲微弱的希望、或一個掛心的人，就不惜忍氣吞聲地活下去。他對人性的深刻挖掘，即是從對都市平民、弱勢群體的理解與同情出發的。

老舍的長篇名著《駱駝祥子》，抒寫從農村來到都市的破產青年祥子，一次又一次掙扎著在現實而勢利的社會中求生存、求上進的艱辛過程，卻因環境和命運的播弄，一次又一次跌倒，其間情節，令人鼻酸。這種人道主義的關懷和刻畫，正是老舍作品最動人的特色。他的短篇名作《月牙兒》，描述一位天真可愛的小姑娘，從七歲起就生活顛沛困頓，與母親相依為命，然因母親患病，她不得不面對人世間種種的冷眼和苛待，最終陷入不堪的命運；這篇小說，近年被拍成電視劇，播出後萬千觀眾為之淚奔。

至於老舍的長篇小說《四代同堂》，刻畫一個大家族內種種相煦以濕、相濡以沫的人際呵護，以及樁樁利益傾軋、誤會齟齬的恩怨情仇，猶如一幅有倫有脊、大開大闔的都市生活風情畫，委實是大師手筆。而他的話劇名著《茶館》，透過一個歷經清末戊戌變法流血、民初北洋軍閥割據、國民政府施政失敗這三大時代鉅變的古舊茶館，反映了半個世紀中國動亂與傾覆的情狀；藉由茶館裡人來人往、匯聚了三教九流各路人馬的場景，以高度的藝術概括力，生動地展示了中國近代史和現代史滄桑變幻的社會縮影。老舍早年在英國曾悉心觀摩和鑽研西方現代話劇的展演，他的《茶館》更融合了他對華人社會與歷史的反思，精采迭出，無怪乎成為歷久不衰的名劇，直到現在，老舍的〈茶館〉每次演出，仍然轟動遐邇，觀眾人山人海。

老舍在瘋狂的文革時代，為了保持一己基本的人性尊嚴，不惜自沉於北京太平湖，以示無言的抗議。時至今日，他已被公認是大師級的作家，同時被定位為華人文學中「都市平民的代言人」，因為老舍從來不願、也不屑去抒寫北京城裡的豪門富戶、達官貴人，他只關心活生生的、辛苦掙扎的底層平民。正是這種終身不渝的人道主義情懷，和由此情懷所陶冶、所匯聚出來的文學造詣與藝術感性，使我們認為，即使在出版文學作品在書市簡直可謂相當困難的當前時刻，仍一定要出齊老舍的代表作，以向文學星座中這顆特立獨行的閃亮星宿致意！

一 自由的車伕

我們所要介紹的是祥子，不是駱駝，因為「駱駝」只是個外號；那麼，我們就先說祥子，隨手兒把駱駝與祥子那點關係說過去，也就算了。

北平的洋車伕有許多派：年輕力壯，腿腳靈利的，講究賃漂亮的車，拉「整天兒」，愛什麼時候出車與收車都有自由；拉出車來，在固定的「車口」[1]或宅門一放，專等坐快車的主兒；弄好了，也許一下子弄個一塊兩塊的；碰巧了，也許白耗一天，連「車份兒」也沒著落，但也不在乎。這一派哥兒們的希望大概有兩個：或是拉包車；或是自己買上輛車，有了自己的車，再去拉包月或散座就沒大關係了，反正車是自己的。

比這一派歲數稍大的，或因身體的關係而跑得稍差點勁的，或因家庭的關係而不敢白耗一天的，大概就多數的拉八成新的車；人與車都有相當的漂亮，所以在要價兒的時

1. 車口，即停車處。

候也還能保持住相當的尊嚴。這派的車伕，也許拉「整天」，也許拉「半天」。在後者的情形下，因為還有相當的精氣神，所以無論冬天夏天總是「拉晚兒」[2]。夜間，當然比白天需要更多的留神與本事；錢自然也多掙一些。

年紀在四十以上，二十以下的，恐怕就不易在前兩派裡有個地位了。他們的車破，又不敢「拉晚兒」，所以只能早早的出車，希望能從清晨轉到午後三四點鐘，拉出「車份兒」和自己的嚼穀[3]。他們的車破，跑得慢，所以得多走路，少要錢。到瓜市，果市，菜市，去拉貨物，都是他們；錢少，可是無須快跑呢。

在這裡，二十歲以下的——有的從十一二歲就幹這行兒——很少能到二十歲以後改變成漂亮的車伕的，因為在幼年受了傷，很難健壯起來。他們也許拉一輩子洋車，而一輩子連拉車也沒出過風頭。那四十以上的人，有的是已拉了十年八年的車，筋肉的衰損使他們甘居人後，他們漸漸知道早晚是一個跟頭會死在馬路上。

他們的拉車姿式，講價時的隨機應變，走路的抄近繞遠，都足以使他們想起過去的光榮，而用鼻翅兒搧著那些後起之輩。可是這點光榮絲毫不能減少將來的黑暗，他們自

2. 拉晚兒，是下午四點以後出車，拉到天亮以前。
3. 嚼穀，即吃用。

己也因此在擦著汗的時節常常微歎。

不過，以他們比較另一些四十上下歲的車伕，他們還似乎沒有苦到了家。這一些是以前決沒想到自己能與洋車發生關係，而到了生和死的界限已經不甚分明，才抄起車把來的。被撤差的巡警或校役，把本錢吃光的小販，或是失業的工匠，到了賣無可賣，當無可當的時候，咬著牙，含著淚，上了這條到死亡之路。

這些人，生命最鮮壯的時期已經賣掉，現在再把窩窩頭變成的血汗滴在馬路上。沒有力氣，沒有經驗，沒有朋友，就是在同行的當中也得不到好氣兒。他們拉最破的車，皮帶不定一天洩多少次氣；一邊拉著人還得一邊兒央求人家原諒，雖然十五個大銅子兒已經算是甜買賣。

此外，因環境與知識的特異，又使一部分車伕另成派別。生於西苑海甸的自然以走西山，燕京，清華，較比方便；同樣，在安定門外的走清河，北苑；在永定門外的走南苑——這是跑長趟的，不願拉零座；因為拉一趟便是一趟，不屑於三五個銅子的窮湊了。

可是他們還不如東交民巷的車伕的氣兒長，這些專拉洋買賣[4]的講究一氣兒由交民

4. 從前外國駐華使館都在東交民巷。

巷拉到玉泉山，頤和園或西山。氣長也還算小事，一般車伕萬不能爭這項生意的原因，大半還是因為這些吃洋飯的有點與眾不同的知識，他們會說外國話。英國兵，法國兵，所說的萬壽山，雍和宮，「八大胡同」，他們都曉得。他們自己有一套外國話，不傳授給別人。他們的跑法也特別，四六步兒不快不慢，低著頭，目不旁視的，貼著馬路邊兒走，帶出與世無爭，而自有專長的神氣。因為拉著洋人，他們可以不穿號坎，而一律的是長袖小白褂，白的或黑的褲子，褲筒特別肥，腳腕上繫著細帶；腳上是寬雙臉千層底青布鞋；乾淨，利落，神氣。一見這樣的服裝，別的車伕不會再過來爭座與賽車，他們似乎是屬於另一行業的。

有了這點簡單的分析，我們再說祥子的地位，就像說——我們希望——一盤機器上的某種釘子那麼準確了。祥子，在與「駱駝」這個外號發生關係以前，是個較比有自由的洋車伕，這就是說，他是屬於年輕力壯，而且自己有車的那一類：自己的車，自己的生活，都在自己手裡，高等車伕。

這可絕不是件容易的事。一年，二年，至少有三四年；一滴汗，兩滴汗，不知道多少萬滴汗，才掙出那輛車。從風裡雨裡的咬牙，從飯裡茶裡的自苦，才賺出那輛車。那輛車是他的一切掙扎與困苦的總結果與報酬，像身經百戰的武士的一顆徽章。在他賃人家的車的時候，他從早到晚，由東到西，由南到北，像被人家抽著轉的陀螺；他沒有自己。可是在這種旋轉之中，他的眼並沒有花，心並沒有亂，他老想著遠遠的一輛車，可以使他自由，獨立，像自己的手腳的那麼一輛車。有了自己的車，他可以不再受拴車的人們的氣，也無須敷衍別人；有自己的力氣與洋車，睜開眼就可以有飯吃。

他不怕吃苦，也沒有一般洋車伕的可以原諒而不便效法的惡習，他的聰明和努力都足以使他的志願成為事實。假若他的環境好一些，或多受著點教育，他一定不會落在「膠皮團」[5]裡，而且無論是幹什麼，他總不會辜負了他的機會。不幸，他必須拉洋車；好，在這個營生裡他也證明出他的能力與聰明。他彷彿就是在地獄裡也能作個好鬼似的。

生長在鄉間，失去了父母與幾畝薄田，十八歲的時候便跑到城裡來。帶著鄉間小伙子的足壯與誠實，凡是以賣力氣就能吃飯的事他幾乎全做過了。可是，不久他就看出來，拉車是件更容易掙錢的事；作別的苦工，收入是有限的；拉車多著一些變化與機會，不知道在什麼時候與地點就會遇到一些多於所希望的報酬。

5. 膠皮團，指拉車這一行。

自然，他也曉得這樣的機遇不完全出於偶然，而必須人與車都得漂亮精神，有貨可賣才能遇到識貨的人。想了一想，他相信自己有那個資格：他有力氣，年紀正輕；所差的是他還沒有跑過，與不敢一上手就拉漂亮的車。但這不是不能勝過的困難，有他的身體與力氣作基礎，他只要試驗個十天半月的，就一定能跑得有個樣子，然後去賃輛新車，說不定很快的就能拉上包車，然後省吃儉用的一年二年，即使是三四年，他必能自己打上一輛車，頂漂亮的車！看著自己的青年的肌肉，他以為這只是時間的問題，這是必能達到的一個志願與目的，絕不是夢想！

他的身量與筋肉都發展到年歲前邊去；二十來的歲，他已經很大很高，雖然肢體還沒被年月鑄成一定的格局，可是已經像個成人了——一個臉上身上都帶出天真淘氣的樣子的大人。

看著那高等的車伕，他計劃著怎樣殺進他的腰去[6]，好更顯出他的鐵扇面似的胸，與直硬的背；扭頭看看自己的肩，多麼寬，多麼威嚴！殺好了腰，再穿上肥腿的白褲，褲腳用雞腸子帶兒繫住，露出那對「出號」的大腳！

是的，他無疑的可以成為最出色的車伕；傻子似的他自己笑了。他沒有什麼模樣，

6. 殺進腰，把腰部勒得細一些。

使他可愛的是臉上的精神。頭不很大，圓眼，肉鼻子，兩條眉很短很粗，頭上永遠剃得發亮。腮上沒有多餘的肉，脖子可是幾乎與頭一邊兒粗[7]；臉上永遠紅撲撲的，特別亮的是顴骨與右耳之間一塊不小的疤——小時候在樹下睡覺，被驢啃了一口。他不甚注意他的模樣，他愛自己的臉正如同他愛自己的身體，都那麼結實硬棒；他把臉彷彿算在四肢之內，只要硬棒就好。是的，到城裡以後，他還能頭朝下，倒著立半天。這樣立著，他覺得，他就很像一棵樹，上下沒有一個地方不挺脫的。

他確乎有點像一棵樹，堅壯，沉默，而又有生氣。他有自己的打算，有些心眼，但不好向別人講論。在洋車伕裡，個人的委屈與困難是公眾的話料，「車口兒」上，小茶館中，大雜院裡，每人報告著形容著或吵嚷著自己的事，而後這些事成為大家的財產，像民歌似的由一處傳到一處。

祥子是鄉下人，口齒沒有城裡人那麼靈便；設若口齒靈利是出於天才，他天生來的不願多說話，所以也不願學著城裡人的貧嘴惡舌。他的事他知道，不喜歡和別人討論。因為嘴常閒著，所以他有工夫去思想，他的眼彷彿是老看著自己的心。只要他的主意打定，他便隨著心中所開開的那條路兒走；假若走不通的話，他能一兩天不出一聲，咬著

7. 一邊兒，即同樣的。

牙，好似咬著自己的心！

他決定去拉車，就拉車去了。賃了輛破車，他先練練腿。第一天沒拉著什麼錢。第二天的生意不錯，可是躺了兩天，他的腳脖子腫得像兩條瓠子似的，再也抬不起來。他忍受著，不管是怎樣的疼痛。他知道這是不可避免的事，這是拉車必須經過的一關。非過了這一關，他不能放膽的去跑。

腳好了之後，他敢跑了。這使他非常的痛快，因為別的沒有什麼可怕的了：地名他很熟習，即使有時候繞點遠也沒大關係，好在自己有的是力氣。拉車的方法，以他幹過的那些推，拉，扛，挑的經驗來領會，也不算十分難。況且他有他的主意：多留神，少爭勝，大概總不會出了毛病。

至於講價爭座，他的嘴慢氣盛，弄不過那些老油子們。知道這個短處，他乾脆不大到「車口兒」上去；哪裡沒車，他放在哪裡。在這僻靜的地點，他可以從容的講價，而且有時候不肯要價，只說聲：「坐上吧，瞧著給！」

他的樣子是那麼誠實，臉上是那麼簡單可愛，人們好像只好信任他，不敢想這個傻大個子是會敲人的。即使人們疑心，也只能懷疑他是新到城裡來的鄉下老兒，大概不認識路，所以講不出價錢來。及至人們問到，「認識呀？」他就又像裝傻，又像耍俏的那麼一笑，使人們不知怎樣才好。

兩三個星期的工夫，他把腿溜出來了。他曉得自己的跑法很好看。跑法是車伕的能力與資格的證據。那撇著腳，像一對蒲扇在地上搧忽的，無疑的是剛由鄉間上來的新手。那頭低得很深，雙腳蹭地，跑和走的速度差不多，而頗有跑的表示的，是那些五十歲以上的老者們。那經驗十足而沒什麼力氣的卻另有一種方法：胸向內含，度數很深；腿抬得很高；一走一探頭；這樣，他們就帶出跑得很用力的樣子，而在事實上一點也不比別人快；他們仗著「作派」去維持自己的尊嚴。

祥子當然決不採取這幾種姿態。他的腿長步大，腰裡非常的穩，跑起來沒有多少響聲，步步都有些伸縮，車把不動，使座兒覺到安全，舒服。說站住，不論在跑得多麼快的時候，大腳在地上輕蹭兩蹭，就站住了；他的力氣似乎能達到車的各部分。脊背微俯，雙手鬆鬆攏住車把，他活動，利落，準確；看不出急促而跑得很快，快而沒有危險。就是在拉包車的裡面，這也得算很名貴的。

他換了新車。從一換車那天，他就打聽明白了，像他賃的那輛——弓子軟，銅活地道，雨布大簾，雙燈，細脖大銅喇叭——值一百出頭；若是漆工與銅活含忽一點呢，一百元便可以打住。

大概的說吧，他只要有一百塊錢，就能弄一輛車。猛然一想，一天要是能剩一角的話，一百元就是一千天，一千天！把一千天堆到一塊，他幾乎算不過來這該有多麼遠。但是，他下了決心，一千天，一萬天也好，他得買車！

第一步他應當，他想好了，去拉包車。遇上交際多，飯局多的主兒，平均一月有上十來個飯局，他就可以白落兩三塊的車飯錢。加上他每月再省出個塊兒八角的，也許是三頭五塊的，一年就能剩起五六十塊！這樣，他的希望就近便多多了。他不吃煙，不喝酒，不賭錢，沒有任何嗜好，沒有家庭的累贅，只要他自己肯咬牙，事兒就沒有個不成。他對自己起下了誓，一年半的工夫，他——祥子——非打成自己的車不可！是現打的，不要舊車見過新的。

他真拉上了包月。可是，事實並不完全幫助希望。不錯，他確是咬了牙，但是到了一年半他並沒還上那個願。包車確是拉上了，而且謹慎小心的看著事情；不幸，世上的事並不是一面兒的。

他自管小心他的，東家並不因此就不辭他；不定是三兩個月，還是十天八天，吹了！他得另去找事。自然，他得一邊兒找事，還得一邊兒拉散座；騎馬找馬，他不能閒起來。

在這種時節，他常常鬧錯兒。他還強打著精神，不專為混一天的嚼穀，而且要繼著積儲買車的錢。可是強打精神永遠不是件妥當的事：拉起車來，他不能專心一志的跑，好像老想著些什麼，越想便越害怕，越氣不平。假若老這麼下去，幾時才能買上車呢？為什麼這樣呢？難道自己還算個不要強的？

在這麼亂想的時候，他忘了素日的謹慎。皮輪子上了碎銅爛磁片，放了炮；只好收車。更嚴重一些的，有時候碰了行人，甚至有一次因急於擠過去而把車軸蓋碰丟了。設若他是拉著包車，這些錯兒絕不能發生；一擱下了事，他心中不痛快，便有點楞頭磕腦的。

碰壞了車，自然要賠錢；這更使他焦躁，火上加了油；為怕惹出更大的禍，他有時候懊睡一整天。及至睜開眼，一天的工夫已白白過去，他又後悔，自恨。還有呢，在這種時期，他越著急便越自苦，吃喝越沒規則；他以為自己是鐵作的，可是敢情他也會病。病了，他捨不得錢去買藥，自己硬挺著；結果，病越來越重，不但得買藥，而且得一氣兒休息好幾天。這些個困難，使他更咬牙努力，可是買車的錢數一點不因此而加快的湊足。整整的三年，他湊足了一百塊錢！

他不能再等了。原來的計劃是買輛最完全最新式最可心的車，現在只好按著一百塊錢說了。不能再等；萬一出點什麼事再丟失幾塊呢！恰巧有輛剛打好的車（定作而沒錢取貨的）跟他所期望的車差不甚多；本來值一百多，可是因為定錢放棄了，車鋪願意少要一點。

祥子的臉通紅，手哆嗦著，拍出九十六塊錢來：「我要這輛車！」鋪主打算擠到個整數，說了不知多少話，把他的車拉出去又拉進來，支開棚子，又放下，按按喇叭，每一個動作都伴著一大串最好的形容詞；最後還在鋼輪條上踢了兩腳，「聽聽聲兒吧，鈴鐺似的！拉去吧，你就是把車拉碎了，要是鋼條軟了一根，你拿回來，把它摔在我臉上！一百塊，少一分咱們吹！」

祥子把錢又數了一遍：「我要這輛車，九十六！」

鋪主知道是遇見了一個心眼的人，看看錢，看看祥子，歎了口氣：「交個朋友，車算你的了；保六個月：除非你把大箱碰碎，我都白給修理；保單，拿著！」

祥子的手哆嗦得更厲害了，揣起保單，拉起車，幾乎要哭出來。拉到個僻靜地方，細細端詳自己的車，在漆板上試著照照自己的臉！越看越可愛，就是那不盡合自己的理想的地方也都可以原諒了，因為已經是自己的車了。把車看得似乎暫時可以休息會兒了，他坐在了水簸箕的新腳墊兒上，看著車把上的發亮的黃銅喇叭。

他忽然想起來，今年是二十二歲。因為父母死得早，他忘了生日是在哪一天。自從到城裡來，他沒過一次生日。好吧，今天買上了新車，就算是生日吧，人的也是車的，好記，而且車既是自己的心血，簡直沒什麼不可以把人與車算在一塊的地方。

怎樣過這個「雙壽」呢？祥子有主意：頭一個買賣必須拉個穿得體面的人，絕對不能是個女的。最好是拉到前門，其次是東安市場。拉到了，他應當在最好的飯攤上吃頓飯，如熱燒餅夾爆羊肉之類的東西。吃完，有好買賣呢就再拉一兩個；沒有呢，就收車；這是生日！

自從有了這輛車，他的生活過得越來越起勁了。拉包月也好，拉散座也好，他天天用不著為「車份兒」著急，拉多少錢全是自己的。心裡舒服，對人就更和氣，買賣也就更順心。拉了半年，他的希望更大了：照這樣下去，幹上二年，至多二年，他就又可以買輛車，一輛，兩輛——他也可以開車廠子了！

可是，希望多半落空，祥子的也非例外。

二　戰爭

因為高興，膽子也就大起來；自從買了車，祥子跑得更快了。自己的車，當然格外小心，可是他看看自己，再看看自己的車，就覺得有些不是味兒，假若不快跑的話。

他自己，自從到城裡來，又長高了一寸多。他自己覺出來，彷彿還得往高裡長呢。不錯，他的皮膚與模樣都更硬棒與固定了一些，而且上唇上已有了小小的鬍子；可是他以為還應當再長高一些。當他走到個小屋門或街門而必須大低頭才能進去的時候，他雖不說什麼，可是心中暗自喜歡，因為他已經是這麼高大，而覺得還正在發長，他似乎既是個成人，又是個孩子，非常有趣。

這麼大的人，拉上那麼美的車，他自己的車，弓子軟得顫悠顫悠的，連車把都微微的動彈；車箱是那麼亮，墊子是那麼白，喇叭是那麼響；跑得不快怎能對得起自己呢，怎能對得起那輛車呢？

這一點不是虛榮心，而似乎是一種責任，非快跑，飛跑，不足以充分發揮自己的力量與車的優美。

那輛車也真是可愛，拉過了半年來的，彷彿處處都有了知覺與感情，祥子的一扭腰，一蹲腿，或一直脊背，它都就馬上應合著，給祥子以最順心的幫助，他與它之間沒有一點隔膜彆扭的地方。趕到遇上地平人少的地方，祥子可以用一隻手攏著把，微微輕響的皮輪像陣利颼的小風似的催著他跑，飛快而平穩。

拉到了地點，祥子的衣褲都擰得出汗來，嘩嘩的，像剛從水盆裡撈出來的。他感到疲乏，可是很痛快的，值得驕傲的，一種疲乏，如同騎著名馬跑了幾十里那樣。假若膽壯不就是大意，祥子在放膽跑的時候可並不大意。不快跑若是對不起人，快跑而碰傷了車便對不起自己。車是他的命，他知道怎樣的小心。小心與大膽放在一處，他便越來越能自信，他深信自己與車都是鐵作的。

因此，他不但敢放膽的跑，對於什麼時候出車也不大去考慮。他覺得用力拉車去掙口飯吃，是天下最有骨氣的事；他願意出去，沒人可以攔住他。外面的謠言他不大往心裡聽，什麼西苑又來了兵，什麼長辛店又打上了仗，什麼西直門外又在拉伕，什麼齊化門已經關了半天，他都不大注意。

自然，街上鋪戶已都上了門，而馬路上站滿了武裝警察與保安隊，他也不便故意去找不自在，也和別人一樣急忙收了車。可是，謠言，他不信。他知道怎樣謹慎，特別因為車是自己的，但是他究竟是鄉下人，不像城裡人那樣聽見風便是雨。再說，他的身體使他相信，即使不幸趕到「點兒」上，他必定有辦法，不至於吃很大的虧；他不是容易欺侮的，那麼大的個子，那麼寬的肩膀！

戰爭的消息與謠言幾乎每年隨著春麥一塊兒往起長，麥穗與刺刀可以算作北方人的希望與憂懼的象徵。

祥子的新車剛交半歲的時候，正是麥子需要春雨的時節。春雨不一定順著人民的盼望而降落，可是戰爭不管有沒有人盼望總會來到。謠言吧，真事兒吧，祥子似乎忘了他曾經作過莊稼活；他不大關心戰爭怎樣的毀壞田地，也不大注意春雨的有無。他只關心他的車，他的車能產生烘餅與一切吃食，它是塊萬能的田地，很馴順的隨著他走，一塊活地，寶地。

因為缺雨，因為戰爭的消息，糧食都長了價錢；這個，祥子知道。可是他和城裡人一樣的只會抱怨糧食貴，而一點主意沒有；糧食貴，貴吧，誰有法兒教它賤呢？這種態度使他只顧自己的生活，把一切禍患災難都放在腦後。

設若城裡的人對於一切都沒有辦法，他們可會造謠言——有時完全無中生有，有時把一分真事說成十分——以便顯出他們並不愚傻與不做事。他們像些小魚，閒著的時候把嘴放在水皮上，吐出幾個完全沒用的水泡兒也怪得意。在謠言裡，最有意思是關於戰爭的。別種謠言往往始終是謠言，好像談鬼說狐那樣，不會說著說著就真見了鬼。關於戰爭的，正是因為根本沒有正確消息，謠言反倒能立竿見影。在小節目上也許與真事有很大的出入，可是對於戰爭本身的有無，十之八九是正確的。

「要打仗了！」這句話一經出口，早晚準會打仗；至於誰和誰打，與怎麼打，那就一個人一個說法了。

祥子並不是不知道這個。不過，幹苦工的人們——拉車的也在內——雖然不會歡迎戰爭，可是碰到了它也不一定就準倒霉。每逢戰爭一來，最著慌的是闊人們。他們一聽見風聲不好，趕快就想逃命；錢使他們來得快，也跑得快。他們自己可是不會跑，因為腿腳被錢墜的太沉重。他們得雇許多人作他們的腿，箱子得有人抬，老幼男女得有車拉；在這個時候，專賣手腳的哥兒們的手與腳就一律貴起來：

「前門，東車站！」

「哪兒？」

「東——車——站！」

「嘔，乾脆就給一塊四毛錢！不用駁回，兵荒馬亂的！」

就是在這個情形下，祥子把車拉出城去。

謠言已經有十來天了，東西已都漲了價，可是戰事似乎還在老遠，一時半會兒不會打到北平來。祥子還照常拉車，並不因為謠言而偷點懶。

有一天，拉到了西城，他看出點稜縫來。在護國寺街西口和新街口沒有一個招呼「西苑哪？清華呀？」的。在新街口附近他轉悠了一會兒。聽說車已經都不敢出城，西直門外正在抓車，大車小車騾車洋車一齊抓。

他想喝碗茶就往南放車；車口的冷靜露出真的危險，他有相當的膽子，但是不便故意的走死路。正在這個接骨眼兒，從南來了兩輛車，車上坐著的好像是學生。拉車的一邊走，一邊兒喊：「有上清華的沒有？嗨，清華！」

車口上的幾輛車沒有人答碴兒，大家有的看著那兩輛車淡而不厭的微笑，有的叼著小煙袋坐著，連頭也不抬。那兩輛車還繼續的喊：「都啞吧了？清華！」

「兩塊錢吧，我去！」一個年輕光頭的矮子看別人不出聲，開玩笑似的答應了這麼一句。

「拉過來！再找一輛！」那兩輛車停住了。

年輕光頭的楞了一會兒，似乎不知怎樣好了。別人還都不動。祥子看出來，出城一定有危險，要不然兩塊錢清華——平常只是二三毛錢的事兒——為什麼會沒人搶呢？他也不想去。可是那個光頭的小伙子似乎打定了主意，要是有人陪他跑一趟的話，他就豁出去了；他一眼看中了祥子：「大個子，你怎樣？」

「大個子」三個字把祥子招笑了，這是一種讚美。他心中打開了轉兒：憑這樣的讚美，似乎也應當捧那身矮膽大的光頭一場；再說呢，兩塊錢是兩塊錢，這不是天天能遇到的事。危險？難道就那樣巧？況且，前兩天還有人說天壇住滿了兵；他親眼看見的，那裡連個兵毛兒也沒有。這麼一想，他把車拉過去了。

拉到了西直門，城洞裡幾乎沒有什麼行人。祥子的心涼了一些。光頭也看出不妙，可是還笑著說：「招呼吧[8]，夥計！是福不是禍，今兒個就是今兒個啦[9]！」祥子知道事情要壞，可是在街面上混了這幾年了，不能說了不算，不能要老娘們脾氣！

8. 招呼吧，即幹吧，闖吧。
9. 意即到了嚴重關頭，成敗都在今天。

出了西直門，真是連一輛車也沒遇上；祥子低下頭去，不敢再看馬路的左右。他的心好像直頂他的肋條。到了高亮橋，他向四圍打了一眼，並沒有一個兵，他又放了點心。兩塊錢到底是兩塊錢，他盤算著，沒點膽子哪能找到這麼俏的事。他平常很不喜歡說話，可是這陣兒他願意跟光頭的矮子說幾句，街上清靜得真可怕。

「抄土道走吧？馬路上——」

「那還用說，」矮子猜到他的意思，「只要一上了便道，咱們就算有點底兒了！」

還沒拉到便道上，祥子和光頭的矮子連車帶人都被十來個兵捉了去！

雖然已到妙峰山開廟進香的時節，夜裡的寒氣可還不是一件單衫所能擋得住的。祥子的身上沒有任何累贅，除了一件灰色單軍服上身，和一條藍布軍褲，都被汗漚得奇臭——自從還沒到他身上的時候已經如此。由這身破軍衣，他想起自己原來穿著的白布小褂與那套陰丹士林藍的夾褲褂；那是多麼乾淨體面！

是的，世界上還有許多比陰丹士林藍更體面的東西，可是祥子知道自己混到那麼乾淨利落已經是怎樣的不容易。聞著現在身上的臭汗味，他把以前的掙扎與成功看得分外光榮，比原來的光榮放大了十倍。他越想著過去便越恨那些兵們。他的衣服鞋帽，洋車，甚至於繫腰的布帶，都被他們搶了去，只留給他青一塊紫一塊的一身傷，和滿腳的包！不過，衣服，算不了什麼；身上的傷，不久就會好的。他的車，幾年的血汗掙出來的那輛車，沒了！自從一拉到營盤裡就不見了！以前的一切辛苦困難都可一眨眼忘掉，可是他忘不了這輛車！

吃苦，他不怕；可是再弄上一輛車不是隨便一說就行的事；至少還得幾年的工夫！過去的成功全算白饒，他得重打鼓另開張打頭兒來！祥子落了淚！他不但恨那些兵，而且恨世上的一切了。憑什麼把人欺侮到這個地步呢？憑什麼？「憑什麼？」他喊了出來。

這一喊——雖然痛快了些——馬上使他想起危險來。別的先不去管吧，逃命要緊！

他在哪裡呢？他自己也不能正確的回答出。這些日子了，他隨著兵們跑，汗從頭上一直流到腳後跟。走，得扛著拉著或推著兵們的東西；站住，他得去挑水燒火餵牲口。他一天到晚只知道怎樣把最後的力氣放在手上腳上，心中成了塊空白。到了夜晚，頭一挨地他便像死了過去，而永遠不再睜眼也並非一定是件壞事。

最初，他似乎記得兵們是往妙峰山一帶退卻。及至到了後山，他只顧得爬山了，而時時想到不定哪時他會一跤跌到山澗裡，把骨肉被野鷹們啄盡，不顧得別的。在山中繞了許多天，忽然有一天山路越來越少，當太陽在他背後的時候，他遠遠的看見了平地。晚飯的號聲把出營的兵丁喚回，有幾個扛著槍的牽來幾匹駱駝。

駱駝！祥子的心一動，忽然的他會思想了，好像迷了路的人忽然找到一個熟識的標記，把一切都極快的想了起來。駱駝不會過山，他一定是來到了平地。在他的知識裡，他曉得京西一帶，像八里莊，黃村，北辛安，磨石口，五里屯，三家店，都有養駱駝的。難道繞來繞去，繞到磨石口來了嗎？這是什麼戰略——假使這群只會跑路與搶劫的兵們也會有戰略——他不曉得。可是他確知道，假如這真是磨石口的話，兵們必是繞不出山去，而想到山下來找個活路。

磨石口是個好地方，往東北可以回到西山；往南可以奔長辛店，或豐台；一直出口子往西也是條出路。他為兵們這麼盤算，心中也就為自己畫出一條道兒來：這到了他逃走的時候了。萬一兵們再退回亂山裡去，他就是逃出兵的手掌，也還有餓死的危險。要逃，就得乘這個機會。

由這裡一跑，他相信，一步就能跑回海甸！雖然中間隔著那麼多地方，可是他都知道呀；一閉眼，他就有了個地圖：這裡是磨石口——老天爺，這必須是磨石口！——他往東北拐，過金頂山，禮王墳，就是八大處；從四平台往東奔杏子口，就到了南辛莊。為是有些遮隱，他頂好還順著山走，從北辛莊，往北，過魏家村；往北，過南河灘；再往北，到紅山頭，傑王府；靜宜園了！找到靜宜園，閉著眼他也可以摸到海甸去！他的心要跳出來！這些日子，他的血似乎全流到四肢上去；這一刻，彷彿全歸到心上來；心中發熱，四肢反倒冷起來；熱望使他混身發顫！

一直到半夜，他還合不上眼。希望使他快活，恐懼使他驚惶，他想睡，但睡不著，四肢像散了似的在一些乾草上放著。什麼響動也沒有，只有天上的星伴著自己的心跳。駱駝忽然哀叫了兩聲，離他不遠。他喜歡這個聲音，像夜間忽然聽到雞鳴那樣使人悲哀，又覺得有些安慰。

遠處有了炮聲，很遠，但清清楚楚的是炮聲。他不敢動，可是馬上營裡亂起來。他閉住了氣，機會到了！他準知道，兵們又得退卻，而且一定是往山中去。這些日子的經驗使他知道，這些兵的打仗方法和困在屋中的蜜蜂一樣，只會到處亂撞。有了炮聲，兵們一定得跑；那麼，他自己也該精神著點了。他慢慢的，閉著氣，在地上爬，目的是在找到那幾匹駱駝。

他明知道駱駝不會幫助他什麼，但他和牠們既同是俘虜，好像必須有些同情。軍營裡更亂了，他找到了駱駝——幾塊土崗似的在黑暗中爬伏著，除了粗大的呼吸，一點動靜也沒有，似乎天下都很太平。這個，教他壯起點膽子來。他伏在駱駝旁邊，像兵丁藏在沙口袋後面那樣。極快的他想出個道理來：炮聲是由南邊來的，即使不是真心作戰，至少也是個「此路不通」的警告。那麼，這些兵還得逃回山中去。真要是上山，他們不能帶著駱駝。這樣，駱駝的命運也就是他的命運。他們要是不放棄這幾個牲口呢，他也跟著完事；他們忘記了駱駝，他就可以逃走。把耳朵貼在地上，他聽著有沒有腳步聲兒來，心跳得極快。

不知等了多久，始終沒人來拉駱駝。他大著膽子坐起來，從駱駝的雙峰間望過去，什麼也看不見，四外極黑。逃吧！不管是吉是凶，逃！

三　駱駝的價值

祥子已經跑出二三十步去，可又不肯跑了，他捨不得那幾匹駱駝。他在世界上的財產，現在，只剩下了自己的一條命。就是地上的一根麻繩，他也樂意拾起來，即使沒用，還能稍微安慰他一下，至少他手中有條麻繩，不完全是空的。逃命是要緊的，可是赤裸裸的一條命有什麼用呢？他得帶走這幾匹牲口，雖然還沒想起駱駝能有什麼用處，可是總得算是幾件東西，而且是塊兒不小的東西。

他把駱駝拉了起來。對待駱駝的方法，他不大曉得，可是他不怕牠們，因為來自鄉間，他敢挨近牲口們。駱駝們很慢很慢的立起來，他顧不得細調查牠們是不是都在一塊兒拴著，覺到可以拉著走了，他便邁開了步，不管是拉起來一個，還是全「把兒」。

一邁步，他後悔了。駱駝——在口內負重慣了的——是走不快的。不但是得慢走，還須極小心的慢走，駱駝怕滑；一汪兒水，一片兒泥，都可以教牠們劈了腿，或折扭了膝。駱駝的價值全在四條腿上；腿一完，全完！而祥子是想逃命呀！

可是，他不肯再放下牠們。一切都交給天了，白得來的駱駝是不能放手的！

因拉慣了車，祥子很有些辨別方向的能力。雖然如此，他現在心中可有點亂。當他找到駱駝們的時候，他的心似乎全放在牠們身上了；及至把牠們拉起來，他弄不清哪兒是哪兒了，天是那麼黑，心中是那麼急，即使他會看看星，調一調方向，他也不敢從容的去這麼辦；星星們——在他眼中——好似比他還著急，你碰我，我碰你的在黑空中亂動。

祥子不敢再看天上。他低著頭，心裡急而腳步不敢放快的往前走。他想起了這個：既是拉著駱駝，便須順著大道走，不能再沿著山坡兒。由磨石口——假如這是磨石口——到黃村，是條直路。這既是走駱駝的大路，而且一點不繞遠兒。

「不繞遠兒」在一個洋車伕心裡有很大的價值。不過，這條路上沒有遮掩！萬一再遇上兵呢？即使遇不上大兵，他自己那身破軍衣，臉上的泥，與那一腦袋的長頭髮，能使人相信他是個拉駱駝的嗎？不像，絕不像個拉駱駝的！倒很像個逃兵！逃兵，被官中拿去還倒是小事；教村中的人們捉住，至少是活埋！想到這兒，他哆嗦起來，背後駱駝蹄子噗噗輕響猛然嚇了他一跳。他要打算逃命，還是得放棄這幾個累贅。可是到底不肯撒手駱駝鼻子上的那條繩子。走吧，走，走到哪裡算哪裡，遇見什麼說什麼；活了呢，賺幾條牲口；死了呢，認命！

可是，他把軍衣脫下來：一把，將領子扯掉；那對還肯負責任的銅鈕也被揪下來，擲在黑暗中，連個響聲也沒發。然後，他把這件無領無鈕的單衣斜搭在身上，把兩條袖子在胸前結成個結子，像背包袱那樣。這個，他以為可以減少些敗兵的嫌疑；褲子也挽高起來一塊。他知道這還不十分像拉駱駝的，可是至少也不完全像個逃兵了。加上他臉上的泥，身上的汗，大概也夠個「煤黑子」的譜兒了。

他的思想很慢，可是想得很周到，而且想起來馬上就去執行。夜黑天裡，沒人看見他；他本來無須乎立刻這樣辦；可是他等不得。他不知道時間，也許忽然就會天亮。既沒順著山路走，他白天沒有可以隱藏起來的機會；要打算白天也照樣趕路的話，他必須使人相信他是個「煤黑子」。

想到了這個，他也馬上這麼辦了，他心中痛快了些，好似危險已過，而眼前就是北平了。他必須穩穩當當的快到城裡，因為他身上沒有一個錢，沒有一點乾糧，不能再多耗時間。想到這裡，他想騎上駱駝，省些力氣可以多挨一會兒飢餓。可是不敢去騎，即使很穩當，也得先教駱駝跪下，他才能上去；時間是值錢的，不能再麻煩。況且，他要是上了那麼高，便更不容易看清腳底下，駱駝若是摔倒，他也得陪著。不，就這樣走吧。

大概的他覺出是順著大路走呢；方向，地點，都有些茫然。夜深了，多日的疲乏，與逃走的驚懼，使他身心全不舒服。及至走出來一些路，腳步是那麼平勻，緩慢，他漸漸的彷彿睏倦起來。夜還很黑，空中有些濕冷的霧氣，心中更覺得渺茫。用力看看地，地上老像有一崗一崗的，及至放下腳去，卻是平坦的。這種小心與受騙教他更不安靜，幾乎有些煩躁。爽性不去管地上了，眼往平裡看，腳擦著地走。四外什麼也看不見，就好像全世界的黑暗都在等著他似的，由黑暗中邁步，再走入黑暗中；身後跟著那不聲不響的駱駝。

外面的黑暗漸漸習慣了，心中似乎停止了活動，他的眼不由的閉上了。不知道是往前走呢，還是已經站住了，心中只覺得一浪一浪的波動，似一片波動的黑海，黑暗與心接成一氣，都渺茫，都起落，都恍惚。忽然心中一動，像想起一些什麼，又似乎是聽見了一些聲響，說不清；可是又睜開了眼。他確是還往前走呢，忘了剛才是想起什麼來，四外也並沒有什麼動靜。心跳了一陣，漸漸又平靜下來。

他囑咐自己不要再閉上眼，也不要再亂想；快快的到城裡是第一件要緊的事。可是心中不想事，眼睛就很容易再閉上，他必須想念著點兒什麼，必須醒著。他知道一旦倒下，他可以一氣睡三天。

想什麼呢？他的頭有些發暈，身上潮渌渌的難過，頭髮裡發癢，兩腳發酸，口中又乾又澀。他想不起別的，只想可憐自己。可是，連自己的事也不大能詳細的想了，他的頭是那麼虛空昏脹，彷彿剛想起自己，就又把自己忘記了，像將要滅的蠟燭，連自己也不能照明白了似的。再加上四圍的黑暗，使他覺得像在一團黑氣裡浮蕩，雖然知道自己還存在著，還往前邁步，可是沒有別的東西來證明他準是在哪裡走，就很像獨自在荒海裡浮著那樣不敢相信自己。

他永遠沒嘗受過這種驚疑不定的難過，與絕對的寂悶。平日，他雖不大喜歡交朋友，可是一個人在日光下，有太陽照著他的四肢，有各樣東西呈現在目前，他不至於害怕。現在，他還不害怕，只是不能確定一切，使他受不了。

設若駱駝們要是像騾馬那樣不老實，也許倒能教他打起精神去注意牠們，而駱駝偏偏是這麼馴順，馴順得使他不耐煩；在心神最恍惚的時候，他忽然懷疑駱駝是否還在他的背後，教他嚇一跳；他似乎很相信這幾個大牲口會輕輕的鑽入黑暗的岔路中去，而他一點也不曉得，像拉著塊冰那樣能漸漸的化盡。

不知道在什麼時候，他坐下了。若是他就是這麼死去，就是死後有知，他也不會記得自己是怎麼坐下的，和為什麼坐下的。坐了五分鐘，也許是一點鐘，他不曉得。他也不知道他是先坐下而後睡著，還是先睡著而後坐下的。大概他是先睡著了而後坐下的，因為他的疲乏已經能使他立著睡去的。

他忽然醒了。不是那種自自然然的由睡而醒，而是猛的一嚇，像由一個世界跳到另一個世界，都在一睜眼的工夫裡。看見的還是黑暗，可是很清楚的聽見一聲雞鳴，是那麼清楚，好像有個堅硬的東西在他腦中劃了一下。他完全清醒過來。駱駝呢？他顧不得想別的。繩子還在他手中，駱駝也還在他旁邊。他心中安靜了。懶得起來。身上酸懶，他不想起來，可也不敢再睡。他得想，細細的想，好主意。就是在這個時候，他想起他的車，而喊出「憑什麼？」

「憑什麼？」但是空喊是一點用處沒有的。他去摸摸駱駝，他始終還不知自己拉來幾匹。摸清楚了，一共三匹。他不覺得這是太多，還是太少；他把思想集中到這三匹身上，雖然還沒想妥一定怎麼辦，可是他渺茫的想到，他的將來全仗著這三個牲口。

「為什麼不去賣了牠們，再買上一輛車呢？」

他幾乎要跳起來了！可是他沒動，好像因為先前沒想到這樣最自然最省事的辦法而覺得應當慚愧似的。喜悅勝過了慚愧，他打定了主意：剛才不是聽到雞鳴麼？即使雞有時候在夜間一兩點鐘就打鳴，反正離天亮也不甚遠了。有雞鳴就必有村莊，說不定也許是北辛安吧？那裡有養駱駝的，他得趕快的走，能在天亮的時候趕到，把駱駝出了手，他可以一進城就買上一輛車。兵荒馬亂的期間，車必定便宜一些；他只顧了想買車，好似賣駱駝是件毫無困難的事。

想到駱駝與洋車的關係，他的精神壯了起來，身上好似一向沒有什麼不舒服的地方。假若他想到拿這三匹駱駝能買到一百畝地，或是可以換幾顆珍珠，他也不會這樣高興。他極快的立起來，扯起駱駝就走。他不曉得現在駱駝有什麼行市，只聽說過在老年間，沒有火車的時候，一條駱駝要值一個大寶[10]，因為駱駝力氣大，而吃得比騾馬還省。他不希望得三個大寶，只盼望換個百兒八十的，恰好夠買一輛車的。

越走天越亮了；不錯，亮處是在前面，他確是朝東走呢。即使他走錯了路，方向可是不差；山在西，城在東，他曉得這個。四外由一致的漆黑，漸漸能分出深淺，雖然還辨不出顏色，可是田畝遠樹已都在普遍的灰暗中有了形狀。星星漸稀，天上罩著一層似雲又似霧的灰氣，暗淡，可是比以前高起許多去。

祥子彷彿敢抬起頭來了。他也開始聞見路旁的草味，也聽見幾聲鳥鳴；因為看見了

10. 大寶，重五十兩的銀元寶。

渺茫的物形，他的耳目口鼻好似都恢復了應有的作用。他也能看到自己身上的一切，雖然是那麼破爛狼狽，可是能以相信自己確是還活著呢；好像噩夢初醒時那樣覺得生命是何等的可愛。

看完了他自己，他回頭看了看駱駝——和他一樣的難看，也一樣的可愛。正是牲口脫毛的時候，駱駝身上已經都露出那灰紅的皮，只有東一縷西一塊的掛著些零散的，沒力量的，隨時可以脫掉的長毛，像些獸中的龐大的乞丐。頂可憐的是那長而無毛的脖子，那麼長，那麼禿，彎彎的，愚笨的，伸出老遠，像條失意的瘦龍。可是祥子不憎嫌牠們，不管牠們是怎樣的不體面，到底是些活東西。他承認自己是世上最有運氣的人，上天送給他三條足以換一輛洋車的活寶貝；這不是天天能遇到的事。他忍不住的笑了出來。

灰天上透出些紅色，地與遠樹顯著更黑了；紅色漸漸的與灰色融調起來，有的地方成為灰紫的，有的地方特別的紅，而大部分的天色是葡萄灰的。又待了一會兒，紅中透出明亮的金黃來，各種顏色都露出些光；忽然，一切東西都非常的清楚了。跟著，東方的早霞變成一片深紅，頭上的天顯出藍色。

紅霞碎開，金光一道一道的射出，橫的是霞，直的是光，在天的東南角織成一部極偉大光華的蛛網：綠的田，樹，野草，都由暗綠變為發光的翡翠。老松的幹上染上了金紅，飛鳥的翅兒閃起金光，一切的東西都帶出笑意。

祥子對著那片紅光要大喊幾聲，自從一被大兵拉去，他似乎沒看見過太陽，心中老在咒罵，頭老低著，忘了還有日月，忘了老天。現在，他自由的走著路，越走越光明，太陽給草葉的露珠一點兒金光，也照亮了祥子的眉髮，照暖了他的心。他忘了一切困苦，一切危險，一切疼痛；不管身上是怎樣襤褸污濁，太陽的光明與熱力並沒將他除外，他是生活在一個有光有熱力的宇宙裡；他高興，他想歡呼！

看看身上的破衣，再看看身後的三匹脫毛的駱駝，他笑了笑。就憑四條這麼不體面的人與牲口，他想，居然能逃出危險，能又朝著太陽走路，真透著奇怪！不必再想誰是誰非了，一切都是天意，他以為。他放了心，緩緩的走著，只要老天保佑他，什麼也不必怕。走到什麼地方了？不想問了，雖然田間已有男女來做工。走吧，就是一時賣不出駱駝去，似乎也沒大關係了；先到城裡再說，他渴想再看見城市，雖然那裡沒有父母親戚，沒有任何財產，可是那到底是他的家，全個的城都是他的家，一到那裡他就有辦法。

遠處有個村子，不小的一個村子，村外的柳樹像一排高而綠的護兵，低頭看著那些矮矮的房屋，屋上浮著些炊煙。遠遠的聽到村犬的吠聲，非常的好聽。他一直奔了村子去，不想能遇到什麼俏事，彷彿只是表示他什麼也不怕，他是好人，當然不怕村裡的良民；現在人人都是在光明和平的陽光下。假若可能的話，他想要一點水喝；就是要不到水也沒關係；他既沒死在山中，多渴一會兒算得了什麼呢？

村犬向他叫，他沒大注意；婦女和小孩兒們的注視他，使他不大自在了。他必定是個很奇怪的拉駱駝的，他想；要不然，大家為什麼這樣呆呆的看著他呢？他覺得非常的難堪：兵們不拿他當個人，現在來到村子裡，大家又看他像個怪物！他不曉得怎樣好了。他的身量，力氣，一向使他自尊自傲，可是在過去的這些日子，無緣無故的他受盡了委屈與困苦。他從一家的屋脊上看過去，又看見了那光明的太陽，可是太陽似乎不像剛才那樣可愛了！

村中的唯一的一條大道上，豬尿馬尿與污水匯成好些個發臭的小湖，祥子唯恐把駱駝滑倒，很想休息一下。道兒北有個較比闊氣的人家，後邊是瓦房，大門可是只攔著個木柵，沒有木門，沒有門樓。祥子心中一動；瓦房——財主；木柵而沒門樓——養駱駝的主兒！好吧，他就在這兒休息會兒吧，萬一有個好機會把駱駝打發出去呢！

「色！色！色！」

祥子叫駱駝們跪下；對於調動駱駝的口號，他只曉得「色——」是表示跪下；他很得意的應用出來，特意叫村人們明白他並非是外行。駱駝們真跪下了，他自己也大大方方的坐在一株小柳樹下。大家看他，他也看大家；他知道只有這樣才足以減少村人的懷疑。

坐了一會兒，院中出來個老者，藍布小褂敞著懷，臉上很亮，一看便知道是鄉下的財主。祥子打定了主意：「老者，水現成吧？喝碗！」

「啊！」老者的手在胸前搓著泥卷，打量了祥子一眼，細細看了看三匹駱駝。「有水！哪兒來的？」

「西邊！」祥子不敢說地名，因為不準知道。

「西邊有兵呀？」老者的眼盯住祥子的軍褲。

「教大兵裹了去，剛逃出來。」

「啊！駱駝出西口沒什麼險啦吧？」

「兵都入了山，路上很平安。」

「嗯！」老者慢慢點著頭。「你等等，我給你拿水去。」

祥子跟了進去。到了院中，他看見了四匹駱駝。

「老者，留下我的三匹，湊一把兒吧？」

「哼！一把兒？倒退三十年的話，我有過三把兒！年頭兒變了，誰還餵得起駱駝！」

老頭兒立住，呆呆的看著那四匹牲口。待了半天：「前幾天本想和街坊搭伙，把牠們送到口外去放青[11]。東也鬧兵，西也鬧兵，誰敢走啊！在家裡拉夏吧，看著就焦心，看著就焦心，瞧這些蒼蠅！趕明兒天大熱起來，再加上蚊子，眼看著好好的牲口活活受罪，真！」老者連連的點頭，似乎有無限的感慨與牢騷。

「老者，留下我的三匹，湊成一把兒到口外去放青。歡蹦亂跳的牲口，一夏天在這兒，準教蒼蠅蚊子給拿個半死！」祥子幾乎是央求了。

「可是，誰有錢買呢？這年頭不是養駱駝的年頭了！」

「留下吧，給多少是多少；我把牠們出了手，好到城裡去謀生！」

老者又細細看了祥子一番，覺得他絕不是個匪類。然後回頭看了看門外的牲口，心中似乎是真喜歡那三匹駱駝——明知買到手中並沒好處，可是愛書的人見書就想買，養馬的見了馬就捨不得，有過三把兒駱駝的也是如此。況且祥子說可以賤賣呢；懂行的人

11.放青，放牧牲口去吃青草。

得到個便宜，就容易忘掉東西買到手中有沒有好處。

「小伙子，我要是錢富裕的話，真想留下！」老者說了實話。

「乾脆就留下吧，瞧著辦得了！」祥子是那麼誠懇，弄得老頭子有點不好意思了。

「說真的，小伙子；倒退三十年，這值三個大寶；現在的年頭，又搭上兵荒馬亂，我──你還是到別處吆喝吆喝去吧！」

「給多少是多少！」

祥子想不出別的話。他明白老者的話很實在，可是不願意滿世界去賣駱駝──賣不出去，也許還出了別的毛病。

「你看，你看，二三十塊錢真不好說出口來，可是還真不容易往外拿呢；這個年頭，沒法子！」

祥子心中也涼了些，二三十塊？離買車還差得遠呢！可是，第一他願脆快辦完，第二他不相信能這麼巧再遇上個買主兒。

「老者，給多少是多少！」

「你是幹什麼的，小伙子；看得出，你不是幹這一行的！」

祥子說了實話。

「嘔，你是拿命換出來的這些牲口！」

老者很同情祥子，而且放了心，這不是偷出來的；雖然和偷也差不遠，可是究竟中間還隔著層大兵。兵災之後，什麼事兒都不能按著常理兒說。

「這麼著吧，夥計，我給三十五塊錢吧；我要說這不是個便宜，我是小狗子；我要是能再多拿一塊，也是個小狗子！我六十多了；哼，還教我說什麼好呢！」

祥子沒了主意。對於錢，他向來是不肯放鬆一個的。可是，在軍隊裡這些日子，忽然聽到老者這番誠懇而帶有感情的話，他不好意思再爭論了。況且，可以拿到手的三十五塊現洋似乎比希望中的一萬塊更可靠，雖然一條命只換來三十五塊錢的確是少一些！就單說三條大活駱駝，也不能，絕不能，只值三十五塊大洋！可是，有什麼法兒呢！

「駱駝算你的了，老者！我就再求一件事，給我找件小褂，和一點吃的！」

「那行！」

祥子喝了一氣涼水，然後拿著三十五塊很亮的現洋，兩個棒子麵餅子，穿著將護到胸際的一件破白小褂，要一步邁到城裡去！

四　駱駝祥子

祥子在海甸的一家小店裡躺了三天，身上忽冷忽熱，心中迷迷忽忽，牙床上起了一溜紫泡，只想喝水，不想吃什麼。餓了三天，火氣降下去，身上軟得像皮糖似的。恐怕就是在這三天裡，他與三匹駱駝的關係由夢話或胡話中被人家聽了去。一清醒過來，他已經是「駱駝祥子」了。

自從一到城裡來，他就是「祥子」，彷彿根本沒有個姓；如今，「駱駝」擺在「祥子」之上，就更沒有人關心他到底姓什麼了。有姓無姓，他自己也並不在乎。不過，三條牲口才換了那麼幾塊錢，而自己倒落了個外號，他覺得有點不大上算。

剛能掙扎著立起來，他想出去看看。沒想到自己的腿能會這樣的不吃力，走到小店門口他一軟就坐在了地上，昏昏沉沉的坐了好大半天，頭上見了涼汗。又忍了一會兒，他睜開了眼，肚中響了一陣，覺出點餓來。極慢的立起來，找到了個餛飩挑兒。要了碗餛飩，他仍然坐在地上。呷了口湯，覺得噁心，在口中含了半天，勉強的嚥下去；不想再喝。可是，待了一會兒，熱湯像股線似的一直通到腹部，打了兩個響嗝。他知道自己又有了命。

肚中有了點食，他顧得看看自己了。身上瘦了許多，那條破褲已經髒得不能再髒。他懶得動，可是要馬上恢復他的乾淨利落，他不肯就這麼神頭鬼臉的進城去。不過，要乾淨利落就得花錢，剃剃頭，換換衣服，買鞋襪，都要錢。手中的三十五元錢應當一個不動，連一個不動還離買車的數兒很遠呢！

可是，他可憐了自己。雖然被兵們拉去不多的日子，到現在一想，一切都像個噩夢。這個噩夢使他老了許多，好像他忽然的一氣增多了好幾歲。看著自己的大手大腳，明明是自己的，可是又像忽然由什麼地方找到的。他非常的難過。他不敢想過去的那些委屈與危險，雖然不去想，可依然的存在，就好像連陰天的時候，不去看天也知道天是黑的。他覺得自己的身體是特別的可愛，不應當再太自苦了。他立起來，明知道身上還很軟，可是刻不容緩的想去打扮打扮，彷彿只要剃剃頭，換件衣服，他就能立刻強壯起來似的。

打扮好了，一共才花了兩塊二毛錢。近似搪布的[12]一身本色粗布褲褂一元，青布鞋八毛，線披兒織成的襪子一毛五，還有頂二毛五的草帽。脫下來的破東西換了兩包火柴。

拿著兩包火柴，順著大道他往西直門走。沒走出多遠，他就覺出軟弱疲乏來了。可是他咬上了牙。他不能坐車，從哪方面看也不能坐車：一個鄉下人拿十里八里還能當作道兒嗎，況且自己是拉車的。這且不提，以自己的身量力氣而被這小小的一點病拿住，笑話；除非一交栽倒，再也爬不起來，他滿地滾也得滾進城去，決不服軟！今天要是走不進城去，他想，祥子便算完了；他只相信自己的身體，不管有什麼病！

晃晃悠悠的他放開了步。走出海甸不遠，他眼前起了金星。扶著棵柳樹，他定了半天神，天旋地轉的鬧慌了會兒，他始終沒肯坐下。天地的旋轉慢慢的平靜起來，他的心好似由老遠的又落到自己的心口中，擦擦頭上的汗，他又邁開了步。已經剃了頭，已經換上新衣新鞋，他以為這就十分對得起自己了；那麼，腿得盡它的責任，走！

一氣他走到了關廂。看見了人馬的忙亂，聽見了複雜刺耳的聲音，聞見了乾臭的味道，踏上了細軟污濁的灰土，祥子想爬下去吻一吻那個灰臭的地，可愛的地，生長

12. 搪布，窄幅粗線織的很稀的一種布，舊時用作面巾。

洋錢的地！沒有父母兄弟，沒有本家親戚，他的唯一的朋友是這座古城。這座城給了他一切，就是在這裡餓著也比鄉下可愛，這裡有得看，有得聽，到處是光色，到處是聲音；自己只要賣力氣，這裡還有數不清的錢，吃不盡穿不完的萬樣好東西。在這裡，要飯也能要到葷湯臘水的，鄉下只有棒子麵。才到高亮橋西邊，他坐在河岸上，落了幾點熱淚！

太陽平西了，河上的老柳歪歪著，梢頭掛著點金光。河裡沒有多少水，可是長著不少的綠藻，像一條油膩的長綠的帶子，窄長，深綠，發出些微腥的潮味。河岸北的麥子已吐了芒，矮小枯乾，葉上落了一層灰土。河南的荷塘的綠葉細小無力的浮在水面上，葉子左右時時冒起些細碎的小水泡。東邊的橋上，來往的人與車過來過去，在斜陽中特別顯著匆忙，彷彿都感到暮色將近的一種不安。

這些，在祥子的眼中耳中都非常的有趣與可愛。只有這樣的小河彷彿才能算是河；這樣的樹，麥子，荷葉，橋樑，才能算是樹，麥子，荷葉，與橋樑。因為它們都屬於北平。

坐在那裡，他不忙了。眼前的一切都是熟習的，可愛的，就是坐著死去，他彷彿也很樂意。歇了老大半天，他到橋頭吃了碗老豆腐：醋，醬油，花椒油，韭菜末，被熱的雪白的豆腐一燙，發出點頂香美的味兒，香得使祥子要閉住氣；捧著碗，看著那深綠的韭菜末兒，他的手不住的哆嗦。吃了一口，豆腐把身裡燙開一條路；他自己下手又加了兩小勺辣椒油。一碗吃完，他的汗已濕透了褲腰。半閉著眼，把碗遞出去：「再來一碗！」

站起來，他覺出他又像個人了。太陽還在西邊的最低處，河水被晚霞照得有些微紅，他痛快得要喊叫出來。摸了摸臉上那塊平滑的疤，摸了摸袋中的錢，又看了一眼角樓上的陽光，他硬把病忘了，把一切都忘了，好似有點什麼心願，他決定走進城去。

城門洞裡擠著各樣的車，各樣的人，誰也不敢快走，誰可都想快快過去，鞭聲，喊聲，罵聲，喇叭聲，鈴聲，笑聲，都被門洞兒——像一架擴音機似的——嗡嗡的聯成一片，彷彿人人都發著點聲音，都嗡嗡的響。祥子的大腳東插一步，西跨一步，兩手左右的撥落，像條瘦長的大魚，隨浪歡躍那樣，擠進了城。一眼便看到新街口，道路是那麼寬，那麼直，他的眼發了光，和東邊的屋頂上的反光一樣亮。他點了點頭。

他的鋪蓋還在西安門大街人和車廠呢，自然他想奔那裡去。因為沒有家小，他一向是住在車廠裡，雖然並不永遠拉廠子裡的車。

人和的老闆劉四爺是已快七十歲的人了；人老，心可不老實。年輕的時候他當過庫兵，設過賭場，買賣過人口，放過閻王賬。幹這些營生所應有的資格與本領——力氣，心路，手段，交際，字號等等——劉四爺都有。在前清的時候，打過群架，搶過良家婦女，跪過鐵索。跪上鐵索，劉四並沒皺一皺眉，沒說一個饒命。官司教他硬挺了過來，這叫作「字號」。

出了獄，恰巧入了民國，巡警的勢力越來越大，劉四爺看出地面上的英雄已成了過去的事兒，即使李逵武松再世也不會有多少機會了。他開了個洋車廠子。土混混出身，他曉得怎樣對付窮人，什麼時候該緊一把兒，哪裡該鬆一步兒，他有善於調動的天才。車伕們沒有敢跟他耍骨頭[13]的。他一瞪眼，和他哈哈一笑，能把人弄得迷迷忽忽的，彷彿一腳登在天堂，一腳登在地獄，只好聽他擺弄。

到現在，他有六十多輛車，至壞的也是七八成新的，他不存破車。車租，他的比別家的大，可是到三節他比別家多放著兩天的份兒。人和廠有地方住，拉他的車的光棍兒，都可以白住——可是得交上車份兒，交不上賬而和他苦膩的，他扣下鋪蓋，把人當個破水壺似的扔出門外。大家若是有個急事急病，只須告訴他一聲，他不含忽，水裡火裡他都熱心的幫忙，這叫作「字號」。

13. 耍骨頭，即調皮，搗亂。

劉四爺是虎相。快七十了，腰板不彎，拿起腿還走個十里二十里的。兩隻大圓眼，大鼻頭，方嘴，一對大虎牙，一張口就像個老虎。個子幾乎與祥子一邊兒高，頭剃得很亮，沒留鬍子。他自居老虎，可惜沒有兒子，只有個三十七八歲的虎女——知道劉四爺的就必也知道虎妞。她也長得虎頭虎腦，因此嚇住了男人，幫助父親辦事是把好手，可是沒人敢娶她作太太。

她什麼都和男人一樣，連罵人也有男人的爽快，有時候更多一些花樣。劉四爺打外，虎妞打內，父女把人和車廠治理得鐵筒一般。人和廠成了洋車界的權威，劉家父女的辦法常常在車伕與車主的口上，如讀書人的引經據典。

在買上自己的車以前，祥子拉過人和廠的車。他的積蓄就交給劉四爺給存著。把錢湊夠了數，他要過來，買上了那輛新車。

「劉四爺，看看我的車！」祥子把新車拉到人和廠去。老頭子看了車一眼，點了點頭：「不離！」

「我可還得在這兒住，多咱我拉上包月，才去住宅門！」祥子頗自傲的說。

「行！」劉四爺又點了點頭。

於是，祥子找到了包月，就去住宅門；掉了事而又去拉散座，便住在人和廠。

不拉劉四爺的車，而能住在人和廠，據別的車伕看，是件少有的事。因此，甚至有人猜測，祥子必和劉老頭子是親戚；更有人說，劉老頭子大概是看上了祥子，而想給虎妞弄個招門納婿的「小人」。

這種猜想裡雖然懷著點妒羨，可是萬一要真是這麼回事呢，將來劉四爺一死，人和廠就一定歸了祥子。這個，教他們只敢胡猜，而不敢在祥子面前說什麼不愛聽的。

其實呢，劉老頭子的優待祥子是另有筆賬兒。祥子是這樣的一個人：在新的環境裡還能保持著舊的習慣。假若他去當了兵，他決不會一穿上那套虎皮，馬上就不傻裝傻的去欺侮人。在車廠子裡，他不閒著，把汗一落下去，他就找點事兒作。他去擦車，打氣，曬雨布，抹油——用不著誰支使，他自己願意幹，幹得高高興興，彷彿是一種極好的娛樂。

廠子裡靠常總住著二十來個車伕；收了車，大家不是坐著閒談，便是蒙頭大睡；祥子，只有祥子的手不閒著。初上來，大家以為他是向劉四爺獻慇勤，狗事巴結人；過了幾天，他們看出來他一點沒有賣好討俏的意思，他是那麼真誠自然，也就無話可說了。

劉老頭子沒有誇獎過他一句，沒有格外多看過他一眼；老頭子心裡有數兒。他曉得祥子是把好手，即使不拉他的車，他也還願意祥子在廠子裡。有祥子在這兒，先不提別的，院子與門口永遠掃得乾乾淨淨。

虎妞更喜歡這個傻大個兒，她說什麼，祥子老用心聽著，不和她爭辯；別的車伕，因為受盡苦楚，說話總是橫著來；她一點不怕他們，可是也不願多搭理他們；她的話，所以，都留給祥子聽。當祥子去拉包月的時候，劉家父女都彷彿失去一個朋友。趕到他一回來，連老頭子罵人也似乎更痛快而慈善一些。

祥子拿著兩包火柴，進了人和廠。天還沒黑，劉家父女正在吃晚飯。看見他進來，虎妞把筷子放下了：「祥子！你讓狼叼了去，還是上非洲挖金礦去了？」

「哼！」祥子沒說出什麼來。

劉四爺的大圓眼在祥子身上繞了繞，什麼也沒說。

祥子戴著新草帽，坐在他們對面。

「你要是還沒吃了的話，一塊兒吧！」虎妞彷彿是招待個好朋友。

祥子沒動，心中忽然感覺到一點說不出來的親熱。一向他拿人和廠當作家：拉包月，主人常換；拉散座，座兒一會兒一改；只有這裡老讓他住，老有人跟他說些閒話兒。現在剛逃出命來，又回到熟人這裡來，還讓他吃飯，他幾乎要懷疑他們是否要欺弄他，可是也幾乎落下淚來。

「剛吃了兩碗老豆腐！」他表示出一點禮讓。

「你幹什麼去了？」劉四爺的大圓眼還盯著祥子。

「車呢？」

「車？」祥子啐了口吐沫。

「過來先吃碗飯！毒不死你！兩碗老豆腐管什麼事?!」虎妞一把將他扯過去，好像老嫂子疼愛小叔那樣。

祥子沒去端碗，先把錢掏了出來：「四爺，先給我拿著，三十塊。」把點零錢又放在衣袋裡。

劉四爺用眉毛梢兒問了句，「哪兒來的？」

祥子一邊吃，一邊把被兵拉去的事說了一遍。

「哼，你這個傻小子！」劉四爺聽完，搖了搖頭。「拉進城來，賣給湯鍋，也值十幾多塊一頭；要是冬天駝毛齊全的時候，三匹得賣六十塊！」

祥子早就有點後悔，一聽這個，更難過了。可是，繼而一想，把三隻活活的牲口賣給湯鍋去挨刀，有點缺德；他和駱駝都是逃出來的，就都該活著。什麼也沒說，他心中平靜了下去。

虎姑娘把傢伙撤下去，劉四爺仰著頭似乎是想起點來什麼。忽然一笑，露出兩個越老越結實的虎牙：「傻子，你說病在了海甸？為什麼不由黃村大道一直回來？」

「還是繞西山回來的，怕走大道教人追上，萬一村子裡的人想過味兒來，還拿我當逃兵呢！」

劉四爺笑了笑，眼珠往心裡轉了兩轉。他怕祥子的話有鬼病，萬一那三十塊錢是搶了來的呢，他不便代人存著贓物。他自己年輕的時候，什麼不法的事兒也幹過；現在，他自居是改邪歸正，不能不小心，而且知道怎樣的小心。祥子的敘述只有這麼個縫子，可是祥子一點沒發毛咕的解釋開，老頭子放了心。

「怎麼辦呢？」老頭子指著那些錢說。

「聽你的！」

「再買輛車？」老頭子又露出虎牙，似乎是說：「自己買上車，還白住我的地方?!」

「不夠！買就得買新的！」祥子沒看劉四爺的牙，只顧得看自己的心。

「借給你？一分利，別人借是二分五！」

祥子搖了搖頭。

「跟車鋪打印子，還不如給我一分利呢！」

「我也不打印子，」祥子出著神說：「我慢慢的省，夠了數，現錢買現貨！」

老頭子看著祥子，好像是看著個什麼奇怪的字似的，可惡，而沒法兒生氣。待了會兒，他把錢拿起來：「三十？別打馬虎眼！」

「沒錯！」祥子立起來：「睡覺去。送給你老人家一包洋火！」他放在桌子上一包火柴，又楞了楞：「不用對別人說，駱駝的事！」

五　包月的拉車日子

劉老頭子的確沒替祥子宣傳，可是駱駝的故事很快的由海甸傳進城裡來。以前，大家雖找不出祥子的毛病，但是　以他那股子乾倔的勁兒，他們多少以為他不大合群，彆扭。

自從「駱駝祥子」傳開了以後，祥子雖然還是悶著頭兒幹，不大和氣，大家對他卻有點另眼看待了。有人說他拾了個金錶，有人說他白弄了三百塊大洋，那自信知道得最詳確的才點著頭說，他從西山拉回三十匹駱駝！

說法雖然不同，結論是一樣的——祥子發了邪財！

對於發邪財的人，不管這傢伙是怎樣的「不得哥兒們」[14]，大家照例是要敬重的。賣力氣掙錢既是那麼不容易，人人盼望發點邪財；邪財既是那麼千載難遇，所以有些彩

14. 不得哥兒們，即在同夥裡大家不怎麼喜歡他，沒有人緣。

氣的必定是與眾不同，福大命大。因此，祥子的沉默與不合群，一變變成了貴人語遲；他應當這樣，而他們理該趕著他去拉攏。「得了，祥子！說說，說說你怎麼發的財？」這樣的話，祥子天天聽到。他一聲不響。直到逼急了，他的那塊疤有點發紅了，才說，「發財，媽的我的車哪兒去了？」

是呀，這是真的，他的車哪裡去了？大家開始思索。但是替別人憂慮總不如替人家喜歡，大家於是忘記了祥子的車，而去想著他的好運氣。過了些日子，大夥兒看祥子仍然拉車，並沒改了行當，或買了房子置了地，也就對他冷淡了一些，而提到駱駝祥子的時候，也不再追問為什麼他偏偏是「駱駝」，彷彿他根本就應當叫作這個似的。

祥子自己可並沒輕描淡寫的隨便忘了這件事。他恨不得馬上就能再買上輛新車，越著急便越想著原來那輛。一天到晚他任勞任怨的去幹，可是幹著幹著，他便想起那回事。一想起來，他心中就覺得發堵，不由的想到，要強又怎樣呢，這個世界並不因為自己要強而公道一些，憑著什麼把他的車白白搶去呢？即使馬上再弄來一輛，焉知不再遇上那樣的事呢？

他覺得過去的事像個噩夢，使他幾乎不敢再希望將來。有時候他看別人喝酒吃煙跑土窯子，幾乎感到一點羨慕。要強既是沒用，何不樂樂眼前呢？他們是對的。他，即使先不跑土窯子，也該喝兩盅酒，自在自在。煙，酒，現在彷彿對他有種特別的誘力，他覺得這兩樣東西是花錢不多，而必定足以安慰他；使他依然能往前苦奔，而同時能忘了過去的苦痛。

可是，他還是不敢去動它們。他必須能多剩一個就去多剩一個，非這樣不能早早買上自己的車。即使今天買上，明天就丟了，他也得去買。這是他的志願，希望，甚至是宗教。不拉著自己的車，他簡直像是白活。他想不到作官，發財，置買產業；他的能力只能拉車，他的最可靠的希望是買車；非買上車不能對得起自己。

他一天到晚思索這回事，計算他的錢；設若一旦忘了這件事，他便忘了自己，而覺得自己只是個會跑路的畜生，沒有一點起色與人味。無論是多麼好的車，只要是賃來的，他拉著總不起勁，好像背著塊石頭那麼不自然。就是賃來的車，他也不偷懶，永遠給人家收拾得乾乾淨淨，永遠不去胡碰亂撞；可是這只是一些小心謹慎，不是一種快樂。是的，收拾自己的車，就如同數著自己的錢，才是真快樂。他還是得不吃煙不喝酒，爽性連包好茶葉也不便於喝。

在茶館裡，像他那麼體面的車伕，在飛跑過一氣以後，講究喝十個子兒一包的茶葉，加上兩包白糖，為是補氣散火。當他跑得順「耳唇」往下滴汗，胸口覺得有點發辣，他真想也這麼辦；這絕對不是習氣，作派，而是真需要這麼兩碗茶壓一壓。只是想到了，他還是喝那一個子兒一包的碎末。有時候他真想責罵自己，為什麼這樣自苦；可是，一個車伕而想月間剩下倆錢，不這麼辦怎成呢？他狠了心。買上車再說，買上車再說！有了車就足以抵得一切！

對花錢是這樣一把死拿，對掙錢祥子更不放鬆一步。沒有包月，他就拉整天，出車早，回來的晚，他非拉過一定的錢數不收車，不管時間，不管兩腿；有時他硬連下去，拉一天一夜。

從前，他不肯搶別人的買賣，特別是對於那些老弱殘兵；以他的身體，以他的車，去和他們爭座兒，還能有他們的份兒？現在，他不大管這個了，他只看見錢，多一個是一個，不管買賣的苦甜，不管是和誰搶生意；他只管拉上買賣，不管別的，像一隻餓瘋的野獸。拉上就跑，他心中舒服一些，覺得只有老不站住腳，才能有買上車的希望。一來二去的駱駝祥子的名譽遠不及單是祥子的時候了。有許多次，他搶上買賣就跑，背後跟著一片罵聲。他不回口，低著頭飛跑，心裡說：「我要不是為買車，決不能這麼不要臉！」他好像是用這句話求大家的原諒，可是不肯對大家這麼直說。

在車口兒上，或茶館裡，他看大家瞪他；本想對大家解釋一下，及至看到大家是那麼冷淡，又搭上他平日不和他們一塊喝酒，賭錢，下棋，或聊天，他的話只能圈在肚子裡，無從往外說。

難堪漸漸變為羞惱，他的火也上來了；他們瞪他，他也瞪他們。想起乍由山上逃回來的時候，大家對他是怎樣的敬重，現在會這樣的被人看輕，他更覺得難過了。獨自抱著壺茶，假若是趕上在茶館裡，或獨自數著剛掙到的銅子，設若是在車口上，他用盡力量把怒氣納下去。他不想打架，雖然不怕打架。大家呢，本不怕打架，可是和祥子動手是該當想想的事兒，他們誰也不是他的對手，而大家打一個又是不大光明的。勉強壓住氣，他想不出別的方法，只有忍耐一時，等到買上車就好辦了。有了自己的車，每天先不用為車租著急，他自然可以大大方方的，不再因搶生意而得罪人。這樣想好，他看大家一眼，彷彿是說：咱們走著瞧吧！

論他個人，他不該這樣拚命。逃回城裡之後，他並沒等病好利落了就把車拉起來，雖然一點不服軟，可是他時常覺出疲乏。疲乏，他可不敢休息，他總以為多跑出幾身汗來就會減去酸懶的。對於飲食，他不敢缺著嘴，可也不敢多吃些好的。

他看出來自己是瘦了好多，但是身量還是那麼高大，筋骨還那麼硬棒，他放了心。他老以為他的個子比別人高大，就一定比別人能多受些苦，似乎永沒想到身量大，受累多，應當需要更多的滋養。

虎姑娘已經囑咐他幾回了：「你這傢伙要是這麼幹，吐了血可是你自己的事！」

他很明白這是好話，可是因為事不順心，身體又欠保養，他有點肝火盛。稍微稜稜著點眼：「不這麼奔，幾兒能買上車呢？」

要是別人這麼一稜稜眼睛，虎妞至少得罵半天街；對祥子，她真是一百一的客氣，愛護。她只撇了撇嘴：「買車也得悠停著來，當是你是鐵作的哪！你應當好好的歇三天！」看祥子聽不進去這個：「好吧，你有你的老主意，死了可別怨我！」

劉四爺也有點看不上祥子：祥子的拚命，早出晚歸，當然是不利於他的車的。雖然說租整天的車是沒有時間的限制，愛什麼時候出車收車都可以，若是人人都像祥子這樣死啃，一輛車至少也得早壞半年，多麼結實的東西也架不住釘著坑兒使！再說呢，祥子只顧死奔，就不大勻得出工夫來幫忙給擦車什麼的，又是一項損失。

老頭心中有點不痛快。他可是沒說什麼，拉整天不限定時間，是一般的規矩；幫忙收拾車輛是交情，並不是義務；憑他的人物字號，他不能自討無趣的對祥子有什麼表示。他只能從眼角邊顯出點不滿的神氣，而把嘴閉得緊緊的。

有時候他頗想把祥子攆出去；看看女兒，他不敢這麼辦。他一點沒有把祥子當作候補女婿的意思，不過，女兒既是喜愛這個楞小子，他就不便於多事。他只有這麼一個姑娘，眼看是沒有出嫁的希望了，他不能再把她這個朋友趕走了。說真的，虎妞是這麼有用，他實在不願她出嫁；這點私心他覺得有點怪對不住她的，因此他多少有點怕她。

老頭子一輩子天不怕地不怕，到了老年反倒怕起自己的女兒來，他自己在不大好意思之中想出點道理來：只要他怕個人，就是他並非完全是無法無天的人的證明。有了這個事實，或者他不至於到快死的時候遭了惡報。好，他自己承認了應當怕女兒，也就不肯趕出祥子去。

這自然不是說，他可以隨便由著女兒胡鬧，以至於嫁給祥子。不是。他看出來女兒未必沒那個意思，可是祥子並沒敢往上巴結。

那麼，他留點神就是了，犯不上先招女兒不痛快。

祥子並沒注意老頭子的神氣，他顧不得留神這些閒盤兒。假若他有願意離開人和廠的心意，那決不是為賭閒氣，而是盼望著拉上包月。

他已有點討厭拉散座兒了，一來是因為搶買賣而被大家看不起，二來是因為每天的收入沒有定數，今天多，明天少，不能預定到幾時才把錢湊足，夠上買車的數兒。他願意心中有個準頭，哪怕是剩的少，只要靠準每月能剩下個死數，他才覺得有希望，才能放心。

他是願意一個蘿蔔一個坑的人。

他拉上了包月。哼，和拉散座兒一樣的不順心！

這回是在楊宅。

楊先生是上海人，楊太太是天津人，楊二太太是蘇州人。一位先生，兩位太太，南腔北調的生了不知有多少孩子。

頭一天上工，祥子就差點發了昏。一清早，大太太坐車上市去買菜。回來，分頭送少爺小姐們上學，有上初中的，有上小學的，有上幼稚園的；學校不同，年紀不同，長相不同，可是都一樣的討厭，特別是坐在車上，至老實的也比猴子多著兩手兒。把孩子們都送走，楊先生上衙門。送到衙門，趕緊回來，拉二太太上東安市場或去看親友。回來，接學生回家吃午飯。吃完，再送走。送學生回來，祥子以為可以吃飯了，大太太扯著天津腔，叫他去挑水。楊宅的甜水有人送，洗衣裳的苦水歸車伕去挑。這個工作在條件之外，祥子為對付事情，沒敢爭論，一聲沒響的給挑滿了缸。放下水桶，剛要去端飯碗，二太太叫他去給買東西。

大太太與二太太一向是不和的，可是在家政上，二位的政見倒一致，其中的一項是不准僕人閒一會兒，另一項是不肯看僕人吃飯。祥子不曉得這個，只當是頭一天恰巧趕上宅裡這麼忙，於是又沒說什麼，而自己掏腰包買了幾個燒餅。他愛錢如命，可是為維持事情，不得不狠了心。

買東西回來，大太太叫他打掃院子。楊宅的先生，太太，二太太，當出門的時候都打扮得極漂亮，可是屋裡院裡整個的像個大垃圾堆。祥子看著院子直犯噁心，所以只顧了去打掃，而忘了車伕並不兼管打雜兒。

院子打掃清爽，二太太叫他順手兒也給屋中掃一掃。祥子也沒駁回，使他驚異的倒是憑兩位太太的體面漂亮，怎能屋裡髒得下不去腳！

把屋子也收拾利落了，二太太把個剛到一週歲的小泥鬼交給了他。他沒了辦法。賣力氣的事兒他都在行，他可是沒抱過孩子。他雙手托著這位小少爺，不使勁吧，怕滑溜下去，用力吧，又怕給傷了筋骨，他出了汗。他想把這個寶貝去交給張媽——一個江北的大腳婆子。找到她，劈面就被她罵了頓好的。

楊宅用人，向來是三五天一換的，先生與太太們總以為僕人就是家奴，非把窮人的命要了，不足以對得起那點工錢。只有這個張媽，已經跟了他們五六年，唯一的原因是她敢破口就罵，不論先生，哪管太太，招惱了她就是一頓。以楊先生的海式咒罵的毒辣，以楊太太的天津口的雄壯，以二太太的蘇州調的流利，他們素來是所向無敵的；及至遇到張媽的蠻悍，他們開始感到一種禮尚往來，英雄遇上了好漢的意味，所以頗能賞識她，把她收作了親軍。

祥子生在北方的鄉間，最忌諱隨便罵街。可是他不敢打張媽，因為好漢不和女鬥；也不願還口。他只瞪了她一眼。張媽不再出聲了，彷彿看出點什麼危險來。

正在這個工夫，大太太喊祥子去接學生。他把泥娃娃趕緊給二太太送了回去。二太太以為他這是存心輕看她，衝口而出的把他罵了個花瓜。

大太太的意思本來也是不樂意祥子替二太太抱孩子，聽見二太太罵他，她也扯開一條油光水滑的嗓子罵，罵的也是他；祥子成了挨罵的籐牌。他急忙拉起車走出去，連生氣似乎也忘了，因為他一向沒見過這樣的事，忽然遇到頭上，他簡直有點發暈。

一批批的把孩子們都接回來，院中比市場還要熱鬧，三個婦女的罵聲，一群孩子的哭聲，好像大柵欄在散戲時那樣亂，而且亂得莫名其妙。好在他還得去接楊先生，所以急忙的又跑出去，大街上的人喊馬叫似乎還比宅裡的亂法好受一些。

一直轉轉到十二點，祥子才找到歎口氣的工夫。他不止於覺著身上疲乏，腦子裡也老嗡嗡的響；楊家的老少確是已經都睡了，可是他耳朵裡還似乎有先生與太太們的叫罵，像三盤不同的留聲機在他心中亂轉，使他鬧得慌。

顧不得再想什麼，他想睡覺。一進他那間小屋，他心中一涼，又不睏了。一間門房，開了兩個門，中間隔著一層木板。張媽住一邊，他住一邊。屋中沒有燈，靠街的牆上有個二尺來寬的小窗戶，恰好在一支街燈底下，給屋裡一點亮。

屋裡又潮又臭，地上的土有個銅板厚，靠牆放著份鋪板，沒有別的東西。他摸了摸床板，知道他要是把頭放下，就得把腳蹬在車上；把腳放平，就得坐起來。他不會睡元寶式的覺。想了半天，他把鋪板往斜裡拉好，這樣兩頭對著屋角，他就可以把頭放平，腿搭拉著點先將就一夜。

從門洞中把鋪蓋搬進來，馬馬虎虎的鋪好，躺下了。腿懸空，不慣，他睡不著。強閉上眼，安慰自己：睡吧，明天還得早起呢！什麼罪都受過，何必單忍不了這個！別看吃喝不好，活兒太累，也許時常打牌，請客，有飯局；咱們出來為的是什麼，祥子？還不是為錢？只要多進錢，什麼也得受著！

這樣一想，他心中舒服了許多，聞了聞屋中，也不像先前那麼臭了，慢慢的入了夢；迷迷忽忽的覺得有臭蟲，可也沒顧得去拿。

過了兩天，祥子的心已經涼到底。可是在第四天上，來了女客，張媽忙著擺牌桌。他的心好像凍實了的小湖上忽然來了一陣春風。太太們打起牌來，把孩子們就通通交給了僕人；張媽既是得伺候著煙茶手巾把，那群小猴自然全歸祥子統轄。他討厭這群猴子，可是偷偷往屋中撩了一眼，大太太管著頭兒錢，像是很認真的樣子。他心裡說：別看這個大娘們厲害，也許並不糊塗，知道乘這種時候給僕人們多弄三毛五毛的。他對猴子們特別的拿出耐心法兒，看在頭兒錢的面上，他得把這群猴崽子當作少爺小姐看待。

牌局散了，太太叫他把客人送回家。兩位女客急於要同時走，所以得另雇一輛車。祥子喊來一輛，大太太撩袍拖帶的混身找錢，預備著代付客人的車資；客人謙讓了兩句，大太太彷彿要拚命似的喊：「你這是怎麼了，老妹子！到了我這兒啦，還沒個車錢嗎！老妹子！坐上啦！」她到這時候，才摸出來一毛錢。

祥子看得清清楚楚，遞過那一毛錢的時候，太太的手有點哆嗦。

送完了客，幫著張媽把牌桌什麼的收拾好，祥子看了太太一眼。太太叫張媽去拿點開水，等張媽出了屋門，她拿出一毛錢來：「拿去，別拿眼緊掃搭著我！」

祥子的臉忽然紫了，挺了挺腰，好像頭要頂住房梁，一把抓起那張毛票，摔在太太的胖臉上：「給我四天的工錢！」

「怎嗎札？」太太說完這個，又看了祥子一眼，不言語了，把四天的工錢給了他。拉著舖蓋剛一出街門，他聽見院裡破口罵上了。

六　虎妞的引誘

初秋的夜晚，星光葉影裡陣陣的小風，祥子抬起頭，看著高遠的天河，歎了口氣。這麼涼爽的天，他的胸脯又是那麼寬，可是他覺到空氣彷彿不夠，胸中非常憋悶。他想坐下痛哭一場。以自己的體格，以自己的忍性，以自己的要強，會讓人當作豬狗，會維持不住一個事情，他不只怨恨楊家那一夥人，而渺茫的覺到一種無望，恐怕自己一輩子不會再有什麼起色了。拉著鋪蓋卷，他越走越慢，好像自己已經不是拿起腿就能跑個十里八里的祥子了。

到了大街上，行人已少，可是街燈很亮，他更覺得空曠渺茫，不知道往哪裡去好了。上哪兒？自然是回人和廠。心中又有些難過。作買賣的，賣力氣的，不怕沒有生意，倒怕有了照顧主兒而沒作成買賣，像飯鋪理髮館進來客人，看了一眼，又走出去那樣。祥子明知道上工辭工是常有的事，此處不留爺，自有留爺處。可是，他是低聲下氣的維持事情，捨著臉為是買上車，而結果還是三天半的事兒，跟那些串慣宅門的老油子一個樣，他覺著傷心。他幾乎覺得沒臉再進人和廠，而給大家當笑話說：「瞧瞧，駱駝祥子敢情也是三天半就吹呀，哼！」

不上人和廠，又上哪裡去呢？為免得再為這個事思索，他一直走向西安門大街去。人和廠的前臉是三間鋪面房，當中的一間作為櫃房，只許車伕們進來交賬或交涉事情，並不准隨便來回打穿堂兒，因為東間與西間是劉家父女的臥室。西間的旁邊有一個車門，兩扇綠漆大門，上面彎著一根粗鐵條，懸著一盞極亮的，沒有罩子的電燈，燈下橫懸著鐵片塗金的四個字──「人和車廠」。

車伕們出車收車和隨時來往都走這個門。門上的漆深綠，配著上面的金字，都被那支白亮亮的電燈照得發光；出來進去的又都是漂亮的車，黑漆的黃漆的都一樣的油汪汪發光，配著雪白的墊套，連車伕們都感到一些驕傲，彷彿都自居為車伕中的貴族。由大門進去，拐過前臉的西間，才是個四四方方的大院子，中間有棵老槐。東西房全是敞臉的，是存車的所在；南房和南房後面小院裡的幾間小屋，全是車伕的宿舍。

大概有十一點多了，祥子看見了人和廠那盞極明而怪孤單的燈。櫃房和東間沒有燈光，西間可是還亮著。他知道虎姑娘還沒睡。他想輕手躡腳的進去，別教虎姑娘看見；

正因為她平日很看得起他，所以不願頭一個就被她看見他的失敗。

他剛把車拉到她的窗下，虎妞由車門裡出來了：「喲，祥子？怎——」她剛要往下問，一看祥子垂頭喪氣的樣子，車上拉著鋪蓋卷，把話嚥了回去。

怕什麼有什麼，祥子心裡的慚愧與氣悶凝成一團，登時立住了腳，呆在了那裡。說不出話來，他傻看著虎姑娘。

她今天也異樣，不知是電燈照的，還是擦了粉，臉上比平日白了許多；臉上白了些，就掩去好多她的凶相。嘴唇上的確是抹著點胭脂，使虎妞帶出些媚氣；祥子看到這裡，覺得非常的奇怪，心中更加慌亂，因為平日沒拿她當過女人看待，驟然看到這紅唇，心中忽然感到點不好意思。

她上身穿著件淺綠的綢子小袷襖，下面一條青洋縐肥腿的單褲。綠襖在電燈下閃出些柔軟而微帶淒慘的絲光，因為短小，還露出一點點白褲腰來，使綠色更加明顯素淨。下面的肥黑褲被小風吹得微動，像一些什麼陰森的氣兒，想要擺脫開那賊亮的燈光，而與黑夜聯成一氣。

祥子不敢再看了，茫然的低下頭去，心中還存著個小小的帶光的綠襖。虎姑娘一向，他曉得，不這樣打扮。以劉家的財力說，她滿可以天天穿著綢緞，可是終日與車伕們打交待，她總是布衣布褲，即使有些花色，在布上也就不惹眼。祥子好似看見一個非常新異的東西，既熟識，又新異，所以心中有點發亂。

心中原本苦惱，又在極強的燈光下遇見這新異的活東西，他沒有了主意。自己既不肯動，他倒希望虎姑娘快快進屋去，或是命令他幹點什麼，簡直受不了這樣的折磨，一種什麼也不像而非常難過的折磨。

「嗨！」她往前湊了一步，聲音不高的說：「別楞著！去，把車放下，趕緊回來，有話跟你說。屋裡見。」

平日幫她辦慣了事，他只好服從。但是今天她和往日不同，他很想要思索一下；楞在那裡去想，又怪僵得慌；他沒主意，把車拉了進去。看看南屋，沒有燈光，大概是都睡了；或者還有沒收車的。把車放好，他折回到她的門前。忽然，他的心跳起來。

「進來呀，有話跟你說！」她探出頭來，半笑半惱的說。

他慢慢走了進去。

桌上有幾個還不甚熟的白梨，皮兒還發青。一把酒壺，三個白磁酒盅。一個頭號大盤子，擺著半隻醬雞，和些熏肝醬肚之類的吃食。

「你瞧，」虎姑娘指給他一個椅子，看他坐下了，才說：「你瞧，我今天吃犒勞，你也吃點！」說著，她給他斟上一杯酒；白干酒的辣味，混合上熏醬肉味，顯著特別的濃厚沉重。「喝吧，吃了這個雞；我已早吃過了，不必讓！我剛才用骨牌打了一卦，准知道你回來，靈不靈？」

「我不喝酒！」祥子看著酒盅出神。

「不喝就滾出去；好心好意，不領情是怎著？你個傻駱駝！辣不死你！連我還能喝四兩呢。不信，你看看！」她把酒盅端起來，灌了多半盅，一閉眼，哈了一聲。舉著盅兒：「你喝！要不我揪耳朵灌你！」

祥子一肚子的怨氣，無處發洩；遇到這種戲弄，真想和她瞪眼。可是他知道，虎姑娘一向對他不錯，而且她對誰都是那麼直爽，他不應當得罪她。既然不肯得罪她，再一想，就爽性和她訴訴委屈吧。自己素來不大愛說話，可是今天似乎有千言萬語在心中憋悶著，非說說不痛快。這麼一想，他覺得虎姑娘不是戲弄他，而是坦白的愛護他。他把酒盅接過來，喝乾。一股辣氣慢慢的，準確的，有力的，往下走，他伸長了脖子，挺直了胸，打了兩個不十分便利的嗝兒。

虎妞笑起來。他好容易把這口酒調動下去，聽到這個笑聲，趕緊向東間那邊看了看。

「沒人，」她把笑聲收了，臉上可還留著笑容。「老頭子給姑媽作壽去了，得有兩三天的耽誤呢；姑媽在南苑住。」一邊說，一邊又給他倒滿了盅。

聽到這個，他心中轉了個彎，覺出在哪兒似乎有些不對的地方。同時，他又捨不得出去；她的臉是離他那麼近，她的衣裳是那麼乾淨光滑，她的唇是那麼紅，都使他覺到一種新的刺激。她還是那麼老醜，可是比往常添加了一些活力，好似她忽然變成另一個人，還是她，但多了一些什麼。

他不敢對這點新的什麼去詳細的思索，一時又不敢隨便的接受，可也不忍得拒絕。他的臉紅起來。好像為是壯壯自己的膽氣，他又喝了口酒。剛才他想對她訴訴委屈，此刻又忘了。

紅著臉，他不由的多看了她幾眼。越看，他心中越亂；她越來越顯出他所不明白的那點什麼，越來越有一點什麼熱辣辣的力量傳遞過來，漸漸的她變成一個抽象的什麼東西。他警告著自己，須要小心；可是他又要大膽。他連喝了三盅酒，忘了什麼叫作小心。迷迷忽忽的看著她，他不知為什麼覺得非常痛快，大膽；極勇敢的要馬上抓到一種新的經驗與快樂。平日，他有點怕她；現在，她沒有一點可怕的地方了。他自己反倒變成了有威嚴與力氣的，似乎能把她當作個貓似的，拿到手中。

屋內滅了燈。天上很黑。不時有一兩個星刺入了銀河，或劃進黑暗中，帶著發紅或發白的光尾，輕飄的或硬挺的，直墜或橫掃著，有時也點動著，顫抖著，給天上一些光熱的動盪，給黑暗一些閃爍的爆裂。有時一兩個星，有時好幾個星，同時飛落，使靜寂的秋空微顫，使萬星一時迷亂起來。有時一個單獨的巨星橫刺入天角，光尾極長，放射著星花；紅，漸黃；在最後的挺進，忽然狂悅似的把天角照白了一條，好像刺開萬重的黑暗，透進並逗留一些乳白的光。

餘光散盡，黑暗似晃動了幾下，又包合起來，靜靜懶懶的群星又復了原位，在秋風上微笑。地上飛著些尋求情侶的秋螢，也作著星樣的遊戲。

第二天，祥子起得很早，拉起車就出去了。頭與喉中都有點發痛，這是因為第一次喝酒，他倒沒去注意。坐在一個小胡同口上，清晨的小風吹著他的頭，他知道這點頭疼不久就會過去。可是他心中另有一些事兒，使他憋悶得慌，而且一時沒有方法去開脫。昨天夜裡的事教他疑惑、羞愧、難過，並且覺著有點危險。

他不明白虎姑娘是怎麼回事。她已早不是處女，祥子在幾點鐘前才知道。他一向很敬重她，而且沒有聽說過她有什麼不規矩的地方；雖然她對大家很隨便爽快，可是大家沒在背地裡講論過她；即使車伕中有說她壞話的，也是說她厲害，沒有別的。那麼，為什麼有昨夜那一場呢？

這個既顯著糊塗，祥子也懷疑了昨晚的事兒。她知道他沒在車廠裡，怎能是一心一意的等著他？假若是隨便哪個都可以的話——祥子把頭低下去。

他來自鄉間，雖然一向沒有想到娶親的事，可是心中並非沒有個算計；假若他有了自己的車，生活舒服了一些，而且願意娶親的話，他必定到鄉下娶個年輕力壯，吃得苦，能洗能作的姑娘。

像他那個歲數的小伙子們，即使有人管著，哪個不偷偷的跑「白房子」[15]？祥子始終不肯隨和，一來他自居為要強的人，不能把錢花在娘兒們身上；二來他親眼得見那些花冤錢的傻子們——有的才十八九歲——在廁所裡頭頂著牆還撒不出尿來。最後，他必須規規矩矩，才能對得起將來的老婆，因為一旦要娶，就必娶個一清二白的姑娘，所以自己也得像那麼回事兒。

可是現在，現在——想起虎妞，設若當個朋友看，她確是不錯；當個娘們看，她

15. 白房子，最下等妓院。

醜，老，厲害，不要臉！就是想起搶去他的車，而且幾乎要了他的命的那些大兵，也沒有像想起她這麼可恨可厭！她把他由鄉間帶來的那點清涼勁兒毀盡了，他現在成了個偷娘們的人！

再說，這個事要是吵嚷開，被劉四知道了呢？劉四曉得不曉得他女兒是個破貨呢？假若不知道，祥子豈不獨自背上黑鍋？假若早就知道而不願意管束女兒，那麼他們父女是什麼東西呢？他和這樣人攙合著，他自己又是什麼東西呢？就是他們父女都願意，他也不能要她；不管劉老頭子是有六十輛車，還是六百輛，六千輛！他得馬上離開人和廠，跟他們一刀兩斷。

祥子有祥子的本事，憑著自己的本事買上車，娶上老婆，這才正大光明！想到這裡，他抬起頭來，覺得自己是個好漢子，沒有可怕的，沒有可慮的，只要自己好好的幹，就必定成功。

讓了兩次座兒，都沒能拉上。那點彆扭勁兒又忽然回來了。不願再思索，可是心中堵得慌。這回事似乎與其他的事全不同，即使有了解決的辦法，也不易隨便的忘掉。不但身上好像黏上了點什麼，心中也彷彿多了一個黑點兒，永遠不能再洗去。不管怎樣的憤恨，怎樣的討厭她，她似乎老抓住了他的心，越不願再想，她越忽然的從他心中跳出來，一個赤裸裸的她，把一切醜陋與美好一下子，整個的都交給了他，像買了一堆破爛那樣，碎銅爛鐵之中也有一二發光的有色的小物件，使人不忍得拒絕。

他沒和任何人這樣親密過，雖然是突乎其來，雖然是個騙誘，到底這樣的關係不能隨便的忘記，就是想把它放在一旁，它自自然然會在心中盤繞，像生了根似的。這對他不僅是個經驗，而也是一種什麼形容不出來的擾亂，使他不知如何是好。他對她，對自己，對現在與將來，都沒辦法，彷彿是碰在蛛網上的一個小蟲，想掙扎已來不及了。

迷迷糊糊的他拉了幾個買賣。就是在奔跑的時節，他的心中也沒忘了這件事，並非清清楚楚的，有頭有尾的想起來，而是時時想到一個什麼意思，或一點什麼滋味，或一些什麼感情，都是渺茫，而又親切。

他很想獨自去喝酒，喝得人事不知，他也許能痛快一些，不能再受這個折磨！可是他不敢去喝。他不能為這件事毀壞了自己。他又想起買車的事來。但是他不能專心的去想，老有一點什麼攔阻著他的心思；還沒想到車，這點東西已經偷偷的溜出來，佔住他的心，像塊黑雲遮住了太陽，把光明打斷。到了晚間，打算收車，他更難過了。他必須回車廠，可是真怕回去。假如遇上她呢，怎辦？

他拉著空車在街上繞，兩三次已離車廠不遠，又轉回頭來往別處走，很像初次逃學的孩子不敢進家門那樣。奇怪的是，他越想躲避她，同時也越想遇到她，天越黑，這個想頭越來得厲害。一種明知不妥，而很願試試的大膽與迷惑緊緊的捉住他的心，小的時候去用竿子捅馬蜂窩就是這樣，害怕，可是心中跳著要去試試，像有什麼邪氣催著自己似的。渺茫的他覺到一種比自己還更有力氣的勁頭兒，把他要揉成一個圓球，拋到一團烈火裡去；他沒法阻止住自己的前進。

他又繞回西安門來，這次他不想再遲疑，要直入公堂的找她去。她已不是任何人，她只是個女子。他的全身都熱起來。

剛走到門臉上，燈光下走來個四十多歲的男人，他似乎認識這個人的面貌態度，可是不敢去招呼。

幾乎是本能的，他說了聲：「車嗎？」

那個人楞了一楞：「祥子？」

「是呀，」祥子笑了。「曹先生？」

曹先生笑著點了點頭。「我說祥子，你要是沒在宅門裡的話，還上我那兒來吧？我現在用著的人太懶，他老不管擦車，雖然跑得也怪麻利的；你來不來？」

「還能不來，先生！」祥子似乎連怎樣笑都忘了，用小毛巾不住的擦臉。「先生，我幾兒上工呢？」

「那什麼，」曹先生想了想，「後天吧。」

「是了，先生！」祥子也想了想：「先生，我送回你去吧？」

「不用；我不是到上海去了一程子[16]嗎，回來以後，我不在老地方住了。現今住在北長街；我晚上出來走走。後天見吧。」

曹先生告訴了祥子門牌號數，又找補了一句：「還是用我自己的車。」

祥子痛快得要飛起來，這些日子的苦惱全忽然一齊鏟淨，像大雨沖過的白石路。曹先生是他的舊主人，雖然在一塊沒有多少日子，可是感情頂好；曹先生是非常和氣的人，而且家中人口不多，只有一位太太，和一個小男孩。他拉著車一直奔了人和廠去。虎姑娘屋中的燈還亮著呢。一見這個燈亮，祥子猛的木在那裡。

立了好久，他決定進去見她；告訴她他又找到了包月；把這兩天的車份兒交上；要出他的儲蓄；從此一刀兩斷——這自然不便明說，她總會明白的。

他進去先把車放好，而後回來大著膽叫了聲劉姑娘。「進來！」

他推開門，她正在床上斜著呢，穿著平常的衣褲，赤著腳。依舊斜著身，她說：

16. 一程子，即一些日子。

「怎樣？吃出甜頭來了是怎著？」

祥子的臉紅得像生小孩時送人的雞蛋。楞了半天，他遲遲頓頓的說：「我又找好了事，後天上工。人家自己有車——」

她把話接了過來：「你這小子不懂好歹！」她坐起來，半笑半惱的指著他：「這兒有你的吃，有你的穿；非去出臭汗不過癮是怎著？老頭子管不了我，我不能守一輩女兒寡！就是老頭子真犯牛脖子，我手裡也有倆體己，咱倆也能弄上兩三輛車，一天進個塊兒八毛的，不比你成天滿街跑臭腿去強？我哪點不好？除了我比你大一點，也大不了多少！我可是能護著你，疼你呢！」

「我願意去拉車！」祥子找不到別的辯駁。

「地道窩窩頭腦袋！你先坐下，咬不著你！」她說完，笑了笑，露出一對虎牙。

祥子青筋蹦跳的坐下。「我那點錢呢？」

「老頭子手裡呢；丟不了，甭害怕；你還別跟他要，你知道他的脾氣？夠買車的數兒，你再要，一個小子兒也短不了你的；現在要，他要不罵出你的魂來才怪！他對你不錯！丟不了，短一個我賠你倆！你個鄉下腦頦！別讓我損你啦！」

祥子又沒的說了，低著頭掏了半天，把兩天的車租掏出來，放在桌上：「兩天的。」臨時想起來：「今兒個就算交車，明兒個我歇一天。」他心中一點也不想歇息一天；不過，這樣顯著乾脆；交了車，以後再也不住人和廠。

虎姑娘過來，把錢抓在手中，往他的衣袋裡塞：「這兩天連車帶人都白送了！你這小子有點運氣！別忘恩負義就得了！」說完，她一轉身把門倒鎖上。

七　摔車意外

祥子上了曹宅。

對虎姑娘，他覺得有點羞愧。可是事兒既出於她的引誘，況且他又不想貪圖她的金錢，他以為從此和她一刀兩斷也就沒有什麼十分對不住人的地方了。他所不放心的倒是劉四爺拿著他的那點錢。馬上去要，恐怕老頭子多心。從此不再去見他們父女，也許虎姑娘一怒，對老頭子說幾句壞話，而把那點錢「炸了醬」[17]。還繼續著託老頭子給存錢吧，一到人和廠就得碰上她，又怪難以為情。他想不出妥當的辦法，越沒辦法也就越不放心。

他頗想向曹先生要個主意，可是怎麼說呢？對虎姑娘的那一段是對誰也講不得的。想到這兒，他真後悔了；這件事是，他開始明白過來，不能一刀兩斷的。這種事是

17. 炸了醬，即硬扣下，吞沒。

永遠洗不清的，像肉上的一塊黑瘢。無緣無故的丟了車，無緣無故的又來了這層纏繞，他覺得他這一輩子大概就這麼完了，無論自己怎麼要強，全算白饒。

想來想去，他看出這麼點來：大概到最後，他還得捨著臉要虎姑娘；不為要她，還不為要那幾輛車麼？「當王八的吃倆炒肉」！他不能忍受，可是到了時候還許非此不可！只好還往前幹吧，幹著好的，等著壞的；他不敢再像從前那樣自信了。他的身量，力氣，心胸，都算不了一回事；命是自己的，可是教別人管著；教些什麼頂混賬的東西管著。

按理說，他應當很痛快，因為曹宅是，在他所混過的宅門裡，頂可愛的。曹宅的工錢並不比別處多，除了三節的賞錢也沒有很多的零錢，可是曹先生與曹太太都非常的和氣，拿誰也當個人對待。

祥子願意多掙錢，拚命的掙錢，但是他也願意有個像間屋子的住處，和可以吃得飽的飯食。曹宅處處很乾淨，連下房也是如此；曹宅的飯食不苦，而且決不給下人臭東西吃。自己有間寬綽的屋子，又可以逍逍停停的吃三頓飯，再加上主人很客氣，祥子，連祥子，也不肯專在錢上站著了。況且吃住都合適，工作又不累，把身體養得好好的也不是吃虧的事。自己掏錢吃飯，他決不會吃得這麼樣好，現在既有現成的菜飯，而且吃了不會由脊梁骨下去，他為什麼不往飽裡吃呢；飯也是錢買來的，這筆賬他算得很清楚。吃得好，睡得好，自己可以乾乾淨淨像個人似的，是不容易找到的事。況且，雖然曹家不打牌，不常請客，沒什麼零錢，可是作點什麼臨時的工作也都能得個一毛兩毛的。比如太太叫他給小孩兒去買丸藥，她必多給他一毛錢，叫他坐車去，雖然明知道他比誰也跑的快。

這點錢不算什麼，可是使他覺到一種人情，一種體諒，使人心中痛快。祥子遇見過的主人也不算少了，十個倒有九個是能晚給一天工錢，就晚給一天，表示出頂好是白用人，而且僕人根本是貓狗，或者還不如貓狗。曹家的人是個例外，所以他喜歡在這兒。他去收拾院子，澆花，都不等他們吩咐他，而他們每見到他作這些事也必說些好聽的話，更乘著這種時節，他們找出些破舊的東西，教他去換洋火，雖然那些東西還都可以用，而他也就自己留下。在這裡，他覺出點人味兒。

在祥子眼裡，劉四爺可以算作黃天霸。雖然厲害，可是講面子，叫字號，決不一面兒黑。他心中的體面人物，除了黃天霸，就得算是那位孔聖人。他莫名其妙孔聖人到底是怎樣的人物，不過據說是認識許多的字，還挺講理。在他所混過的宅門裡，有文的也有武的；武的裡，連一個能趕上劉四爺的還沒有；文的中，雖然有在大學堂教書的先生，也有在衙門裡當好差事的，字當然認識不少了，可是沒遇到一個講理的。就是先生講點理，太太小姐們也很難伺候。只有曹先生既認識字，又講理，而且曹太太也規規矩矩的得人心。所以曹先生必是孔聖人；假若祥子想不起孔聖人是什麼模樣，那就必應當像曹先生，不管孔聖人願意不願意。

其實呢，曹先生並不怎麼高明。他只是個有時候教點書，有時候也作些別的事的一個中等人物。他自居為「社會主義者」，同時也是個唯美主義者，很受了維廉・莫利司[18]一點兒影響。在政治上，藝術上，他都並沒有高深的見解；不過他有一點好處：他所信仰的那一點點，都能在生活中的小事件上實行出來。

他似乎看出來，自己並沒有驚人的才力，能夠作出些驚天動地的事業，所以就按著自己的理想來佈置自己的工作與家庭；雖然無補於社會，可是至少也願言行一致，不落個假冒為善。因此，在小的事情上他都很注意，彷彿是說只要把小小的家庭整理得美好，那麼社會怎樣滿可以隨便。

這有時使他自愧，有時也使他自喜，似乎看得明明白白，他的家庭是沙漠中的一個小綠洲，只能供給來到此地的一些清水與食物，沒有更大的意義。

18. 維廉・莫利司（一八三四至一八九六），英國詩人，美術家。

祥子恰好來到了這個小綠洲；在沙漠中走了這麼多日子，他以為這是個奇蹟。他一向沒遇到過像曹先生這樣的人，所以他把這個人看成聖賢。這也許是他的經驗少，也許是世界上連這樣的人也不多見。拉著曹先生出去，曹先生的服裝是那麼淡雅，人是那麼活潑大方，他自己是那麼乾淨利落，魁梧雄壯，他就跑得分外高興，好像只有他才配拉著曹先生似的。在家裡呢，處處又是那麼清潔，永遠是那麼安靜，使他覺得舒服安定。當在鄉間的時候，他常看到老人們在冬日或秋月下，叼著竹管煙袋一聲不響的坐著，他雖年歲還小，不能學這些老人，可是他愛看他們這樣靜靜的坐著，必是——他揣摩著——有點什麼滋味。現在，他雖是在城裡，可是曹宅的清靜足以讓他想起鄉間來，他真願抽上個煙袋，咂摸著一點什麼滋味。

不幸，那個女的和那點錢教他不能安心；他的心像一個綠葉，被個蟲兒用絲給纏起來，預備作繭。為這點事，他自己放不下心；對別人，甚至是對曹先生，時時發楞，所答非所問。這使他非常的難過。

曹宅睡得很早，到晚間九點多鐘就可以沒事了，他獨自坐在屋中或院裡，翻來覆去的想，想的是這兩件事。他甚至想起馬上就去娶親，這樣必定能夠斷了虎妞的念頭。可是憑著拉車怎能養家呢？他曉得大雜院中的苦哥兒們，男的拉車，女的縫窮，孩子們撿煤核，夏天在土堆上拾西瓜皮啃，冬天全去趕粥廠。祥子不能受這個。再說呢，假若他娶了親，劉老頭子手裡那點錢就必定要不回來；虎妞豈肯輕饒了他呢！他不能捨了那點錢，那是用命換來的！

他自己的那輛車是去年秋初買的。一年多了，他現在什麼也沒有，只有要不出來的三十多塊錢，和一些纏繞！他越想越不高興。

中秋節後十多天了，天氣慢慢涼上來。他算計著得添兩件穿的。又是錢！買了衣裳就不能同時把錢還剩下，買車的希望，簡直不敢再希望了！即使老拉包月，這一輩子又算怎回事呢？

一天晚間，曹先生由東城回來的晚一點。祥子為是小心，由天安門前全走馬路。敞平的路，沒有什麼人，微微的涼風，靜靜的燈光，他跑上了勁來。許多日子心中的憋悶，暫時忘記了，聽著自己的腳步，和車弓子的輕響，他忘記了一切。解開了鈕扣，涼風颼颼的吹著胸，他覺到痛快，好像就這麼跑下去，一直跑到不知什麼地方，跑死也倒乾脆。

越跑越快，前面有一輛，他「開」一輛，一會兒就過了天安門。他的腳似乎是兩個彈簧，幾乎是微一著地便彈起來；後面的車輪轉得已經看不出條來，皮輪彷彿已經離開了地，連人帶車都像被陣急風吹起來了似的。曹先生被涼風一颼，大概是半睡著了，要不然他必會阻止祥子這樣的飛跑。祥子是跑開了腿，心中渺茫的想到，出一身透汗，今天可以睡痛快覺了，不至於再思慮什麼。

已離北長街不遠，馬路的北半，被紅牆外的槐林遮得很黑。祥子剛想收步，腳已碰到一些高起來的東西。腳倒，車輪也倒了。祥子栽了出去。咯喳，車把斷了。「怎麼了？」曹先生隨著自己的話跌出來。祥子沒出一聲，就地爬起。曹先生也輕快的坐起來。「怎麼了？」

新卸的一堆補路的石塊，可是沒有放紅燈。「摔著沒有？」祥子問。

「沒有；我走回去吧，你拉著車。」曹先生還鎮定，在石塊上摸了摸有沒有落下來的東西。

祥子摸著了已斷的一截車把：「沒折多少，先生還坐上，能拉！」說著，他一把將車從石頭中扯出來。「坐上，先生！」

曹先生不想再坐，可是聽出祥子的話帶著哭音，他只好上去了。

到了北長街口的電燈下面，曹先生看見自己的右手擦去一塊皮。「祥子你站住！」

祥子一回頭，臉上滿是血。

曹先生害了怕，想不起說什麼好，「你快，快——」

祥子莫名其妙，以為是教他快跑呢，他一拿腰，一氣跑到了家。放下車，他看見曹先生手上有血，急忙往院裡跑，想去和太太要藥。

「別管我，先看你自己吧！」曹先生跑了進去。

祥子看了看自己，開始覺出疼痛，雙膝，右肘全破了；臉蛋上，他以為流的是汗，原來是血。不顧得幹什麼，想什麼，他坐在門洞的石階上，呆呆的看著斷了把的車。嶄新黑漆的車，把頭折了一段，禿碴碴的露著兩塊白木碴兒，非常的不調和，難看，像糊好的漂亮紙人還沒有安上腳，光出溜的插著兩根秫秸稈那樣。祥子呆呆的看著這兩塊白木碴兒。

「祥子！」曹家的女僕高媽響亮的叫，「祥子！你在哪兒呢？」

他坐著沒動，不錯眼珠的盯著那破車把，那兩塊白木碴兒好似插到他的心裡。

「你是怎個碴兒呀！一聲不出，藏在這兒；你瞧，嚇我一跳！先生叫你哪！」高媽的話永遠是把事情與感情都攙合起來，顯著既複雜又動人。她是三十二三歲的寡婦，乾淨，爽快，作事麻利又仔細。在別處，有人嫌她太張道，主意多，時常有些神眉鬼道兒的。曹家喜歡用乾淨嘹亮的人，而又不大注意那些小過節兒，所以她跟了他們已經二三年，就是曹家全家到別處去也老帶著她。

「先生叫你哪！」她又重了一句。及至祥子立起來，她看明他臉上的血：「可嚇死我了，我的媽！這是怎麼了？你還不動換哪，得了破傷風還了得！快走！先生那兒有藥！」

祥子在前邊走，高媽在後邊叨嘮，一同進了書房。曹太太也在這裡，正給先生裹手上藥，見祥子進來，她也「哟」了一聲。

「太太，他這下子可是摔得夠瞧的。」高媽唯恐太太看不出來，忙著往臉盆裡倒涼水，更忙著說話：「我就早知道嗎，他一跑起來就不顧命，早晚是得出點岔兒。果不其然！還不快洗洗哪？洗完好上點藥，真！」

祥子托著右肘，不動。書房裡是那麼乾淨雅趣，立著他這麼個滿臉血的大漢，非常的不像樣，大家似乎都覺出有點什麼不對的地方，連高媽也沒了話。

「先生！」祥子低著頭，聲音很低，可是很有力：「先生另找人吧！這個月的工錢，你留著收拾車吧：車把斷了，左邊的燈碎了塊玻璃；別處倒都好好的呢。」

「先洗洗，上點藥，再說別的。」曹先生看著自己的手說，太太正給慢慢的往上纏紗布。

「先洗洗！」高媽也又想起話來。「先生並沒說什麼呀，你別先倒打一瓦！」

祥子還不動。「不用洗，一會兒就好！一個拉包月的，摔了人，碰了車，沒臉再——」他的話不夠幫助說完全了他的意思，可是他的感情已經發洩淨盡，只差著放聲哭了。辭事，讓工錢，在祥子看就差不多等於自殺。可是責任，臉面，在這時候似乎比命還重要，因為摔的不是別人，而是曹先生。假若他把那位楊太太摔了，摔了就摔了，活該！對楊太太，他可以拿出街面上的蠻橫勁兒，因為她不拿人待他，他也不便客氣；錢是一切，說不著什麼臉面，哪叫規矩。曹先生根本不是那樣的人，他得犧牲了錢，好保住臉面。

他顧不得恨誰，只恨自己的命，他差不多想到：從曹家出去，他就永不再拉車；自己的命即使不值錢，可以拚上；人家的命呢？真要摔死一口子，怎辦呢？以前他沒想到過這個，因為這次是把曹先生摔傷，所以悟過這個理兒來。好吧，工錢可以不要，從此改行，不再幹這背著人命的事。

拉車是他理想的職業，擱下這個就等於放棄了希望。他覺得他的一生就得窩窩囊囊的混過去了，連成個好拉車的也不用再想，空長了那麼大的身量！在外面拉散座的時候，他曾毫不客氣的「抄」[19]買賣，被大家嘲罵，可是這樣的不要臉正是因為自己要強，想買上車，他可以原諒自己。拉包月而惹了禍，自己有什麼可說的呢？這要被人知道了，祥子摔了人，碰壞了車；哪道拉包車的，什麼玩藝！祥子沒了出路！他不能等曹先辭他，只好自己先滾吧。

「祥子，」曹先生的手已裹好，「你洗洗！先不用說什麼辭工。不是你的錯兒，放石頭就應當放個紅燈。算了吧，洗洗，上點藥。」

「是呀，先生，」高媽又想起話來，「祥子是磨不開；本來嗎，把先生摔得這個樣！可是，先生既說不是你的錯兒，你也甭再彆扭啦！瞧他這樣，身大力不虧的，還和小孩一樣呢，倒是真著急！太太說一句，叫他放心吧！」高媽的話很像留聲機片，是轉著圓圈說的，把大家都說在裡邊，而沒有起承轉合的痕跡。

「快洗洗吧，我怕血。」曹太太只說了這麼一句。

祥子的心中很亂，末了聽到太太說怕血，似乎找到了一件可以安慰她的事；把臉盆搬出來，在書房門口洗了幾把。高媽拿著藥瓶在門內等著他。

「胳臂和腿上呢？」高媽給他臉上塗抹了一氣。

19. 把別人正在進行的生意搶過來，叫「抄」。

祥子搖了搖頭，「不要緊！」

曹氏夫婦去休息。高媽拿著藥瓶，跟出祥子來。到了他屋中，她把藥瓶放下，立在屋門口裡：「待會兒你自己抹抹吧。我說，為這點事不必那麼吃心。當初，有我老頭子活著的日子，我也是常辭工。一來是，我在外頭受累，他不要強，教我生氣。二來是，年輕氣兒粗，一句話不投緣，散！

「賣力氣掙錢，不是奴才；你有你的臭錢，我泥人也有個土性兒；老太太有個伺候不著！現在我可好多了，老頭子一死，我沒什麼掛念的了，脾氣也就好了點。這兒呢——我在這兒小三年子了；可不是，九月九上的工——零錢太少，可是他們對人還不錯。咱們賣的是力氣，為的是錢；淨說好的當不了一回事。可是話又得這麼說，把事情看長遠了也有好處：三天兩頭的散工，一年倒歇上六個月，也不上算；莫若遇上個和氣的主兒，架不住乾日子多了，零錢就是少點，可是靠常兒混下去也能剩倆錢。

「今兒個的事，先生既沒說什麼，算了就算了，何必呢。也不是我攀個大，你還是小兄弟呢，容易掛火。一點也不必，火氣壯當不了吃飯。像你這麼老實巴焦的，安安頓頓的在這兒混些日子，總比滿天打油飛[20]去強。我一點也不是向著他們說話，我是為你，

20. 滿天打油飛，即各處遊盪，沒個準地方落腳。

在一塊兒都怪好的！」她喘了口氣：「得，明兒見；甭犯牛勁，我是直心眼，有一句說一句！」

祥子的右肘很疼，半夜也沒睡著。顛算了七開八得，他覺得高媽的話有理。什麼也是假的，只有錢是真的。省錢買車；掛火當不了吃飯！想到這，來了一點平安的睡意。

八　高媽的存錢手段

曹先生把車收拾好，並沒扣祥子的工錢。曹太太給他兩丸「三黃寶蠟」，他也沒吃。他沒再提辭工的事。雖然好幾天總覺得不大好意思，可是高媽的話得到最後的勝利。過了些日子，生活又合了轍，他把這件事漸漸忘掉，一切的希望又重新發了芽。獨坐在屋中的時候，他的眼發著亮光，去盤算怎樣省錢，怎樣買車；嘴裡還不住的嘟囔，像有點心病似的。

他的算法很不高明，可是心中和嘴上常常念著「六六三十六」；這並與他的錢數沒多少關係，不過是這麼念道，心中好像是充實一些，真像有一本賬似的。

他對高媽有相當的佩服，覺得這個女人比一般的男子還有心路與能力，她的話是抄著根兒來的。他不敢趕上她去閒談，但在院中或門口遇上她，她若有工夫說幾句，他就很願意聽她說。她每說一套，總夠他思索半天的，所以每逢遇上她，他會傻傻忽忽的一笑，使她明白他是佩服她的話，她也就覺到點得意，即使沒有工夫，也得扯上幾句。

不過，對於錢的處置方法，他可不敢冒兒咕咚的就隨著她的主意走。她的主意，他以為，實在不算壞；可是多少有點冒險。他很願意聽她說，好多學些招數，心裡顯著寬綽；在實行上，他還是那個老主意——不輕易撒手錢。

不錯，高媽的確有辦法：自從她守了寡，她就把月間所能剩下的一點錢放出去，一塊也是一筆，兩塊也是一筆，放給作僕人的，當二三等巡警的，和作小買賣的，利錢至少是三分。

這些人時常為一塊錢急得紅著眼轉磨，就是有人借給他們一塊而當兩塊算，他們也得伸手接著。除了這樣，錢就不會教他們看見；他們所看見的錢上有毒，接過來便會抽乾他們的血，但是他們還得接著。凡是能使他們緩一口氣的，他們就有膽子拿起來；生命就是且緩一口氣再講，明天再說明天的。

高媽，在她丈夫活著的時候，就曾經受著這個毒。她的丈夫喝醉來找她，非有一塊錢不能打發；沒有，他就在宅門外醉鬧；她沒辦法，不管多大的利息也得馬上借到這塊錢。由這種經驗，她學來這種方法，並不是想報復，而是拿它當作合理的，幾乎是救急的慈善事。有急等用錢的，有願意借出去的，周瑜打黃蓋，願打願挨！

在宗旨上，她既以為這沒有什麼下不去的地方，那麼在方法上她就得厲害一點，不能拿錢打水上飄；幹什麼說什麼。

這需要眼光，手段，小心，潑辣，好不至都放了鷹[21]。她比銀行經理並不少費心血，因為她需要更多的小心謹慎。資本有大小，主義是一樣，因為這是資本主義的社會，像一個極細極大的篩子，一點一點的從上面往下篩錢，越往下錢越少；同時，也往下篩主義，可是上下一邊兒多，因為主義不像錢那樣怕篩眼小，它是無形體的，隨便由什麼極小的孔中也能溜下來。

大家都說高媽厲害，她自己也這麼承認；她的厲害是由困苦中折磨中鍛煉出來的。一想起過去的苦處，連自己的丈夫都那樣的無情無理，她就咬上了牙。她可以很和氣，也可以很毒辣，她知道非如此不能在這個世界上活著。

她也勸祥子把錢放出去，完全出於善意，假若他願意的話，她可以幫他的忙：「告訴你，祥子，擱在兜兒裡，一個子永遠是一個子！放出去呢，錢就會下錢！沒錯兒，咱們的眼睛是幹什麼的？瞧準了再放手錢，不能放禿尾巴鷹。當巡警的到時候不給利，或是不歸本，找他的巡官去！一句話，他的差事得擱下，敢！打聽明白他們放餉

21. 放了鷹，即全部丟失。

的日子，堵窩掏；不還錢，新新[22]！將一比十，放給誰，咱都得有個老底；好，放出去，海裡摸鍋，那還行嗎？你聽我的，準保沒錯！」

祥子用不著說什麼，他的神氣已足表示他很佩服高媽的話。及至獨自一盤算，他覺得錢在自己手裡比什麼也穩當。不錯，這麼著是死的，錢不會下錢；可是丟不了也是真的。把這兩三個月剩下的幾塊錢——都是現洋——輕輕的拿出來，一塊一塊的翻弄，怕出響聲；現洋是那麼白亮，厚實，起眼，他更覺得萬不可撒手，除非是拿去買車。各人有各人的辦法，他不便全隨著高媽。

原先在一家姓方的家裡，主人全家大小，連僕人，都在郵局有個儲金折子。方太太也勸過祥子：「一塊錢就可以立折子，你怎麼不立一個呢？俗言說得好，常將有日思無日，莫到無時盼有時；年輕輕的，不乘著年輕力壯剩下幾個，一年三百六十天不能天天是晴天大日頭。這又不費事，又牢靠，又有利錢，哪時別準還可以提點兒用，還要怎麼方便呢？去，去要個單子來，你不會寫，我給你填上，一片好心！」

祥子知道她是好心，而且知道廚子王六和奶媽子秦媽都有折子，他真想試一試。可是有一天方大小姐叫他去給放進十塊錢，他細細看了看那個小折子，上面有字，有小

22. 新新，即新鮮，奇怪。

紅印；通共，哼，也就有一小打手紙那麼沉吧。把錢交進去，人家又在折子上畫了幾個字，打上了個小印。他覺得這不是騙局，也得是騙局；白花花的現洋放進去，憑人家三畫五畫就算完事，祥子不上這個當。

他懷疑方家是跟郵局這個買賣——他總以為郵局是個到處有分號的買賣，大概字號還很老，至少也和瑞蚨祥、鴻記差不多——有關係，所以才這樣熱心給拉生意。即使事實不是這樣，現錢在手裡到底比在小折子上強，強的多！折子上的錢只是幾個字！

對於銀行銀號，他只知道那是出「座兒」的地方，假若巡警不阻止在那兒擱車的話，準能拉上「買賣」。至於裡面作些什麼事，他猜不透。不錯，這裡必是有很多的錢；但是為什麼單到這裡來鼓逗[23]錢，他不明白；他自己反正不容易與它們發生關係，那麼也就不便操心去想了。

城裡有許多許多的事他不明白，聽朋友們在茶館裡議論更使他發糊塗，因為一人一個說法，而且都說的不到家。他不願再去聽，也不願去多想，他知道假若去打搶的話，頂好是搶銀行；既然不想去作土匪，那麼自己拿著自己的錢好了，不用管別的。他以為這是最老到的辦法。

23. 鼓逗，有反覆調弄的意思。

高媽知道他是紅著心想買車，又給他出了主意：「祥子，我知道你不肯放賬，為是好早早買上自己的車，也是個主意！我要是個男的，要是也拉車，我就得拉自己的車；自拉自唱，萬事不求人！能這麼著，給我個知縣我也不換！拉車是苦事，可是我要是男的，有把子力氣，我楞拉車也不去當巡警；冬夏常青，老在街上站著，一月才掙那倆錢，沒個外錢，沒個自由；一留鬍子還是就吹，簡直的沒一點起色。「我是說，對了，你要是想快快買上車的話，我給你個好主意：起上一只會，十來個人，至多二十個人，一月每人兩塊錢，你使頭一會；這不是馬上就有四十來的塊？你橫是多少也有個積蓄，湊吧湊吧就弄輛車拉拉，乾脆大局！車到了手，你幹上一只黑籤兒會[24]，又不出利，又是體面事，準得對你的心路！你真要請會的話，我來一只，決不含忽！怎樣？」

這真讓祥子的心跳得快了些！真要湊上三四十塊，再加上劉四爺手裡那三十多，和自己現在有的那幾塊，豈不就是八十來的？雖然不夠買十成新的車，八成新的總可以辦到了！況且這麼一來，他就可以去向劉四爺把錢要回，省得老這麼擱著，不像回事兒。八成新就八成新吧，好歹的拉著，等有了富餘再換。

24. 幹上一只黑籤兒會，即只剩下上黑籤會。第一次使錢的人，以後不會再使錢，只有拿錢的義務。

可是，上哪裡找這麼二十位人去呢？即使能湊上，這是個面子事，自己等錢用麼就請會，趕明兒人家也約自己來呢？起會，在這個窮年月，常有嘩啦了的時候！好漢不求人；乾脆，自己有命買得上車，買；不求人！

看祥子沒動靜，高媽真想俏皮他一頓，可是一想他的直誠勁兒，又不大好意思了：「你真行！『小胡同趕豬——直來直去』；也好！」

祥子沒說什麼，等高媽走了，對自己點了點頭，似乎是承認自己的一把死拿值得佩服，心中怪高興的。

已經是初冬天氣，晚上胡同裡叫賣糖炒栗子，落花生之外，加上了低悲的「夜壺嘔」。夜壺挑子上帶著瓦的悶葫蘆罐兒，祥子買了個大號的。頭一號買賣，賣夜壺的找不開錢，祥子心中一活便，看那個頂小的小綠夜壺非常有趣，綠汪汪的，也撅著小嘴，「不用找錢了，我來這麼一個！」放下悶葫蘆罐，他把小綠夜壺送到裡邊去：「少爺沒睡哪？送你個好玩藝！」

大家都正看著小文——曹家的小男孩——洗澡呢，一見這個玩藝都憋不住的笑了。曹氏夫婦沒說什麼，大概覺得這個玩藝雖然蠢一些，可是祥子的善意是應當領受的，所以都向他笑著表示謝意。

高媽的嘴可不會閒著：「你看，真是的，祥子！這麼大個子了，會出這麼高明的主意；多麼不順眼！」

小文很喜歡這個玩藝，登時用手捧澡盆裡的水往小壺裡灌：「這小茶壺，嘴大！」

大家笑得更加了勁。祥子整著身子——因為一得意就不知怎麼好了——走出來。

他很高興，這是向來沒有經驗過的事，大家的笑臉全朝著他自己，彷彿他是個很重要的人似的。微笑著，又把那幾塊現洋搬運出來，輕輕的一塊一塊往悶葫蘆罐裡放，心裡說：這比什麼都牢靠！多咱夠了數，多咱往牆上一碰；拍喳，現洋比瓦片還得多！

他決定不再求任何人。就是劉四爺那麼可靠，究竟有時候顯著彆扭，錢是丟不了哇，在劉四爺手裡，不過總有點不放心。錢這個東西像戒指，總是在自己手上好。這個決定使他痛快，覺得好像自己的腰帶又殺緊了一扣，使胸口能挺得更直更硬。

天是越來越冷了，祥子似乎沒覺到。心中有了一定的主意，眼前便增多了光明；在光明中不會覺得寒冷。

地上初見冰凌，連便道上的土都凝固起來，處處顯出乾燥，結實，黑土的顏色已微微發些黃，像已把潮氣散盡。特別是在一清早，被大車軋起的土稜上鑲著幾條霜邊，小風尖溜溜的把早霞吹散，露出極高極藍極爽快的天；祥子願意早早的拉車跑一趟，涼風颼進他的袖口，使他全身像洗冷水澡似的一哆嗦，一痛快。有時候起了狂風，把他打得出不來氣，可是他低著頭，咬著牙，向前鑽，像一條浮著逆水的大魚；風越大，他的抵抗也越大，似乎是和狂風決一死戰。猛的一股風頂得他透不出氣，閉住口，半天，打出一個嗝，彷彿是在水裡扎了一個猛子。

打出這個嗝，他繼續往前奔走，往前衝進，沒有任何東西能阻止住這個巨人；他全身的筋肉沒有一處鬆懈，像被螞蟻圍攻的綠蟲，全身搖動著抵禦。這一身汗！等到放下車，直一直腰，吐出一口長氣，抹去嘴角的黃沙，他覺得他是無敵的；看著那裹著灰沙的風從他面前掃過去，他點點頭。

風吹彎了路旁的樹木，撕碎了店戶的布幌，揭淨了牆上的報單，遮昏了太陽，唱著，叫著，吼著，迴盪著！忽然直馳，像驚狂了的大精靈，扯天扯地的疾走；忽然慌亂，四面八方的亂捲，像不知怎好而決定亂撞的惡魔；忽然橫掃，乘其不備的襲擊著地上的一切，扭折了樹枝，吹掀了屋瓦，撞斷了電線；可是，祥子在那裡看著；他剛從風裡出來，風並沒能把他怎樣了！勝利是祥子的！及至遇上順風，他只須拿穩了車把，自己不用跑，風會替他推轉了車輪，像個很好的朋友。

自然，他既不瞎，必定也看見了那些老弱的車伕。他們穿著一陣小風就打透的，一陣大風就吹碎了的，破衣；腳上不知綁了些什麼。在車口上，他們哆嗦著，眼睛像賊似的溜著，不論從什麼地方鑽出個人來，他們都爭著問，「車?!」

拉上個買賣，他們暖和起來，汗濕透了那點薄而破的衣裳。一停住，他們的汗在背上結成了冰。遇上風，他們一步也不能抬，而生生的要曳著車走；風從上面砸下來，他們要把頭低到胸口裡去；風從下面來，他們的腳便找不著了地；風從前面來，手一揚就要放風箏；風從後邊來，他們沒法管束住車與自己。但是他們設盡了方法，用盡了力氣，死曳活曳得把車拉到了地方，為幾個銅子得破出一條命。

一趟車拉下來，灰土被汗合成了泥，糊在臉上，只露著眼與嘴三個凍紅了的圈。

天是那麼短，那麼冷，街上沒有多少人；這樣苦奔一天，未必就能掙上一頓飽飯；可是年老的，家裡還有老婆孩子；年小的，有父母弟妹！

冬天，他們整個的是在地獄裡，比鬼多了一口活氣，而沒有鬼那樣清閒自在；鬼沒有他們這麼多的吃累！像條狗似的死在街頭，是他們最大的平安自在；凍死鬼，據說，臉上有些笑容！

祥子怎能沒看見這些呢。但是他沒工夫為他們憂慮思索。他們的罪孽也就是他的，不過他正在年輕力壯，受得起辛苦，不怕冷，不怕風；晚間有個乾淨的住處，白天有件整齊的衣裳，所以他覺得自己與他們並不能相提並論，他現在雖是與他們一同受苦，可是受苦的程度到底不完全一樣；現在他少受著罪，將來他還可以從這裡逃出去；他想自己要是到了老年，決不至於還拉著輛破車去挨餓受凍。

他相信現在的優越可以保障將來的勝利。正如在飯館或宅門外遇上駛汽車的，他們不肯在一塊兒閒談；駛汽車的覺得有失身分，要是和洋車伕們有什麼來往。汽車伕對洋車伕的態度，正有點像祥子的對那些老弱殘兵；同是在地獄裡，可是層次不同。他們想不到大家須立在一塊兒，而是各走各的路，個人的希望與努力蒙住了各個人的眼，每個人都覺得赤手空拳可以成家立業，在黑暗中各自去摸索個人的路。祥子不想別人，不管別人，他只想著自己的錢與將來的成功。

街上慢慢有些年下的氣象了。在晴明無風的時候，天氣雖是乾冷，可是路旁增多了顏色：年畫，紗燈，紅素蠟燭，絹製的頭花，大小蜜供，都陳列出來，使人心中顯著快活，可又有點不安；因為無論誰對年節都想到快樂幾天，可是大小也都有些困難。祥子的眼增加了亮光，看見路旁的年貨，他想到曹家必定該送禮了；送一份總有他幾毛酒錢。

節賞固定的是兩塊錢，不多；可是來了賀年的，他去送一送，每一趟也得弄個兩毛三毛的。湊到一塊就是個數兒；不怕少，只要零碎的進手；他的悶葫蘆罐是不會寃人的！

晚間無事的時候，他釘坑兒看著這個只會吃錢而不願吐出來的瓦朋友，低聲的勸告：「多多的吃，多多的吃，夥計！多咱你吃夠了，我也就行了！」

年節越來越近了，一晃兒已是臘八。歡喜或憂懼強迫著人去計劃，佈置；還是二十四小時一天，可是這些天與往常不同，它們不許任何人隨便的度過，必定要作些什麼，而且都得朝著年節去作，好像時間忽然有了知覺，有了感情，使人們隨著它思索，隨著它忙碌。

祥子是立在高興那一面的，街上的熱鬧，叫賣的聲音，節賞與零錢的希冀，新年的休息，好飯食的想像——都使他像個小孩子似的歡喜，盼望。

他想好，破出塊兒八毛的，得給劉四爺買點禮物送去。禮輕人物重，他必須拿著點東西去，一來為是道歉，他這些日子沒能去看老頭兒，因為宅裡很忙；二來可以就手要出那三十多塊錢來。破費一塊來錢而能要回那一筆款，是上算的事。

這麼想好，他輕輕的搖了搖那個撲滿，想像著再加進三十多塊去應當響得多麼沉重好聽。是的，只要一索回那筆款來，他就沒有不放心的事了！

一天晚上，他正要再搖一搖那個聚寶盆，高媽喊了他一聲：「祥子！門口有位小姐找你；我正從街上回來，她跟我直打聽你。」

等祥子出來，她低聲找補了句：「她像個大黑塔！怪怕人的！」

祥子的臉忽然紅得像包著一團火，他知道事情要壞！

九　虎妞的主意

祥子幾乎沒有力量邁出大門坎去。昏頭打腦的，腳還在門坎內，藉著街上的燈光，已看見了劉姑娘。她的臉上大概又擦了粉，被燈光照得顯出點灰綠色，像黑枯了的樹葉上掛著層霜。祥子不敢正眼看她。

虎妞臉上的神情很複雜：眼中帶出些渴望看到他的光兒；嘴可是張著點，露出點兒冷笑；鼻子縱起些紋縷，折疊著些不屑與急切；眉稜稜著，在一臉的怪粉上顯出妖媚而霸道。

看見祥子出來，她的嘴唇撇了幾撇，臉上的各種神情一時找不到個適當的歸束。她嚥了口吐沫，把複雜的神氣與情感似乎鎮壓下去，拿出點由劉四爺得來的外場勁兒，半惱半笑，假裝不甚在乎的樣子打了句哈哈：「你可倒好！肉包子打狗，一去不回頭啊！」她的嗓門很高，和平日在車廠與車伕們吵嘴時一樣。說出這兩句來，她臉上的笑意一點也沒有了，忽然的彷彿感到一種羞愧與下賤，她咬上了嘴唇。

「別嚷！」祥子似乎把全身的力量都放在唇上，爆裂出這兩個字，音很小，可是極有力。

「哼！我才怕呢！」她惡意的笑了，可是不由她自己似的把聲音稍放低了些。「怨不得你躲著我呢，敢情這兒有個小妖精似的小老媽兒；我早就知道你不是玩藝，別看傻大黑粗的，韃子拔煙袋，不傻假充傻！」她的聲音又高了起去。

「別嚷！」祥子唯恐怕高媽在門裡偷著聽話兒。「別嚷！這邊來！」他一邊說一邊往馬路上走。

「上哪邊我也不怕呀，我就是這麼大嗓兒！」嘴裡反抗著，她可是跟了過來。

過了馬路，來到東便道上，貼著公園的紅牆，祥子——還沒忘了在鄉間的習慣——蹲下了。

「你幹嗎來了？」

「我？哼，事兒可多了！」她左手插在腰間，肚子努出些來。低頭看了他一眼，想了會兒，彷彿是發了些善心，可憐他了：「祥子！我找你有事，要緊的事！」

這聲低柔的「祥子」把他的怒氣打散了好些，他抬起頭來，看著她，她還是沒有什麼可愛的地方，可是那聲「祥子」在他心中還微微的響著，帶著溫柔親切，似乎在哪兒曾經聽見過，喚起些無可否認的，欲斷難斷的，情分。他還是低聲的，但是溫和了些：「什麼事？」

「祥子！」她往近湊了湊：「我有啦！」

「有了什麼？」他一時蒙住了。

「這個！」她指了指肚子。「你打主意吧！」

楞頭磕腦的，他「啊」了一聲，忽然全明白了。一萬樣他沒想到過的事都奔了心中去，來得是這麼多，這麼急，這麼亂，心中反猛的成了塊空白，像電影片忽然斷了那樣。街上非常的清靜，天上有些灰雲遮住了月，地上時時有些小風，吹動著殘枝枯葉，遠處有幾聲尖銳的貓叫。祥子的心裡由亂而空白，連這些聲音也沒聽見；手托住腮下，呆呆的看著地，把地看得似乎要動；想不出什麼，也不願想什麼；只覺得自己越來越小，可又不能完全縮入地中去，整個的生命似乎都立在這點難受上；別的，什麼也沒有！他才覺出冷來，連嘴唇都微微的顫著。

「別緊自蹲著，說話呀！你起來！」她似乎也覺出冷來，願意活動幾步。

他僵不吃的立起來，隨著她往北走，還是找不到話說，混身都有些發木，像剛被凍醒了似的。

「你沒主意呀？」她瞭了祥子一眼，眼中帶出憐愛他的神氣。

他沒話可說。

「趕到二十七呀，老頭子的生日，你得來一趟。」

「忙，年底下！」祥子在極亂的心中還沒忘了自己的事。

「我知道你這小子吃硬不吃軟，跟你說好的算白饒！」她的嗓門又高起去，街上的冷靜使她的聲音顯著特別的清亮，使祥子特別的難堪。「你當我怕誰是怎著？你打算怎樣？你要是不願意聽我的，我正沒工夫跟你費吐沫玩！說翻了的話，我會堵著你的宅門罵三天三夜！你上哪兒我也找得著！我還是不論秧子[25]！」

「別嚷行不行？」祥子躲開她一步。

「怕嚷啊，當初別貪便宜呀！你是了味[26]啦，教我一個人背黑鍋，你也不掙開死ＸＸ皮看看我是誰！」

「你慢慢說，我聽！」祥子本來覺得很冷，被這一頓罵罵得忽然發了熱，熱氣要頂

25. 不論秧子，即不管是誰。
26. 是了味，即滿意了。

開凍僵巴的皮膚，混身有些發癢癢，頭皮上特別的刺鬧得慌。

「這不結啦！甭找不自在！」她撇開嘴，露出兩個虎牙來。「不屈心，我真疼你，你也別不知好歹！跟我犯牛脖子，沒你的好兒，告訴你！」

「不——」祥子想說「不用打一巴掌揉三揉」，可是沒有想齊全；對北平的俏皮話兒，他知道不少，只是說不利落；別人說，他懂得，他自己說不上來。

「不什麼？」

「說你的！」

「我給你個好主意，」虎姑娘立住了，面對面的對他說：「你看，你要是託個媒人去說，老頭子一定不答應。他是拴車的，你是拉車的，他不肯往下走親戚。我不論，我喜歡你，喜歡就得了嗎，管它娘的別的幹什麼！誰給我說媒也不行，一去提親，老頭子就當是算計著他那幾十輛車呢；比你高著一等的人物都不行。這個事非我自己辦不可，我就挑上了你，咱們是先斬後奏；反正我已經有了，咱們倆誰也跑不了啦！可是，咱們就這麼直入公堂的去說，還是不行。老頭子越老越糊塗，咱倆一露風聲，他會去娶個小媳婦，把我硬攆出來。老頭子棒著呢，別看快七十歲了，真要娶個小媳婦，多了不敢說，我敢保還能弄出兩三個小孩來，你愛信不信！」

「走著說，」祥子看站崗的巡警已經往這邊走了兩趟，覺得不是勁兒。

「就在這兒說，誰管得了！」她順著祥子的眼光也看見了那個巡警：「你又沒拉著車，怕他幹嗎？他還能無因白故的把誰的XX咬下來？那才透著邪行呢！咱們說咱們的！

「你看，我這麼想：趕二十七老頭子生日那天，你去給他磕三個頭。等一轉過年來，你再去拜個年，討他個喜歡。我看他一喜歡，就弄點酒什麼的，讓他喝個痛快。看他喝到七八成了，就熱兒打鐵，你乾脆認他作乾爹。日後，我再慢慢的教他知道我身子不方便了。

「他必審問我，我給他個『徐庶入曹營——一語不發』。等他真急了的時候，我才說出個人來，就說是新近死了的那個喬二——咱們東邊槓房的二掌櫃的。他無親無故的，已經埋在了東直門外義地裡，老頭子由哪兒究根兒去？老頭子沒了主意，咱們再慢慢的吹風兒，頂好把我給了你，本來是乾兒子，再作女婿，反正差不很多；順水推舟，省得大家出醜。你說我想的好不好？」

祥子沒言語。

覺得把話說到了一個段落，虎妞開始往北走，低著點頭，既像欣賞著自己的那片話，又彷彿給祥子個機會思索思索。這時，風把灰雲吹裂開一塊，露出月光，二人已來到街的北頭。御河的水久已凍好，靜靜的，灰亮的，坦平的，堅固的，托著那禁城的紅牆，禁牆內一點聲響也沒有，那玲瓏的角樓，金碧的牌坊，丹朱的城門，景山上的亭閣，都靜悄悄的好似聽著一些很難再聽到的聲音。小風吹過，似一種悲歎，輕輕的在樓台殿閣之間穿過，像要道出一點歷史的消息。

虎妞往西走，祥子跟到了金鰲玉蝀。橋上幾乎沒有了行人，微明的月光冷寂的照著橋左右的兩大幅冰場，遠處亭閣暗淡的帶著些黑影，靜靜的似凍在湖上，只有頂上的黃瓦閃著點兒微光。樹木微動，月色更顯得微茫；白塔卻高聳到雲間，傻白傻白的把一切都帶得冷寂蕭索，整個的三海在人工的雕琢中顯出北地的荒寒。

到了橋頭上，兩面冰上的冷氣使祥子哆嗦了一下，他不願再走。平日，他拉著車過橋，把精神全放在腳下，唯恐出了錯，一點也顧不得向左右看。現在，他可以自由的看一眼了，可是他心中覺得這個景色有些可怕：那些灰冷的冰，微動的樹影，慘白的高塔，都寂寞的似乎要忽然的狂喊一聲，或狂走起來！就是腳下這座大白石橋，也顯著異常的空寂，特別的白淨，連燈光都有點淒涼。他不願再走，不願再看，更不願再陪著她；他真想一下子跳下去，頭朝下，砸破了冰，沉下去，像個死魚似的凍在冰裡。

「明兒個見了！」他忽然轉身往回走。

「祥子！就那麼辦啦，二十七見！」她朝著祥子的寬直的脊背說。說完，她瞭了白塔一眼，歎了口氣，向西走去。

祥子連頭也沒回，像有鬼跟著似的，幾出溜便到了團城，走得太慌，幾乎碰在了城牆上。一手扶住了牆，他不由的要哭出來。楞了會兒，橋上叫：「祥子！祥子！這兒來！祥子！」虎妞的聲音！

他極慢的向橋上挪了兩步，虎妞仰著點身兒正往下走，嘴張著點兒：「我說祥子，你這兒來；給你！」他還沒挪動幾步，她已經到了身前：「給你，你存的三十多塊錢；有幾毛錢的零兒，我給你補足了一塊。給你！不為別的，就為表表我的心，我惦念著你，疼你，護著你！別的都甭說，你別忘恩負義就得了！給你！好好拿著，丟了可別賴我！」

祥子把錢——一打兒鈔票——接過來，楞了會兒，找不到話說。

「得，咱們二十七見！不見不散！」她笑了笑。「便宜是你的，你自己細細的算算得了！」她轉身往回走。

他攥著那打兒票子，呆呆的看著她，一直到橋背把她的頭遮下去。灰雲又把月光掩住；燈更亮了，橋上分外的白，空，冷。他轉身，放開步，往回走，瘋了似的；走到了街門，心中還存著那個慘白冷落的橋影，彷彿只隔了一眨眼的工夫似的。

到屋中，他先數了數那幾張票子；數了兩三遍，手心的汗把票子攥得發黏，總數不利落。數完，放在了悶葫蘆罐兒裡。坐在床沿上，呆呆的看著這個瓦器，他打算什麼也不去想；有錢便有辦法，他很相信這個撲滿會替他解決一切，不必再想什麼。御河，景山，白塔，大橋，虎妞，肚子——都是夢；夢醒了，撲滿裡卻多了三十幾塊錢，真的！

看夠了，他把撲滿藏好，打算睡大覺，天大的困難也能睡過去，明天再說！

躺下，他閉不上眼！那些事就像一窩蜂似的，你出來，我進去，每個肚子尖上都有個刺！

不願意去想，也實在因為沒法兒想，虎妞已把道兒都堵住，他沒法脫逃。

最好是跺腳一走。祥子不能走。就是讓他去看守北海的白塔去，他也樂意；就是不能下鄉！上別的都市？他想不出比北平再好的地方。他不能走，他願死在這兒。

既然不想走，別的就不用再費精神去思索了。虎妞說得出來，就行得出來；不依著她的道兒走，她真會老跟著他鬧哄；只要他在北平，她就會找得著！跟她，得說真的，不必打算耍滑。把她招急了，她還會抬出劉四爺來，劉四爺要是買出一兩個人——

不用往多裡說——在哪個僻靜的地方也能要祥子的命！

把虎妞的話從頭至尾想了一遍，他覺得像掉在個陷阱裡，手腳而且全被夾子夾住，決沒法兒跑。他不能一個個的去批評她的主意，所以就找不出她的縫子來，他只感到她撒的是絕戶網，連個寸大的小魚也逃不出去！

既不能一一的細想，他便把這一切作成個整個的，像千斤閘那樣的壓迫，全壓到他的頭上來。在這個無可抵禦的壓迫下，他覺出一個車伕的終身的氣運是包括在兩個字裡——倒霉！一個車伕，既是一個車伕，便什麼也不要作，連娘兒們也不要去黏一黏；一黏就會出天大的錯兒。

劉四爺仗著幾十輛車，虎妞會仗著個臭X，來欺侮他！他不用細想什麼了；假若打算認命，好吧，去磕頭認乾爹，而後等著娶那個臭妖怪。不認命，就得破出命去！

想到這兒，他把虎妞和虎妞的話都放在一邊去；不，這不是她的厲害，而是洋車伕的命當如此，就如同一條狗必定挨打受氣，連小孩子也會無緣無故的打牠兩棍子。這樣的一條命，要它幹嗎呢？豁上就豁上吧！

他不睡了，一腳踢開了被子，他坐了起來。他決定去打些酒，喝個大醉；什麼叫事情，哪個叫規矩，X你們的姥姥！喝醉，睡！二十七？二十八也不去磕頭，看誰怎樣得了祥子！

披上大棉襖，端起那個當茶碗用的小飯碗，他跑出去。風更大了些，天上的灰雲已經散開，月很小，散著寒光。祥子剛從熱被窩裡出來，不住的吸溜氣兒。

街上簡直已沒了行人，路旁還只有一兩輛洋車，車伕的手捂在耳朵上，在車旁跺著腳取暖。祥子一氣跑到南邊的小鋪，鋪中為保存暖氣，已經上了門，由個小窗洞收錢遞貨。

祥子要了四兩白干，三個大子兒的落花生。平端著酒碗，不敢跑，而像轎夫似的疾走，回到屋中。急忙鑽入被窩裡去，上下牙磕打了一陣，不願再坐起來。

酒在桌上發著辛辣的味兒，他不很愛聞，就是對那些花生似乎也沒心思去動。這一陣寒氣彷佛是一盆冷水把他澆醒，他的手懶得伸出來，他的心也不再那麼熱。躺了半天，他的眼在被子邊上又看了看桌上的酒碗。不，他不能為那點纏繞而毀壞了自己，不能從此破了酒戒。事情的確是不好辦，但是總有個縫子使他鑽過去。即使完全無可脫逃，他也不應當先自己往泥塘裡滾；他得睜著眼，清清楚楚的看著，到底怎樣被別人把他推下去。

滅了燈，把頭完全蓋在被子裡，他想就這麼睡去。還是睡不著，掀開被看看，窗紙被院中的月光映得發青，像天要亮的樣子。鼻尖覺到屋中的寒冷，寒氣中帶著些酒味。他猛的坐起來，摸住酒碗，吞了一大口！

十 老少情

個別的解決，祥子沒那麼聰明。全盤的清算，他沒那個魄力。於是，一點兒辦法沒有，整天際圈著滿肚子委屈。正和一切的生命同樣，受了損害之後，無可如何的只想由自己去收拾殘局。那鬥落了大腿的蟋蟀，還想用那些小腿兒爬。祥子沒有一定的主意，只想慢慢的一天天，一件件的挨過去，爬到哪兒算哪兒，根本不想往起跳了。

離二十七還有十多天，他完全注意到這一天上去，心裡想的，口中念道的，夢中夢見的，全是二十七。彷佛一過了二十七，他就有了解決一切的辦法，雖然明知道這是欺騙自己。有時候他也往遠處想，譬如拿著手裡的幾十塊錢到天津去；到了那裡，碰巧還許改了行，不再拉車。虎妞還能追到他天津去？

在他的心裡，凡是坐火車去的地方必是很遠，無論怎樣她也追不了去。想得很好，可是他自己良心上知道這只是萬不得已的辦法，再說能在北平，還是在北平！這樣一來，他就又想到二十七那一天，還是這樣想近便省事，只要混過這一關，就許可以全局不動而把事兒闖過去；即使不能乾脆的都擺脫清楚，到底過了一關是一關。

怎樣混過這一關呢？他有兩個主意：一個是不理她那回事，乾脆不去拜壽。另一個是按照她所囑咐的去辦。這兩個主意雖然不同，可是結果一樣：不去呢，她必不會善罷甘休；去呢，她也不會饒了他。

他還記得初拉車的時候，摹仿著別人，見小巷就鑽，為是抄點近兒，而誤入了羅圈胡同；繞了個圈兒，又繞回到原街。現在他又入了這樣的小胡同，彷彿是：無論走哪一頭兒，結果是一樣的。

在沒辦法之中，他試著往好裡想，就乾脆要了她，又有什麼不可以呢？可是，無論從哪方面想，他都覺著憋氣。想想她的模樣，他只能搖頭。不管模樣吧，想想她的行為；哼！就憑自己這樣要強，這樣規矩，而娶那麼個破貨，他不能再見人，連死後都沒臉見父母！誰準知道她肚子裡的小孩是他的不是呢？

不錯，她會帶過幾輛車來；能保準嗎？劉四爺並非是好惹的人！即使一切順利，他也受不了，他能幹得過虎妞？她只須伸出個小指，就能把他支使的頭暈眼花，不認識了東西南北。他曉得她的厲害！要成家，根本不能要她，沒有別的可說的！要了她，便沒了他，而他又不是看不起自己的人！沒辦法！

沒方法處置她，他轉過來恨自己，很想脆脆的抽自己幾個嘴巴子。可是，說真的，自己並沒有什麼過錯。一切都是她佈置好的，單等他來上套兒。毛病似乎是在他太老實，老實就必定吃虧，沒有情理可講！

更讓他難過的是沒地方去訴訴委屈。他沒有父母兄弟，沒有朋友。平日，他覺得自己是頭頂著天，腳踩著地，無牽無掛的一條好漢。現在，他才明白過來，悔悟過來，人是不能獨自活著的。特別是對那些同行的，現在都似乎有點可愛。假若他平日交下幾個，他想，像他自己一樣的大漢，再多有個虎妞，他也不怕；他們會給他出主意，會替他拔創賣力氣。可是，他始終是一個人；臨時想抓朋友是不大容易的！他感到一點向來沒有過的恐懼。照這麼下去，誰也會欺侮他；獨自一個是頂不住天的！

這點恐懼使他開始懷疑自己。在冬天，遇上主人有飯局，或聽戲，他照例是把電石燈的水筒兒揣在懷裡；因為放在車上就會凍上。剛跑了一身的熱汗，把那個冰涼的小水筒往胸前一貼，讓他立刻哆嗦一下；不定有多大時候，那個水筒才會有點熱和勁兒。可是在平日，他並不覺得這有什麼說不過去；有時候揣上它，他還覺得這是一種優越，那些拉破車的根本就用不上電石燈。現在，他似乎看出來，一月只掙那麼些錢，而把所有的苦處都得受過來，連個小水筒也不許凍上，而必得在胸前抱著，自己的胸脯多麼寬，彷彿還沒有個小筒兒值錢。原先，他以為拉車是他最理想的事，由拉車他可以成家立業。現在他暗暗搖頭了。不怪虎妞欺侮他，他原來不過是個連小水筒也不如的人！

在虎妞找他的第三天上，曹先生同著朋友去看夜場電影，祥子在個小茶館裡等著，胸前揣著那像塊冰似的小筒。天極冷，小茶館裡的門窗都關得嚴嚴的，充滿了煤氣，汗味，與賤臭的煙卷的乾煙。饒這麼樣，窗上還凍著一層冰花。

喝茶的幾乎都是拉包月車的，有的把頭靠在牆上，藉著屋中的暖和氣兒，閉上眼打盹。有的拿著碗白乾酒，讓讓大家，而後慢慢的喝，喝完一口，上面咂著嘴，下面很響的放涼氣。有的攥著卷兒大餅，一口咬下半截，把脖子撐得又粗又紅。有的繃著臉，普遍的向大家抱怨，他怎麼由一清早到如今，還沒停過腳，身上已經濕了又乾，乾了又濕，不知有多少回！

其餘的人多數是彼此談著閒話，聽到這兩句，馬上都靜了一會兒，而後像鳥兒炸了巢似的都想起一日間的委屈，都想講給大家聽。連那個吃著大餅的也把口中勻出能調動舌頭的空隙，一邊兒嚥餅，一邊兒說話，連頭上的筋都跳了起來：「你當他媽的拉包月的就不蘑菇哪?!我打他媽的——嗝！——兩點起到現在還水米沒打牙！竟說前門到平則門——嗝！——我拉他媽的三個來回了！這個天，把屁眼都他媽的凍裂了，一勁的放氣！」轉圈看了家一眼，點了點頭，又咬了一截餅。

這，把大家的話又都轉到天氣上去，以天氣為中心各自道出辛苦。祥子始終一語未發，可是很留心他們說了什麼。大家的話，雖然口氣，音調，事實，各有不同，但都是咒罵與不平。這些話，碰到他自己心上的委屈，就像一些雨點兒落在乾透了的土上，全都吃了進去。

他沒法，也不會，把自己的話有頭有尾的說給大家聽；他只能由別人的話中吸收些生命的苦味，大家都苦惱，他也不是例外；認識了自己，也想同情大家。大家說到悲苦的地方，他皺上眉；說到可笑的地方，他也撇撇嘴。這樣，他覺得他是和他們打成一氣，大家都是苦朋友，雖然他一言不發，也沒大關係。

從前，他以為大家是貧嘴惡舌，憑他們一天到晚窮說，就發不了財。今天彷彿是頭一次覺到，他們並不是窮說，而是替他說呢，說出他與一切車伕的苦處。

大家正說到熱鬧中間，門忽然開了，進來一陣冷氣。大家幾乎都怒目的往外看，看誰這麼不得人心，把門推開。大家越著急，門外的人越慢，似乎故意的磨煩。茶館的夥計半急半笑的喊：「快著點吧，我一個人的大叔！別把點熱氣兒都給放了！」

這話還沒說完，門外的人進來了，也是個拉車的。看樣子已有五十多歲，穿著件短不夠短，長不夠長，蓮蓬簍兒似的棉襖，襟上肘上已都露了棉花。臉似乎有許多日子沒洗過，看不出肉色，只有兩個耳朵凍得通紅，紅得像要落下來的果子。慘白的頭髮在一頂破小帽下雜亂的髭髭著；眉上，短鬚上，都掛著些冰珠。一進來，摸住條板凳便坐下了，扎掙著說了句：「沏一壺。」

這個茶館一向是包月車伕的聚處，像這個老車伕，在平日，是決不會進來的。

大家看著他，都好像感到比剛才所說的更加深刻的一點什麼意思，誰也不想再開口。在平日，總會有一兩個不很懂事的少年，找幾句俏皮話來拿這樣的茶客取取笑，今天沒有一個出聲的。

茶還沒有沏來，老車伕的頭慢慢的往下低，低著低著，全身都出溜下去。

大家馬上都立了起來：「怎啦？怎啦？」說著，都想往前跑。

「別動！」茶館掌櫃的有經驗，攔住了大家。他獨自過去，把老車伕的脖領解開，就地扶起來，用把椅子戧在背後，用手勒著雙肩：「白糖水，快！」說完，他在老車伕的脖子那溜兒聽了聽，自言自語的：「不是痰！」

大家誰也沒動，可誰也沒再坐下，都在那滿屋子的煙中，眨巴著眼，向門兒這邊看。大家好似都不約而同的心裡說：「這就是咱們的榜樣！到頭髮慘白了的時候，誰也有一個跟頭摔死的行市！」

糖水剛放在老車伕的嘴邊上，他哼哼了兩聲。還閉著眼，抬起右手——手黑得發亮，像漆過了似的——用手背抹了下兒嘴。

「喝點水！」掌櫃的對著他耳朵說。

「啊？」老車伕睜開了眼。看見自己是坐在地上，腿拳了拳，想立起來。

「先喝點水，不用忙。」掌櫃的說，鬆開了手。大家幾乎都跑了過來。

「哎！哎！」老車伕向四圍看了一眼，雙手捧定了茶碗，一口口的吸糖水。

慢慢的把糖水喝完，他又看了大家一眼：「哎，勞諸位的駕！」說得非常的溫柔親切，絕不像是由那個鬍子拉碴的口中說出來的。說完，他又想往起立，過去三四個人忙著往起攙他。他臉上有了點笑意，又那麼溫和的說：「行，行，不礙！我是又冷又餓，一陣兒發暈！不要緊！」

他臉上雖然是那麼厚的泥，可是那點笑意教大家彷彿看到一個溫善白淨的臉。

大家似乎全動了心。那個拿著碗酒的中年人，已經把酒喝淨，眼珠子通紅，而且此刻帶著些淚：「來，來二兩！」

等酒來到，老車伕已坐在靠牆的一把椅子上。他有一點醉意，可是規規矩矩的把酒放在老車伕面前：「我的請，您喝吧！我也四十望外了，不瞞您說，拉包月就是湊合事，一年是一年的事，腿知道！再過二三年，我也得跟您一樣！您橫是快六十了吧？」

「還小呢，五十五！」老車伕喝了口酒。「天冷，拉不上座兒。我呀，哎，肚子空；就有幾個子兒我都喝了酒，好暖和點呀！走在這兒，我可實在撐不住了，想進來取個暖。屋裡太熱，我又沒食，橫是暈過去了。不要緊，不要緊！勞諸位哥兒們的駕！」

這時候，老者的乾草似的灰髮，臉上的泥，炭條似的手，和那個破帽頭與棉襖，都像發著點純潔的光，如同破廟裡的神像似的，雖然破碎，依然尊嚴。大家看著他，彷彿唯恐他走了。

祥子始終沒言語，呆呆的立在那裡。聽到老車伕說肚子裡空，他猛的跑出去，飛也似又跑回來，手裡用塊白菜葉兒托著十個羊肉餡的包子。一直送到老者的眼前，說了聲：吃吧！然後，坐在原位，低下頭去，彷彿非常疲倦。

「哎！」老者像是樂，又像是哭，向大家點著頭。「到底是哥兒們哪！拉座兒，給他賣多大的力氣，臨完多要一個子兒都怪難的！」說著，他立了起來，要往外走。

「吃呀！」大家幾乎是一齊的喊出來。

「我叫小馬兒去，我的小孫子，在外面看著車呢！」

「我去，您坐下！」那個中年的車伕說，「在這兒丟不了車，您自管放心，對過兒就是巡警閣子。」他開開了點門縫：「小馬兒！小馬兒！你爺爺叫你哪！把車放在這兒來！」

老者用手摸了好幾回包子，始終沒往起拿。小馬兒剛一進門，他拿起來一個：「小馬兒，乖乖，給你！」

小馬兒也就是十二三歲，臉上挺瘦，身上可是穿得很圓，鼻子凍得通紅，掛著兩條白鼻涕，耳朵上戴著一對破耳帽兒。立在老者的身旁，右手接過包子來，左手又自動的拿起來一個，一個上咬了一口。

「哎！慢慢的！」老者一手扶在孫子的頭上，一手拿起個包子，慢慢的往口中送。「爺爺吃兩個就夠，都是你的！吃完了，咱們收車回家，不拉啦。明兒個要是不這麼冷呀，咱們早著點出車。對不對，小馬兒？」

小馬兒對著包子點了點頭，吸溜了一下鼻子：「爺爺吃三個吧，剩下都是我的。我回頭把爺爺拉回家去！」

「不用！」老者得意的向大家一笑：「回頭咱們還是走著，坐在車上冷啊。」

老者吃完自己的份兒，把杯中的酒喝乾，等著小馬兒吃淨了包子。掏出塊破布來，擦了擦嘴，他又向大家點了點頭：「兒子當兵去了，一去不回頭；媳婦——」

「別說那個！」小馬兒的腮撐得像倆小桃，連吃帶說的攔阻爺爺。

「說說不要緊！都不是外人！」然後向大家低聲的：「孩子心重，甭提多麼要強啦！媳婦也走了。我們爺兒倆就吃這輛車；車破，可是我們自己的，就仗著天天不必為車份兒著急。掙多掙少，我們爺兒倆苦混，無法！無法！」

「爺爺，」小馬兒把包子吃得差不離了，拉了拉老者的袖子，「咱們還得拉一趟，明兒個早上還沒錢買煤呢！都是你，剛才二十子兒拉後門，依著我，就拉，你偏不去！明兒早上沒有煤，看你怎樣辦！」

「有法子，爺爺會去賒五斤煤球。」

「還饒點劈柴？」

「對呀！好小子，吃吧；吃完，咱們該蹓躂著了！」說著，老者立起來，繞著圈兒向大家說：「勞諸位哥兒們的駕啦！」伸手去拉小馬兒，小馬兒把未吃完的一個包子整個的塞在口中。大家有的坐著沒動，有的跟出來。祥子頭一個跟出來，他要看看那輛車。

一輛極破的車，車板上的漆已經裂了口，車把上已經磨得露出木紋，一只唏哩嘩啷響的破燈，車棚子的支棍兒用麻繩兒捆著。小馬兒在耳朵帽裡找出根洋火，在鞋底兒上劃著，用兩隻小黑手捧著，點著了燈。老者往手心上吐了口唾沫，哎了一聲，抄起車把來，「明兒見啦，哥兒們！」

祥子呆呆的立在門外，看著這一老一少和那輛破車。老者一邊走還一邊說話，語聲時高時低；路上的燈光與黑影，時明時暗。祥子聽著，看著，心中感到一種向來沒有過的難受。

在小馬兒身上，他似乎看見了自己的過去；在老者身上，似乎看到了自己的將來！他向來沒有輕易撒手過一個錢，現在他覺得很痛快，為這一老一少買了十個包子。直到已看不見了他們，他才又進到屋中。大家又說笑起來，他覺得發亂，會了茶錢，又走了出來，把車拉到電影園門外去等候曹先生。

天真冷。空中浮著些灰沙，風似乎是在上面疾走，星星看不甚真，只有那幾個大的，在空中微顫。地上並沒有風，可是四下裡發著寒氣，車轍上已有幾條凍裂的長縫子，土色灰白，和冰一樣涼，一樣堅硬。

祥子在電影園外立了一會兒，已經覺出冷來，可是不願再回到茶館去。他要靜靜的獨自想一想。那一老一少似乎把他的最大希望給打破——老者的車是自己的呀！自從他頭一天拉車，他就決定買上自己的車，現在還是為這個志願整天的苦奔；有了自己的車，他以為，就有了一切。哼，看看那個老頭子！

他不肯要虎妞，還不是因為自己有買車的願望？買上車，省下錢，然後一清二白的娶個老婆；哼，看看小馬兒！自己有了兒子，未必不就是那樣。

這樣一想，對虎妞的要脅，似乎不必反抗了；反正自己跳不出圈兒去，什麼樣的娘們不可以要呢？況且她還許帶過幾輛車來呢，幹嗎不享幾天現成的福！看透了自己，便無須小看別人，虎妞就是虎妞吧，什麼也甭說了！

電影散了，他急忙的把小水筒安好，點著了燈。連小棉襖也脫了，只剩了件小褂，他想飛跑一氣，跑忘了一切，摔死也沒多大關係！

十一　孫偵探的詐欺

一想到那個老者與小馬兒，祥子就把一切的希望都要放下，而想樂一天是一天吧，幹嗎成天際咬著牙跟自己過不去呢?!

窮人的命、他似乎看明白了，是棗核兒兩頭尖：幼小的時候能不餓死，萬幸；到老了能不餓死，很難。只有中間的一段，年輕力壯，不怕饑飽勞碌，還能像個人兒似的。在這一段裡，該快活快活的時候還不敢去幹，地道的傻子；過了這村便沒有這店！這麼一想，他連虎妞的那回事兒都不想發愁了。

及至看到那個悶葫蘆罐兒，他的心思又轉過來。不，不能隨便；只差幾十塊錢就能買上車了，不能前功盡棄；至少也不能把罐兒裡那點積蓄瞎扔了，那麼不容易省下來的！還是得往正路走，一定！可是，虎妞呢？還是沒辦法，還是得為那個可恨的二十七發愁。

愁到了無可如何，他抱著那個瓦罐兒自言自語的嘀咕：愛怎樣怎樣，反正這點錢是我的！誰也搶不了去！有這點錢，祥子什麼也不怕！招急了我，我會跺腳一跑，有錢，腿就會活動！

街上越來越熱鬧了，祭灶的糖瓜擺滿了街，走到哪裡也可以聽到「扶糖來，扶糖」的聲音。祥子本來盼著過年，現在可是一點也不起勁，街上越亂，他的心越緊，那可怕的二十七就在眼前了！他的眼陷下去，連臉上那塊疤都有些發暗。拉著車，街上是那麼亂，地上是那麼滑，他得分外的小心。心事和留神兩氣夾攻，他覺得精神不夠用的了，想著這個便忘了那個，時常忽然一驚，身上癢刺刺的像小孩兒在夏天炸了痱子似的。

祭灶那天下午，溜溜的東風帶來一天黑雲。天氣忽然暖了一些。到快掌燈的時候，風更小了些，天上落著稀疏的雪花。賣糖瓜的都著了急，天暖，再加上雪花，大家一勁兒往糖上撒白土子，還怕都黏在一處。雪花落了不多，變成了小雪粒，刷刷的輕響，落白了地。七點以後，鋪戶與人家開始祭灶，香光炮影之中夾著密密的小雪，熱鬧中帶出點陰森的氣象。街上的人都顯出點驚急的樣子，步行的，坐車的，都急於回家祭神，可是地上濕滑，又不敢放開步走。賣糖的小販急於把應節的貨物掏出去，上氣不接下氣的喊叫，聽著怪震心的。

大概有九點鐘了，祥子拉著曹先生由西城回家。過了西單牌樓那一段熱鬧街市，往東入了長安街，人馬漸漸稀少起來。坦平的柏油馬路上鋪著一層薄雪，被街燈照得有點閃眼。偶爾過來輛汽車，燈光遠射，小雪粒在燈光裡帶著點黃亮，像灑著萬顆金砂。快到新華門那一帶，路本來極寬，加上薄雪，更教人眼寬神爽，而且一切都彷彿更嚴肅了些。「長安牌樓」，新華門的門樓，南海的紅牆，都戴上了素冠，配著朱柱紅牆，靜靜的在燈光下展示著故都的尊嚴。此時此地，令人感到北平彷彿並沒有居民，直是一片瓊宮玉宇，只有些老松默默的接著雪花。

祥子沒工夫看這些美景，一看眼前的「玉路」，他只想一步便跑到家中；那直，白，冷靜的大路似乎使他的心眼中一直的看到家門。可是他不能快跑，地上的雪雖不厚，但是拿腳，一會兒鞋底上就黏成一厚層；跺下去，一會兒又黏上了。

霰粒非常的小，可是沉重有份量，既拿腳，又迷眼，他不能飛快的跑。雪粒打在身上也不容易化，他的衣肩上已積了薄薄的一層，雖然不算什麼，可是濕渌渌的使他覺得彆扭。這一帶沒有什麼鋪戶，可是遠處的炮聲還繼續不斷，時時的在黑空中射起個雙響或五鬼鬧判兒。

火花散落，空中越發顯著黑，黑得幾乎可怕。他聽著炮聲，看見空中的火花與黑暗，他想立刻到家。可是他不敢放開了腿，彆扭！

更使他不痛快的是由西城起，他就覺得後面有輛自行車兒跟著他。到了西長安街，街上清靜了些，更覺出後面的追隨——車輛軋著薄雪，雖然聲音不大，可是覺得出來。祥子，和別的車伕一樣，最討厭自行車。汽車可惡，但是它的聲響大，老遠的便可躲開。自行車是見縫子就鑽，而且東搖西擺，看著就眼暈。外帶著還是別出錯兒，出了錯兒總是洋車伕不對，巡警們心中的算盤是無論如何洋車伕總比騎車的好對付，所以先派洋車伕的不是。

好幾次，祥子很想抽冷子閘住車，摔後頭這小子一跤。但是他不敢，拉車的得到處忍氣。每當要跺一跺鞋底兒的時候，他得喊聲：「閘住！」

到了南海前門，街道是那麼寬，那輛腳踏車還緊緊的跟在後面。祥子更上了火，他故意的把車停住了，撢了撢身上的雪。他立住，那輛自行車從車旁蹭了過去。車上的人還回頭看了看。祥子故意的磨煩，等自行車走出老遠才抄起車把來，罵了句：「討厭！」

曹先生的「人道主義」使他不肯安那禦風的棉車棚子，就是那帆布車棚也非到趕上大雨不准支上，為是教車伕省點力氣。這點小雪，他以為沒有支起車棚的必要，況且他還貪圖著看看夜間的雪景呢。他也注意到這輛自行車，等祥子罵完，他低聲的說，「要是他老跟著，到家門口別停住，上黃化門左先生那裡去；別慌！」

祥子有點慌。他只知道騎自行車的討厭，還不曉得其中還有可怕的——既然曹先生都不敢家去，這個傢伙一定來歷不小！他跑了幾十步，便追上了那個人；故意的等著他與曹先生呢。

自行車把祥子讓過去，祥子看了車上的人一眼。一眼便看明白了，偵緝隊上的。他常在茶館裡碰到隊裡的人，雖然沒說過話兒，可是曉得他們的神氣與打扮。這個的打扮，他看著眼熟：青大襖，呢帽，帽子戴得很低。

到了南長街口上，祥子乘著拐彎兒的機會，向後溜了一眼，那個人還跟著呢。他幾乎忘了地上的雪，腳底下加了勁。直長而白亮的路，只有些冷冷的燈光，背後追著個偵探！

祥子沒有過這種經驗，他冒了汗。到了公園後門，他回了回頭，還跟著呢！到了家門口，他不敢站住，又有點捨不得走；曹先生一聲也不響，他只好繼續往北跑。一氣跑到北口，自行車還跟著呢！他進了小胡同，還跟著！出了胡同，還跟著！

上黃化門去，本不應當進小胡同，直到他走到胡同的北口才明白過來，他承認自己是有點迷頭，也就更生氣。跑到景山背後，自行車往北向後門去了。

祥子擦了把汗。雪小了些，可是雪粒中又有了幾片雪花。祥子似乎喜愛雪花，大大方方的在空中飛舞，不像雪粒那麼使人彆氣。他回頭問了聲：「上哪兒，先生？」

「還到左宅。有人跟你打聽我，你說不認識！」

「是啦！」祥子心中打開了鼓，可是不便細問。

到了左家，曹先生叫祥子把車拉進去，趕緊關上門。曹先生還很鎮定，可是神色不大好看。囑咐完了祥子，他走進去。祥子剛把車拉進門洞來，放好，曹先生又出來了，同著左先生；祥子認識，並且知道左先生是宅上的好朋友。

「祥子，」曹先生的嘴動得很快，「你坐汽車回去。告訴太太我在這兒呢。教她們也來，坐汽車來，另叫一輛，不必教你坐去的這輛等著。明白？好！告訴太太帶著應用的東西，和書房裡那幾張畫兒。聽明白了？我這就給太太打電話，為是再告訴你一聲，怕她一著急，把我的話忘了，你好提醒她一聲。」

「我去好不好？」左先生問了聲。

「不必！剛才那個人未必一定是偵探，不過我心裡有那回事兒，不能不防備一下。

你先叫輛汽車來好不好？」

左先生去打電話叫車。曹先生又囑咐了祥子一遍：「汽車來到，我這給了錢。教太太快收拾東西；別的都不要緊，就是千萬帶著小孩子的東西，和書房裡那幾張畫，那幾張畫！等太太收拾好，教高媽打電話要輛車，上這兒來。這都明白了？等她們走後，你把大門鎖好，搬到書房去睡，那裡有電話。你會打電話？」

「不會往外打，會接。」其實祥子連接電話也不大喜歡，不過不願教曹先生著急，只好這麼答應下。

「那就行！」曹先生接著往下說，說得還是很快：「萬一有個動靜，你別去開門！我們都走了，剩下你一個，他們決不放過你！見事不好的話，你滅了燈，打後院跳到王家去。王家的人你認得？對！在王家藏會兒再走。我的東西，你自己的東西都不用管，跳牆就走，省得把你拿了去！你若丟了東西，將來我賠上。先給你這五塊錢拿著。好，我去給太太打電話，回頭你再對她說一遍。不必說拿人，剛才那個騎車的也許是偵探，也許不是；你也先別著慌！」

祥子心中很亂，好像有許多要問的話，可是因急於記住曹先生所囑咐的，不敢再問。

汽車來了，祥子楞頭磕腦的坐進去。雪不大不小的落著，車外邊的東西看不大真，他直挺著腰板坐著，頭幾乎頂住車棚。他要思索一番，可是眼睛只顧看車前的紅箭頭，紅得那麼鮮靈可愛。駛車的面前的那把小刷子，自動的左右擺著，刷去玻璃上的哈氣，也頗有趣。剛似乎把這看膩了，車已到了家門，心中怪不得勁的下了車。

剛要按街門的電鈴，像從牆裡鑽出個人來似的，揪住他的腕子。祥子本能的想往出奪手，可是已經看清那個人，他不動了，正是剛才騎自行車的那個偵探。

「祥子，你不認識我了？」偵探笑著鬆了手。

祥子嚥了口氣，不知說什麼好。

「你不記得當初你教我們拉到西山去？我就是那個孫排長。想起來了吧？」

「啊，孫排長！」祥子想不起來。他被大兵們拉到山上去的時候，顧不得看誰是排長，還是連長。

「你不記得我，我可記得你；你臉上那塊疤是個好記號。我剛才跟了你半天，起初也有點不敢認你，左看右看，這塊疤不能有錯！」

「有事嗎？」祥子又要去按電鈴。

「自然是有事，並且是要緊的事！咱們進去說好不好！」孫排長——現在是偵探——伸手按了鈴。

「我有事！」祥子的頭上忽然冒了汗，心裡發著狠兒說：「躲他還不行呢，怎能往裡請呢！」

「你不用著急，我來是為你好！」偵探露出點狡猾的笑意。趕到高媽把門開開，他一腳邁進去：「勞駕勞駕！」

沒等祥子和高媽過一句話，扯著他便往裡走，指著門房：「你在這兒住？」進了屋，他四下裡看了一眼：「小屋還怪乾淨呢！你的事兒不壞！」

「有事嗎？我忙！」祥子不能再聽這些閒盤兒。

「沒告訴你嗎，有要緊的事！」孫偵探還笑著，可是語氣非常的嚴厲。「乾脆對你說吧，姓曹的是亂黨，拿住就槍斃，他還是跑不了！咱們總算有一面之交，在兵營裡你伺候過我；再說咱們又都是街面上的人，所以我擔著好大的處分來給你送個信！你要是晚跑一步，回來是堵窩兒掏，誰也跑不了。咱們賣力氣吃飯，跟他們打哪門子掛誤官司？這話對不對？」

「對不起人呀！」祥子還想著曹先生所囑託的話。

「對不起誰呀？」孫偵探的嘴角上帶笑，而眼角稜稜著。「禍是他們自己闖的，你對不起誰呀？他們敢作敢當，咱們跟著受罪，才合不著！不用說別的，把你圈上三個月，你野鳥似的慣了，楞教你坐黑屋子，你受得了受不了？再說，他們下獄，有錢打點，受不了罪；你呀，我的好兄弟，手裡沒硬的，準拴在尿桶上！這還算小事，碰巧了他們花錢一運動，鬧個幾年徒刑；官面上交待不下去，要不把你墊了背才怪。咱們不招誰不惹誰的，臨完上天橋吃黑棗，冤不冤？你是明白人，明白人不吃眼前虧。對得起人嘍，又！告訴你吧，好兄弟，天下就沒有對得起咱們苦哥兒們的事！」

祥子害了怕。想起被大兵拉去的苦處，他會想像到下獄的滋味。「那麼我得走，不管他們？」

「你管他們，誰管你呢?!」

祥子沒話答對。楞了會兒，連他的良心也點了頭：「好，我走！」

「就這麼走嗎？」孫偵探冷笑了一下。

祥子又迷了頭。

「祥子，我的好夥計！你太傻了！憑我作偵探的，肯把你放了走？」

「那——」祥子急得不知說什麼好了。

「別裝傻！」孫偵探的眼盯住祥子的：「大概你也有個積蓄，拿出來買條命！我一個月還沒你掙的多，得吃得穿得養家，就仗著點外找兒，跟你說知心話！你想想，我能一撒巴掌把你放了不能？哥兒們的交情是交情，沒交情我能來勸你嗎？可是事情是事情，我不圖點什麼，難道教我一家子喝西北風？外場人用不著費話，你說真的吧！」

「得多少？」祥子坐在了床上。

「有多少拿多少，沒準價兒！」

「我等著坐獄得了！」

「這可是你說的？可別後悔？」孫偵探的手伸入棉袍中，「看這個，祥子！我馬上就可以拿你，你要拒捕的話，我開槍！我要馬上把你帶走，不要說錢呀，連你這身衣裳都一進獄門就得剝下來。你是明白人，自己合計合計得了！」

「有工夫擠我，幹嗎不擠擠曹先生？」祥子吭吃了半天才說出來。

「那是正犯，拿住呢有點賞，拿不住擔『不是』。你，你呀，我的傻兄弟，把你放了像放個屁；把你殺了像抹個臭蟲！拿錢呢，你走你的；不拿，好，天橋見！別麻煩，來乾脆的，這麼大的人！再說，這點錢也不能我一個人獨吞了，夥計們都得沾補點兒，不定分上幾個子兒呢。這麼便宜買條命還不幹，我可就沒了法！你有多少錢？」

祥子立起來，腦筋跳起多高，攥上了拳頭。

「動手沒你的，我先告訴你，外邊還有一大幫人呢！快著，拿錢！我看面子，你別不知好歹！」孫偵探的眼神非常的難看了。

「我招誰惹誰了?!」祥子帶著哭音，說完又坐在床沿上。

「你誰也沒招；就是碰在點兒上了！人就是得胎裡富，咱們都是底兒上的。什麼也甭再說了！」孫偵探搖了搖頭，似有無限的感慨。「得了，自當是我委屈了你，別再磨煩了！」

祥子又想了會兒，沒辦法。他的手哆嗦著，把悶葫蘆罐兒從被子裡掏了出來。

「我看看！」孫偵探笑了，一把將瓦罐接過來，往牆上一碰。

祥子看著那些錢灑在地上，心要裂開。

「就是這點？」

祥子沒出聲，只剩了哆嗦。

「算了吧！我不趕盡殺絕，朋友是朋友。你可也得知道，這些錢兒買一條命，便宜事兒！」

祥子還沒出聲，哆嗦著要往起裹被褥。

「那也別動！」

「這麼冷的——」祥子的眼瞪得發了火。

「我告訴你別動，就別動！滾！」

祥子嚥了口氣，咬了咬嘴唇，推門走出來。

雪已下了寸多厚，祥子低著頭走。處處潔白，只有他的身後留著些大黑腳印。

十二　五塊錢的身家財產

祥子想找個地方坐下，把前前後後細想一遍，哪怕想完只能哭一場呢，也好知道哭的是什麼；事情變化得太快了，他的腦子已追趕不上。沒有地方給他坐，到處是雪。小茶館們已都上了門，十點多了；就是開著，他也不肯進去，他願意找個清靜地方，他知道自己眼眶中轉著的淚隨時可以落下來。

既沒地方坐一坐，只好慢慢的走吧；可是，上哪裡去呢？這個銀白的世界，沒有他坐下的地方，也沒有他的去處；白茫茫的一片，只有餓著肚子的小鳥，與走投無路的人，知道什麼叫作哀歎。

上哪兒去呢？這就成個問題，先不用想到別的了！下小店？不行！憑他這一身衣服，就能半夜裡丟失點什麼，先不說店裡的虱子有多麼可怕。上大一點的店？去不起，他手裡只有五塊錢，而且是他的整部財產。上澡堂子？十二點上門，不能過夜。

沒地方去。

因為沒地方去，才越覺得自己的窘迫。在城裡混了這幾年了，只落得一身衣服，和五塊錢；連被褥都混沒了！由這個，他想到了明天，明天怎辦呢？拉車，還去拉車，哼，拉車的結果只是找不到個住處，只是剩下點錢被人家搶了去！作小買賣，只有五塊錢的本錢，而連挑子扁擔都得現買，況且哪個買賣準能掙出嚼穀呢？

拉車可以平地弄個三毛四毛的，作小買賣既要本錢，而且沒有準能賺出三餐的希望。等把本錢都吃進去，再去拉車，還不是脫了褲子放屁，白白賠上五塊錢？這五塊錢不能輕易放手一角一分，這是最後的指望！當僕人去，不在行：伺候人，不會；洗衣裳作飯，不會！什麼也不行，什麼也不會，自己只是個傻大黑粗的廢物！

不知不覺的，他來到了中海。到橋上，左右空曠，一眼望去，全是雪花。他這才似乎知道了雪還沒住，摸一摸頭上，毛線織的帽子上已經很濕。橋上沒人，連崗警也不知躲在哪裡去了，有幾盞電燈被雪花打的彷彿不住的眨眼。祥子看看四外的雪，心中茫然。

他在橋上立了許久，世界像是已經死去，沒一點聲音，沒一點動靜，灰白的雪花似乎得了機會，慌亂的，輕快的，一劲兒往下落，要人不知鬼不覺的把世界埋上。在這種靜寂中，祥子聽見自己的良心的微語。先不要管自己吧，還是得先回去看看曹家的人。只剩下曹太太與高媽，沒一個男人！難道那最後的五塊錢不是曹先生給的麼？不敢再思索，他拔起腿就往回走，非常的快。

門外有些腳印，路上有兩條新印的汽車道兒。難道曹太太已經走了嗎？那個姓孫的為什麼不拿她們呢？

不敢過去推門，恐怕又被人捉住。左右看，沒人，他的心跳起來，試試看吧，反正也無家可歸，被人逮住就逮住吧。輕輕推了推門，門開著呢。順著牆根走了兩步，看見了自己屋中的燈亮兒，自己的屋子！他要哭出來。彎著腰走過去，到窗外聽了聽，屋內咳嗽了一聲，高媽的聲音！他拉開了門。

「誰？喲，你！可嚇死我了！」高媽捂著心口，定了定神，坐在了床上。「祥子，怎麼回事呀？」

祥子回答不出，只覺得已經有許多年沒見著她了似的，心中堵著一團熱氣。

「這是怎麼啦？」高媽也要哭的樣子的問：「你還沒回來，先生打來電，叫我們上左宅，還說你馬上就來。你來了，不是我給你開的門嗎？我一瞧，你還同著個生人，我就一言沒發呀，趕緊進去幫助太太收拾東西。你始終也沒進去。黑燈下火的教我和太太瞎抓，少爺已經睡得香香的，生又從熱被窩裡往外抱。包好了包，又上書房去摘畫兒，你是始終不照面兒，你是怎麼啦？我問你！糙糙的收拾好了，我出來看你，好，你沒影兒啦！太太氣得——一半也是急得——直哆嗦。我只好打電叫車吧。可是我們不能就這麼『空城計』，全走了哇。好，我跟太太橫打了鼻梁[27]，我說太太走吧，我看著。祥子回來呢，我馬上趕到左宅去；不回來呢，我認了命！這是怎會說的！你是怎回事，說呀！」

祥子沒的說。

「說話呀！楞著算得了事嗎？到底是怎回事？」

「你走吧！」祥子好容易找到了一句話：「走吧！」

「你看家？」高媽的氣消了點。

「見了先生，你就說，偵探逮住了我，可又，可又，沒逮住我！」

「這像什麼話呀？」高媽氣得幾乎要笑。

「你聽著！」祥子倒掛了氣：「告訴先生快跑，偵探說了，準能拿住先生。左宅也不是平安的地方。快跑！你走了，我跳到王家去，睡一夜。我把這塊的大門鎖上。明

27. 橫打了鼻梁，即保證。

天，我去找我的事。對不起曹先生！」「越說我越糊塗！」高媽歎了口氣。「得啦，我走，少爺還許凍著了呢，趕緊看看去！見了先生，我就說祥子說啦，教先生快跑。今個晚上祥子鎖上大門，跳到王家去睡；明天他去找事。是這麼著不是？」

祥子萬分慚愧的點了點頭。

高媽走後，祥子鎖好大門，回到屋中。破悶葫蘆罐還在地上扔著，他拾起塊瓦片看了看，照舊扔在地上。床上的鋪蓋並沒有動。奇怪，到底是怎回事呢？難道孫偵探並非真的偵探？不能！曹先生要是沒看出點危險來，何至於棄家逃走？不明白！不明白！他不知不覺的坐在了床沿上。

剛一坐下，好似驚了似的又立起來。不能在此久停！假若那個姓孫的再回來呢?!心中極快的轉了轉：對不住曹先生，不過高媽帶回信去教他快跑，也總算過得去了。論良心，祥子並沒立意欺人，而且自己受著委屈。自己的錢先丟了，沒法再管曹先生的。自言自語的，他這樣一邊叨嘮，一邊兒往起收拾鋪蓋。

扛起鋪蓋，滅了燈，他奔了後院。把鋪蓋放下，手扒住牆頭低聲的叫：「老程！老程！」

老程是王家的車伕。沒人答應，祥子下了決心，先跳過去再說。把舖蓋扔過去，落在雪上，沒有什麼聲響。他的心跳了一陣。緊跟著又爬上牆頭，跳了過去。在雪地上拾起舖蓋，輕輕的去找老程。他知道老程的地方。大家好像都已睡了，全院中一點聲兒也沒有。祥子忽然感到作賊並不是件很難的事，他放了點膽子，腳踏實地的走，雪很瓷實，發著一點點響聲。找到了老程的屋子，他咳嗽了一聲。老程似乎是剛躺下：「誰？」

「我，祥子！你開開門！」祥子說得非常的自然，柔和，好像聽見了老程的聲音，就像聽見個親人的安慰似的。老程開了燈，披著件破皮襖，開了門：「怎麼啦？祥子！三更半夜的！」

祥子進去，把舖蓋放在地上，就勢兒坐在上面，又沒了話。

老程有三十多歲，臉上與身上的肉都一疙瘩一塊的，硬得出稜兒。平日，祥子與他並沒有什麼交情，不過是見面總點頭說話兒。有時候，王太太與曹太太一同出去上街，他倆更有了在一處喝茶與休息的機會。祥子不得不佩服老程，老程跑得很快，可是慌裡慌張，而且手老拿不穩車把似的。在為人上，老程雖然怪好的，可是有了這個缺點，祥子總不能完全欽佩他。

今天，祥子覺得老程完全可愛了。坐在那兒，說不出什麼來，心中可是感激，親熱。剛才，立在中海的橋上；現在，與個熟人坐在屋裡；變動的急劇，使他心中發空；同時也發著些熱氣。

老程又鑽到被窩中去，指著破皮襖說：「祥子抽煙吧，兜兒裡有，別野的。」別墅牌的煙自從一出世就被車伕們改為「別野」的。

祥子本不吸煙，這次好似不能拒絕，拿了支煙放在唇間吧唧著。

「怎麼啦？」老程問：「辭了工？」

「沒有，」祥子依舊坐在鋪蓋上，「出了亂子！曹先生一家子全跑啦，我也不敢獨自看家！」

「什麼亂子？」老程又坐起來。

「說不清呢，反正亂子不小，連高媽也走了！」

「四門大開，沒人管？」

「我把大門給鎖上了！」

「哼！」老程尋思了半天，「我告訴王先生一聲兒去好不好？」說著，就要披衣裳。

「明天再說吧，事情簡直說不清！」祥子怕王先生盤問他。

祥子說不清的那點事是這樣：

曹先生在個大學裡教幾點鐘功課。學校裡有個叫阮明的學生，一向跟曹先生不錯，時常來找他談談。曹先生是個社會主義者，阮明的思想更激烈，所以二人很說得來。不過，年紀與地位使他們有點小衝突：曹先生以教師的立場看，自己應當盡心的教書，而學生應當好好的交待功課，不能因為私人的感情而在成績上馬馬虎虎。

在阮明看呢，在這種破亂的世界裡，一個有志的青年應當作些革命的事業，功課好壞可以暫且不管。他和曹先生來往，一來是為彼此還談得來，二來是希望因為感情而可以得到夠升級的分數，不論自己的考試成績壞到什麼地步。亂世的志士往往有些無賴，歷史上有不少這樣可原諒的例子。

到考試的時候，曹先生沒有給阮明及格的分數。阮明的成績，即使曹先生給他及格，也很富餘的夠上了停學。可是他特別的恨曹先生。他以為曹先生太不懂面子；面子，在中國是與革命有同等價值的。因為急於作些什麼，阮明輕看學問。因為輕看學問，慢慢他習慣於懶惰，想不用任何的勞力而獲得大家的欽佩與愛護；無論怎說，自己的思想是前進的呀！曹先生沒有給他及格的分數，分明是不瞭解一個有志的青年；那麼，平日可就別彼此套近乎呀！既然平日交情不錯，而到考試的時候使人難堪，他以為曹先生為人陰險。

成績是無可補救了，停學也無法反抗，他想在曹先生身上洩洩怒氣。既然自己失了學，那麼就拉個教員來陪綁。這樣，既能有些事作，而且可以表現出自己的厲害。阮明不是什麼好惹的！況且，若是能由這回事而打入一個新團體去，也總比沒事可作強一些。

他把曹先生在講堂上所講的，和平日與他閒談的，那些關於政治與社會問題的話編輯了一下，到黨部去告發——曹先生在青年中宣傳過激的思想。

曹先生也有個耳聞，可是他覺得很好笑。他知道自己的那點社會主義是怎樣的不徹底，也曉得自己那點傳統的美術愛好是怎樣的妨礙著激烈的行動。可笑，居然落了個革命的導師的稱號！可笑，所以也就不大在意，雖然學生和同事的都告訴他小心一些。鎮定並不能——在亂世——保障安全。

寒假是肅清學校的好機會，偵探們開始忙著調查與逮捕。曹先生已有好幾次覺得身後有人跟著。身後的人影使他由嬉笑改為嚴肅。他須想一想了：為造聲譽，這是個好機會；下幾天獄比放個炸彈省事，穩當，而有同樣的價值。下獄是作要人的一個資格。可是，他不肯。他不肯將計就計的為自己造成虛假的名譽。憑著良心，他恨自己不能成個戰士；憑著良心，他也不肯作冒牌的戰士。他找了左先生去。左先生有主意：「到必要的時候，搬到我這兒來，他們還不至於搜查我來！」左先生認識人；人比法律更有力。「你上這兒來住幾天，躲避躲避。總算我們怕了他們。然後再去疏通，也許還得花上倆錢。面子足，錢到手，你再回家也就沒事了。」

孫偵探知道曹先生常上左宅去，也知道一追緊了的時候他必定到左宅去。他們不敢得罪左先生，而得嚇嚇就嚇嚇曹先生。多咱把他趕到左宅去，他們才有拿錢的希望，而且很夠面子。敲祥子，並不在偵探們的計劃內，不過既然看見了祥子，帶手兒的活，何必不先拾個十頭八塊的呢？

對了，祥子是遇到「點兒」上，活該。誰都有辦法，哪裡都有縫子，只有祥子跑不了，因為他是個拉車的。一個拉車的吞的是粗糧，冒出來的是血；他要賣最大的力氣，得最低的報酬；要立在人間的最低處，等著一切人一切法一切困苦的擊打。

把一支煙燒完，祥子還是想不出道理來，他像被廚子提在手中的雞，只知道緩一口氣就好，沒有別的主意。他很願意和老程談一談，可是沒話可說，他的話不夠表現他的心思的，他領略了一切苦處，他的口張不開，像個啞吧。買車，車丟了；省錢，錢丟了；自己一切的努力只為別人來欺侮！誰也不敢招惹，連條野狗都得躲著，臨完還是被人欺侮得出不來氣！先不用想過去的事吧，明天怎樣呢？曹宅是不能再回去，上哪裡去呢？

「我在這兒睡一夜，行吧？」他問了句，好像條野狗找到了個避風的角落，暫且先忍一會兒；不過就是這點事也得要看明白了，看看妨礙別人與否。

「你就在這兒吧，冰天雪地的上哪兒去？地上行嗎？上來擠擠也行呀！」

祥子不肯上去擠，地上就很好。

老程睡去，祥子來回的翻騰，始終睡不著。地上的涼氣一會兒便把褥子冰得像一張鐵，他拳著腿，腿肚子似乎還要轉筋。門縫子進來的涼風，像一群小針似的往頭上刺。他狠狠的閉著眼，蒙上了頭，睡不著。聽著老程的呼聲，他心中急躁，恨不能立起來打老程一頓才痛快。越來越冷，凍得嗓子中發癢，又怕把老程咳嗽醒了。

睡不著，他真想偷偷的起來，到曹宅再看看。反正事情是吹了，院中又沒有人，何不去拿幾件東西呢？自己那麼不容易省下的幾個錢，被人搶去，為曹宅的事而被人搶去，為什麼不可以去偷些東西呢。為曹宅的事丟了錢，再由曹宅給賠上，不是正合適麼？這麼一想，他的眼亮起來，登時忘記了冷；走哇！那麼不容易得到的錢，丟了，再這麼容易得回來，走！

已經坐起來，又急忙的躺下去，好像老程看著他呢！心中跳了起來。不，不能當賊，不能！剛才為自己脫乾淨，沒去作到曹先生所囑咐的，已經對不起人；怎能再去偷他呢？不能去！窮死，不偷！

怎知道別人不去偷呢？那個姓孫的拿走些東西又有誰知道呢？他又坐了起來。遠處有個狗叫了幾聲。他又躺下去。還是不能去，別人去偷，偷吧，自己的良心無愧。自己窮到這樣，不能再教心上多個黑點兒！

再說，高媽知道他到王家來，要是夜間丟了東西，是他也得是他，不是他也得是他！他不但不肯去偷了，而且怕別人進去了。真要是在這一夜裡丟了東西，自己跳到黃河裡也洗不清！他不冷了，手心上反倒見了點汗。怎辦呢？跳回宅裡去看著？不敢。自己的命是拿錢換出來的，不能再自投羅網。不去，萬一丟了東西呢？

想不出主意。他又坐起來，弓著腿坐著，頭幾乎挨著了膝。頭很沉，眼也要閉上，可是不敢睡。夜是那麼長，只沒有祥子閉一閉眼的時間。

坐了不知多久，主意不知換了多少個。他忽然心中一亮，伸手去推老程：「老程！老程！醒醒！」

「幹嗎？」老程非常的不願睜開眼：「撒尿，床底下有夜壺。」

「你醒醒！開開燈！」

「有賊是怎著？」老程迷迷忽忽的坐起來。

「你醒明白了？」

「嗯！」

「老程，你看看！這是我的鋪蓋，這是我的衣裳，這是曹先生給的五塊錢；沒有別的了？」

「沒了；幹嗎？」老程打了個哈欠。

「你醒明白了？我的東西就是這些，我沒拿曹家一草一木？」

「沒有！咱哥兒們，久吃宅門的，手兒黏贅還行嗎？幹得著，幹；幹不著，不幹；不能拿人家東西！就是這個事呀？」

「你看明白了？」

老程笑了：「沒錯兒！我說，你不冷呀？」

「行！」

十三　回歸車廠

因有雪光，天彷彿亮得早了些。快到年底，不少人家買來雞餵著，雞的鳴聲比往日多了幾倍。處處雞啼，大有些豐年瑞雪的景況。

祥子可是一夜沒睡好。到後半夜，他忍了幾個盹兒，迷迷糊糊的，似睡不睡的，像浮在水上那樣忽起忽落，心中不安。越睡越冷，聽到了四外的雞叫，他實在撐不住了。不願驚動老程，他拳著腿，用被子堵上嘴咳嗽，還不敢起來。忍著，等著，心中非常的焦躁。好容易等到天亮，街上有了大車的輪聲與趕車人的呼叱，他坐了起來。坐著也是冷，他立起來，繫好了鈕扣，開開一點門縫向外看了看。

雪並沒有多麼厚，大概在半夜裡就不下了；天似乎已晴，可是灰溡溡的看不甚清，連雪上也有一層很淡的灰影似的。一眼，他看到昨夜自己留下的大腳印，雖然又被雪埋上，可是一坑坑的還看得很真。

一來為有點事做，二來為消滅痕跡，他一聲沒出，在屋角摸著把笤帚，去掃雪。雪沉，不甚好掃，一時又找不到大的竹帚，他把腰彎得很低，用力去刮揸；上層的掃去，貼地的還留下一些雪粒，好像已抓住了地皮。直了兩回腰，他把整個的外院全掃完，把雪都堆在兩株小柳樹的底下。他身上見了點汗，暖和，也輕鬆了一些。跺了跺腳，他吐了口長氣，很長很白。

進屋，把笤帚放在原處，他想往起收拾鋪蓋。老程醒了，打了個哈欠，口還沒並好，就手就說了話：「不早啦吧？」說得音調非常的複雜。說完，擦了擦淚，順手向皮襖袋裡摸出支煙來。吸了兩口煙，他完全醒明白了。

「祥子，你先別走！等我去打點開水，咱們熱熱的來壺茶喝。這一夜橫是夠你受的！」

「我去吧？」祥子也遞個和氣。但是，剛一說出，他便想起昨夜的恐怖，心中忽然堵成了一團。

「不；我去！我還得請請你呢！」說著，老程極快的穿上衣裳，鈕扣通體沒扣，只將破皮襖上攏了根搭包，叼著煙卷跑出去：「喝！院子都掃完了？你真成！請請你！」祥子稍微痛快了些。

待了會兒，老程回來了，端著兩大碗甜漿粥，和不知多少馬蹄燒餅與小焦油炸鬼。「沒沏茶，先喝點粥吧，來，吃吧；不夠，再去買；沒錢，咱賒得出來；幹苦活兒，就是別缺著嘴，來！」

天完全亮了，屋中冷清清的明亮，二人抱著碗喝起來，聲響很大而甜美。誰也沒說話，一氣把燒餅油鬼吃淨。

「怎樣？」老程剔著牙上的一個芝麻。

「該走了！」祥子看著地上的鋪蓋卷。

「你說說，我到底還沒明白是怎回子事！」老程遞給祥子一支煙，祥子搖了搖頭。

想了想，祥子不好意思不都告訴給老程了。結結巴巴的，他把昨夜晚的事說了一遍，雖然很費力，可是說得不算不完全。

老程撇了半天嘴，似乎想過點味兒來。「依我看哪，你還是找曹先生去。事情不能就這麼擱下，錢也不能就這麼丟了！你剛才不是說，曹先生囑咐了你，教你看事不好就跑？那麼，你一下車就教偵探給堵住，怪誰呢？不是你不忠心哪，是事兒來得太邪，你沒法兒不先顧自己的命！教我看，這沒有什麼對不起人的地方。你去，找曹先生去，把前後的事一五一十都對他實說，我想，他必不能怪你，碰巧還許賠上你的錢！

你走吧，把舖蓋放在這兒，早早的找他去。天短，一出太陽就得八點，趕緊走你的！」

祥子活了心，還有點覺得對不起曹先生，可是老程說得也很近情理——偵探拿槍堵住自己，怎能還顧得曹家的事呢？

「走吧！」老程又催了句。「我看昨個晚上你是有點繞住了；遇上急事，誰也保不住迷頭。我現在給你出的道兒準保不錯，我比你歲數大點，總多經過些事兒。走吧，這不是出了太陽？」

朝陽的一點光，藉著雪，已照明了全城。藍的天，白的雪，天上有光，雪上有光，藍白之間閃起一片金花，使人痛快得睜不開眼！祥子剛要走，有人敲門。老程出去看，在門洞兒裡叫：「祥子！找你的！」

左宅的王二，鼻子凍得滴著清水，在門洞兒裡跺去腳上的雪。老程見祥子出來，讓了句：「都裡邊坐！」三個人一同來到屋中。

「那什麼，」王二搓著手說，「我來看房，怎麼進去呀，大門鎖著呢。那什麼，雪後寒，真冷！那什麼，曹先生，曹太太，都一清早就走了；上天津，也許是上海，我說不清。左先生囑咐我來看房。那什麼，可真冷！」

祥子忽然的想哭一場！剛要依著老程的勸告，去找曹先生，曹先生會走了。楞了半天，他問了句：「曹先生沒說我什麼？」

「那什麼，沒有。天還沒亮，就都起來了，簡直顧不得說話了。火車是，那什麼，七點四十分就開！那什麼，我怎麼過那院去？」王二急於要過去。

「跳過去！」祥子看了老程一眼，彷彿是把王二交給了老程，他拾起自己的鋪蓋卷來。

「你上哪兒？」老程問。

「人和廠子，沒有別的地方可去！」這一句話說盡了祥子心中的委屈，羞愧，與無可如何。他沒別的辦法，只好去投降！一切的路都封上了，他只能在雪白的地上去找那黑塔似的虎妞。他顧體面，要強，忠實，義氣；都沒一點用處，因為有條「狗」命！

老程接了過來：「你走你的吧。這不是當著王二，你一草一木也沒動曹宅的！走吧。到這條街上來的時候，進來聊會子，也許我打聽出來好事，還給你薦呢。你走後，我把王二送到那邊去。有煤呀？」

「煤，劈柴，都在後院小屋裡。」祥子扛起來鋪蓋。

街上的雪已不那麼白了，馬路上的被車輪軋下去，露出點冰的顏色來。土道上的，被馬踏的已經黑一塊白一塊，怪可惜的。祥子沒有想什麼，只管扛著鋪蓋往前走。一氣走到了人和車廠。他不敢站住，只要一站住，他知道就沒有勇氣進去。他一直的走進去，臉上熱得發燙。他編好了一句話，要對虎妞說：「我來了，瞧著辦吧！怎辦都好，我沒了法兒！」及至見了她，他把這句話在心中轉了好幾次，始終說不出來，他的嘴沒有那麼便利。

虎妞剛起來，頭髮髭髭著，眼泡兒浮腫著些，黑臉上起著一層小白的雞皮疙瘩，像拔去毛的凍雞。

「喲！你回來啦！」非常的親熱，她的眼中笑得發了些光。

「賃給我輛車！」祥子低著頭看鞋頭上未化淨的一些雪。

「跟老頭子說去，」她低聲的說，說完向東間一努嘴。

劉四爺正在屋裡喝茶呢，面前放著個大白爐子，火苗有半尺多高。見祥子進來，他半惱半笑的說：「你這小子還活著哪?!忘了我啦！算算，你有多少天沒來了？事情怎樣？買上車沒有？」

祥子搖了搖頭，心中刺著似的疼。「還得給我輛車拉，四爺！」

「哼，事又吹了！好吧，自己去挑一輛！」劉四爺倒了碗茶，「來，先喝一碗。」

祥子端起碗來，立在火爐前面，大口的喝著。茶非常的燙，火非常的熱，他覺得有點發睏。把碗放下，剛要出來，劉四爺把他叫住了。

「等等走，你忙什麼？告訴你：你來得正好。二十七是我的生日，我還要搭個棚呢，請請客。你幫幾天忙好了，先不必去拉車。他們，」劉四爺向院中指了指，「都不可靠，我不願意教他們吊兒啷噹的瞎起哄。你幫幫好了。該幹什麼就幹，甭等我說。先去掃掃雪，晌午我請你吃火鍋。」

「是了，四爺！」祥子想開了，既然又回到這裡，一切就都交給劉家父女吧；他們愛怎麼調動他，都好，他認了命！

「我說是不是？」虎姑娘拿著時候進來了，「還是祥子，別人都差點勁兒。」

劉四爺笑了。祥子把頭低得更往下了些。

「來，祥子！」虎妞往外叫他，「給你錢，先去買掃帚，要竹子的，好掃雪。得趕緊掃，今天搭棚的就來。」走到她的屋裡，她一邊給祥子數錢，一邊低聲的說：「精神著點！討老頭子的喜歡！咱們的事有盼望！」

祥子沒言語，也沒生氣。他好像是死了心，什麼也不想，給它個混一天是一天。有吃就吃，有喝就喝，有活兒就作，手腳不閒著，幾轉就是一天，自己頂好學拉磨的驢，一問三不知，只會拉著磨走。

他可也覺出來，自己無論如何也不會很高興。雖然不肯思索，不肯說話，不肯發脾氣，但是心中老堵一塊什麼，在工作的時候暫時忘掉，只要有會兒閒工夫，他就覺出來這塊東西——綿軟，可是老那麼大；沒有什麼一定的味道，可是噎得慌，像塊海綿似的。

心中堵著這塊東西，他強打精神去作事，為是把自己累得動也不能動，好去悶睡。把夜裡的事交給夢，白天的事交給手腳，他彷彿是個能幹活的死人。他掃雪，他買東西，他去定煤氣燈，他刷車，他搬桌椅，他吃劉四爺的犒勞飯，他睡覺，他什麼也不知道，口裡沒話，心裡沒思想，只隱隱的覺到那塊海綿似的東西！

地上的雪掃淨，房上的雪漸漸化完，棚匠「喊高兒」上了房，支起棚架子。講好的是可著院子[28]的暖棚，三面掛簷，三面欄杆，三面玻璃窗戶。棚裡有玻璃隔扇，掛畫屏，見木頭就包紅布。正門旁門一律掛綵子，廚房搭在後院。劉四爺，因為慶九，要熱熱鬧鬧的辦回事，所以第一要搭個體面的棚。天短，棚匠只紮好了棚身，上了欄杆和布，棚裡的花活和門上的彩子，得到第二天早晨來掛。劉四爺為這個和棚匠大發脾氣，氣得臉上飛紅。因為這個，他派祥子去催煤氣燈，廚子，千萬不要誤事。其實這兩件絕不會誤

28. 可著院子，即與院子的面積一樣大小。

下，可是老頭子不放心。

祥子為這個剛跑回來，劉四爺又教他去給借麻將牌，借三四副，到日子非痛痛快快的賭一下不可。借來牌，又被派走去借留聲機，作壽總得有些響聲兒。祥子的腿沒停住一會兒，一直跑到夜裡十一點。拉慣了車，空著手兒走比跑還累得慌；末一趟回來，他，連他，也有點抬不起腳來了。

「好小子！你成！我要有你這麼個兒子，少教我活幾歲也是好的！歇著去吧，明天還有事呢！」

虎妞在一旁，向祥子擠了擠眼。

第二天早上，棚匠來找補活。彩屏懸上，畫的是「三國」裡的戰景，三戰呂布，長板坡，火燒連營等等，大花臉二花臉都騎馬持著刀槍。劉老頭子仰著頭看了一遍，覺得很滿意。緊跟著傢伙舖來卸傢伙：棚裡放八個座兒，圍裙椅墊凳套全是大紅繡花的。一份壽堂，放在堂屋，香爐蠟扦都是景泰藍的，桌前放了四塊紅氈子。劉老頭子馬上教祥子去請一堂蘋果，虎妞背地裡掖給他兩塊錢，教他去叫壽桃壽麵，壽桃上要一份兒八仙人，作為是祥子送的。蘋果買到，馬上擺好；待了不大會兒，壽桃壽麵也來到，放在蘋果後面，大壽桃點著紅嘴，插著八仙人，非常大氣。

「祥子送的，看他多麼有心眼！」虎妞堵著爸爸的耳根子吹噓，劉四爺對祥子笑了笑。

壽堂正中還短著個大壽字，照例是由朋友們贈送，不必自己預備。現在還沒有人送來，劉四爺性急，又要發脾氣：「誰家的紅白事，我都跑到前面，到我的事情上了，給我個乾擱台，X他媽媽的！」

「明天二十六，才落座兒，忙什麼呀？」虎妞喊著勸慰。「我願意一下子全擺上；這麼零零碎碎的看著揪心！我說祥子，水月燈[29]今天就得安好，要是過四點還不來，我剮了他們！」

「祥子，你再去催！」虎妞故意倚重他，總在爸的面前喊祥子作事。祥子一聲不出，把話聽明白就走。

「也不是我說，老爺子，」她撇著點嘴說，「要是有兒子，不像我就得像祥子！可惜我錯投了胎。那可也無法。其實有祥子這麼個乾兒子也不壞！看他，一天連個屁也不放，可把事都作了！」

29. 水月燈，即煤氣燈。

劉四爺沒答碴兒，想了想：「話匣子呢？唱唱！」

不知道由哪裡借來的破留聲機，每一個聲音都像踩了貓尾巴那麼叫得鑽心！劉四爺倒不在乎，只要有點聲響就好。

到下午，一切都齊備了，只等次日廚子來落座兒。劉四爺各處巡視了一番，處處花紅柳綠，自己點了點頭。當晚，他去請了天順煤舖的先生給管賬，先生姓馮，山西人，管賬最仔細。馮先生馬上過來看了看，叫祥子去買兩份紅賬本，和一張順紅箋。把紅箋裁開，他寫了些壽字，貼在各處。劉四爺覺得馮先生真是心細，當時要再約兩手，和馮先生打幾圈麻將。馮先生曉得劉四爺的厲害，沒敢接碴兒。牌沒打成，劉四爺掛了點氣，找來幾個車伕，「開寶，你們有膽子沒有？」

大家都願意來，可是沒膽子和劉四爺來，誰不知道他從前開過寶局！

「你們這群玩藝，怎麼活著來的！」四爺發了脾氣。「我在你們這麼大歲數的時候，兜裡沒一個小錢也敢幹，輸了再說；來！」

「來銅子兒的？」一個車伕試著步兒問。

「留著你那銅子吧，劉四不哄孩子玩！」老頭子一口吞了一杯茶，摸了摸禿腦袋。「算了，請我來也不來了！我說，你們去告訴大夥兒：明天落座兒，晚半天就有親友來，四點以前都收車，不能出來進去的拉著車亂擠！明天的車份兒不要了，四點收車。白教你們拉一天車，都心裡給我多唸道點吉祥話兒，別沒良心！後天正日子，誰也不准拉車。早八點半，先給你們擺，六大碗，倆七寸，四個便碟，一個鍋子；對得起你們！都穿上大褂，誰短撅撅的進來把誰踢出去！吃完，都給我滾，我好招待親友。「親友們吃三個海碗，六個冷葷，六個炒菜，四大碗，一個鍋子。我先交待明白了，別看著眼饞。親友是親友；我不要你們什麼。有人心的給我出十大枚的禮，我不嫌少；一個子兒不拿，乾給我磕三個頭，我也接著。就是得規規矩矩，明白了沒有？晚上願意還吃我，六點以後回來，剩多剩少全是你們的；早回來可不行！聽明白了沒有？」

「明天有拉晚兒的，四爺，」一個中年的車伕問，「怎麼四點就收車呢？」

「拉晚的十一點以後再回來！反正就別在棚裡有人的時候亂擠！你們拉車，劉四並不和你們同行，明白？」

大家都沒的可說了，可是找不到個台階走出去，立在那裡又怪發僵；劉四爺的話使人人心中窩住一點氣憤不平。雖然放一天車份是個便宜，可是誰肯白吃一頓，至少還不得出上四十銅子的禮；況且劉四的話是那麼難聽，彷彿他辦壽，他們就得老鼠似的都藏起去。再說，正日子二十七不准大家出車，正趕上年底有買賣的時候，劉四犧牲得起一天的收入，大家陪著「泡」一天可受不住呢！大家敢怒而不敢言的在那裡立著，心中並沒有給劉四爺唸著吉祥話兒。

虎妞扯了祥子一下，祥子跟她走出來。

大家的怒氣彷彿忽然找到了出路，都瞪著祥子的後影。這兩天了，大家都覺得祥子是劉家的走狗，死命的巴結，任勞任怨的當碎催。祥子一點也不知道這個，幫助劉家作事，為是支走心中的煩惱；晚上沒話和大家說，因為本來沒話可說。他們不知道他的委屈，而以為他是巴結上了劉四爺，所以不屑於和他們交談。

虎妞的照應祥子，在大家心中特別的發著點酸味，想到目前的事，劉四爺不准他們在喜棚裡來往，可是祥子一定可以吃一整天好的；同是拉車的，為什麼有三六九等呢？看，劉姑娘又把祥子叫出去！大家的眼跟著祥子，腿也想動，都搭訕著走出來。劉姑娘正和祥子在煤氣燈底下說話呢，大家彼此點了點頭。

十四　劉四爺的壽宴

劉家的事辦得很熱鬧。劉四爺很滿意有這麼多人來給他磕頭祝壽。更足以自傲的是許多老朋友也趕著來賀喜。由這些老友，他看出自己這場事不但辦得熱鬧，而且「改良」。

那些老友的穿戴已經落伍，而四爺的皮袍馬褂都是新作的。以職業說，有好幾位朋友在當年都比他闊，可是現在——經過這二三十年來的變遷——已越混越低，有的已很難吃上飽飯。看著他們，再看看自己的喜棚，壽堂，畫著長板坡的掛屏，與三個海碗的席面，他覺得自己確是高出他們一頭，他「改了良」。連賭錢，他都預備下麻將牌，比押寶就透著文雅了許多。

可是，在這個熱鬧的局面中，他也感覺到一點淒涼難過。過慣了獨身的生活，他原想在壽日來的人不過是鋪戶中的掌櫃與先生們，和往日交下的外場光棍。沒想到會也來了些女客。雖然虎妞能替他招待，可是他忽然感到自家的孤獨，沒有老伴兒，只有個女兒，而且長得像個男子。

假若虎妞是個男子，當然早已成了家，有了小孩，即使自己是個老鰥夫，或者也就不這麼孤苦伶仃的了。是的，自己什麼也不缺，只缺個兒子。自己的壽數越大，有兒子的希望便越小，祝壽本是件喜事，可是又似乎應落淚。不管自己怎樣改了良，沒人繼續自己的事業，一切還不是白饒？

上半天，他非常的喜歡，大家給他祝壽，他大模大樣的承受，彷彿覺出自己是鰲裡奪尊的一位老英雄。下半天，他的氣兒塌下點去。看看女客們攜來的小孩子們，他又羨慕，又忌妒，又不敢和孩子們親近，不親近又覺得自己彆扭。他要鬧脾氣，又不肯登時發作，他知道自己是外場人，不能在親友面前出醜。他願意快快把這一天過去，不再受這個罪。

還有點美中不足的地方，早晨給車伕們擺飯的時節，祥子幾乎和人打起來。

八點多就開了飯，車伕們都有點不願意。雖然昨天放了一天的車份兒，可是今天誰也沒空著手來吃飯，一角也罷，四十子兒也罷，大小都有份兒禮金。平日，大家是苦漢，劉四是廠主；今天，據大家看，他們是客人，不應當受這種待遇。

況且，吃完就得走，還不許拉出車去，大年底下的！

祥子準知道自己不在吃完就滾之列，可是他願意和大家一塊兒吃。一來是早吃完好去幹事，二來是顯著和氣。

和大家一齊坐下，大家把對劉四的不滿意都挪到他身上來。剛一落座，就有人說了：「哎，您是貴客呀，怎和我們坐在一處？」

祥子傻笑了一下，沒有聽出來話裡的意味。這幾天了，他自己沒開口說過閒話，所以他的腦子也似乎不大管事了。大家對劉四不敢發作，只好多吃他一口吧；菜是不能添，酒可是不能有限制，喜酒！他們不約而同的想拿酒殺氣。有的悶喝，有的猜開了拳；劉老頭子不能攔著他們猜拳。

祥子看大家喝，他不便太不隨群，也就跟著喝了兩盅。喝著喝著，大家的眼睛紅起來，嘴不再受管轄。有的就說：「祥子，駱駝，你這差事美呀！足吃一天，伺候著老爺小姐！趕明兒你不必拉車了，頂好跟包去！」

祥子聽出點意思來，也還沒往心中去；從他一進人和廠，他就決定不再充什麼英雄好漢，一切都聽天由命。誰愛說什麼，就說什麼。他納住了氣。有的又說了：「人家祥子是另走一路，咱們憑力氣掙錢，人家祥子是內功！」大家全哈哈的笑起來。

祥子覺出大家是「咬」他，但是那麼大的委屈都受了，何必管這幾句閒話呢，他還沒出聲。鄰桌的人看出便宜來，有的伸著脖子叫：「祥子，趕明兒你當了廠主，別忘了哥兒們哪！」

祥子還沒言語，本桌上的人又說了：「說話呀，駱駝！」

祥子的臉紅起來，低聲說了句：「我怎能當廠主?!」

「哼，你怎麼不能呢，眼看著就咚咚嚓啦！」

祥子沒繞搭過來，「咚咚嚓」[30]是什麼意思，可是直覺的猜到那是指著他與虎妞的關係而言。他的臉慢慢由紅而白，把以前所受過的一切委屈都一下子想起來，全堵在心上。幾天的容忍緘默似乎不能再維持，像憋足了的水，遇見個出口就要激沖出去。正當這個工夫，一個車伕又指著他的臉說：「祥子，我說你呢，你才真是『啞吧吃扁食——心裡有數兒』呢。是不是，你自己說，祥子？祥子？」

祥子猛的立了起來，臉上煞白，對著那個人問：「出去說，你敢不敢？」

大家全楞住了。他們確是有心「咬」他，撇些閒盤兒，可是並沒預備打架。

忽然一靜，像林中的啼鳥忽然看見一隻老鷹。祥子獨自立在那裡，比別人都高著許

30. 咚咚嚓，娶親時鼓樂聲，隱喻娶親。

多，他覺出自己的孤立。但是氣在心頭，他彷彿也深信就是他們大家都動手，也不是他的對手。他釘了一句：「有敢出去的沒有？」

大家忽然想過味兒來，幾乎是一齊的：「得了，祥子，逗著你玩呢！」

劉四爺看見了：「坐下，祥子！」然後向大家，「別瞧誰老實就欺侮誰，招急了我把你們全踢出去！快吃！」祥子離了席。大家用眼梢兒撩著劉老頭子，都拿起飯來。不大一會兒，又嘁嘁喳喳的說起來，像危險已過的林鳥，又輕輕的啾啾。

祥子在門口蹲了半天，等著他們。假若他們之中有敢再說閒話的，揍！自己什麼都沒了，給它個不論秧子吧！

可是大家三五成群的出來，並沒再找尋他。雖然沒打成，他到底多少出了點氣。繼而一想，今天這一舉，可是得罪了許多人。平日，自己本來就沒有知己的朋友，所以才有苦無處去訴；怎能再得罪人呢？他有點後悔。剛吃下去的那點東西在胃中橫著，有點發痛。

他立起來，管它呢，人家那三天兩頭打架鬧饑荒的不也活得怪有趣嗎？老實規矩就一定有好處嗎？這麼一想，他心中給自己另畫出一條路來，在這條路上的祥子，與以前他所希望的完全不同了。這是個見人就交朋友，而處處佔便宜，喝別人的茶，吸別人的煙，借了錢不還，見汽車不躲，是個地方就撒尿，成天際和巡警們耍骨頭，拉到「區」裡去住兩三天不算什麼。是的，這樣的車伕也活著，也快樂，至少是比祥子快樂。好吧，老實，規矩，要強，既然都沒用，變成這樣的無賴也不錯。不但是不錯，祥子想，而且是有些英雄好漢的氣概，天不怕，地不怕，絕對不低著頭吃啞吧虧。對了！應當這麼辦！壞嘎嘎是好人削成的。反倒有點後悔，這一架沒能打成。好在不忙，從今以後，對誰也不再低頭。

劉四爺的眼裡不揉沙子。把前前後後所聞所見的都擱在一處，他的心中已明白了八九成。

這幾天了，姑娘特別的聽話，哼，因為祥子回來了！看她的眼，老跟著他。老頭子把這點事存在心裡，就更覺得淒涼難過。想想看吧，本來就沒有兒子，不能火火熾熾的湊起個家庭來；姑娘再跟人一走！自己一輩子算是白費了心機！

祥子的確不錯，但是提到兒婿兩當，還差得多呢；一個臭拉車的！自己奔波了一輩子，打過群架，跪過鐵索，臨完教個鄉下腦袋連女兒帶產業全搬了走？沒那個便宜事！就是有，也甭想由劉四這兒得到！劉四自幼便是放屁崩坑兒的人！

下午三四點鐘還來了些拜壽的，老頭子已覺得索然無味，客人越稱讚他硬朗有造化，他越覺得沒什麼意思。

到了掌燈以後，客人陸續的散去，只有十幾位住得近的和交情深的還沒走，湊起麻將來。看著院內的空棚，被水月燈照得發青，和撤去圍裙的桌子，老頭子覺得空寂無聊，彷彿看到自己死了的時候也不過就是這樣，不過是把喜棚改作白棚而已，棺材前沒有兒孫們穿孝跪靈，只有些不相干的人們打麻將守夜！

他真想把現在未走的客人們趕出去；乘著自己有口活氣，應當發發威！可是，到底不好意思拿朋友殺氣。怒氣便拐了彎兒，越看姑娘越不順眼。祥子在棚裡坐著呢，人模狗樣的，臉上的疤被燈光照得像塊玉石。老頭子怎看這一對兒，怎彆扭！

虎姑娘一向野調無腔慣了，今天頭上腳下都打扮著，而且得裝模作樣的應酬客人，既為討大家的稱讚，也為在祥子面前露一手兒。上半天倒覺得這怪有個意思，趕到過午，因有點疲乏，就覺出討厭，也頗想找誰叫罵一場。到了晚上，她連半點耐性也沒有了，眉毛自己叫著勁，老直立著。

七點多鐘了，劉四爺有點發睏，可是不服老，還不肯去睡。大家請他加入打幾圈兒牌，他不肯說精神來不及，而說打牌不痛快，押寶或牌九才合他的脾味。大家不願中途改變，他只好在一旁坐著。為打起點精神，他還要再喝幾盅，口口聲聲說自己沒吃飽，而且抱怨廚子賺錢太多了，菜並不豐滿。由這一點上說起，他把白天所覺到的滿意之處，全盤推翻：棚，傢伙座兒，廚子，和其他的一切都不值那麼些錢，都捉了他的大頭，都冤枉！

管賬的馮先生，這時候，已把賬殺好：進了二十五條壽幛，三堂壽桃壽麵，一罈兒壽酒，兩對壽燭，和二十來塊錢的禮金。號數不少，可是多數的是給四十銅子或一毛大洋。

聽到這個報告，劉四爺更火啦。早知道這樣，就應該預備「炒菜麵」！三個海碗的席吃著，就出一毛錢的人情？這簡直是拿老頭子當冤大腦袋！從此再也不辦事，不能賠這份窩囊錢！不用說，大家連親帶友，全想白吃他一口；六十九歲的人了，反倒聰明一世，糊塗一時，教一群猴兒王八蛋給吃了！老頭子越想越氣，連白天所感到的滿意也算成了自己的糊塗；心裡這麼想，嘴裡就唸道著，帶著許多街面上已不通行的咒罵。

朋友們還沒走淨，虎妞為顧全大家的面子，想攔攔父親的撒野。可是，一看大家都注意手中的牌，似乎並沒理會老頭子叨嘮什麼，她不便於開口，省得反把事兒弄明了。由他叨嘮去吧，都給他個裝聾，也就過去了。

哪知道，老頭子說著說著繞到她身上來。她決定不吃這一套！他辦壽，她跟著忙亂了好幾天，反倒沒落出好兒來，她不能容讓！六十九，七十九也不行，也得講理！她馬上還了回去：

「你自己要花錢辦事，礙著我什麼啦？」

老頭子遇到了反攻，精神猛然一振。「礙著你什麼了？簡直的就跟你！你當我的眼睛不管閒事哪？」

「你看見什麼啦？我受了一天的累，臨完拿我殺氣呀，先等等！說吧，你看見了什麼？」虎姑娘的疲乏也解了，嘴非常的靈便。

「你甭看著我辦事，你眼兒熱！看見？我早就全看見了，哼！」

「我幹嗎眼兒熱呀?!」她搖晃著頭說。「你到底看見了什麼？」

「那不是?!」劉四往棚裡一指——祥子正彎著腰掃地呢。「他呀？」虎妞心裡哆嗦了一下，沒想到老頭的眼睛會這麼尖。

「哼！他怎樣？」

「不用揣著明白的，說糊塗的！」老頭子立了起來。「要他沒我，要我沒他，乾脆的告訴你得了。我是你爸爸！我應當管！」

虎妞沒想到事情破的這麼快，自己的計劃才使了不到一半，而老頭子已經點破了題！怎辦呢？她的臉紅起來，黑紅，加上半殘的粉，與青亮的燈光，好像一塊煮老了的豬肝，顏色複雜而難看。她有點疲乏；被這一激，又發著肝火，想不出主意，心中很亂。她不能就這麼窩回去，心中亂也得馬上有辦法。頂不妥當的主意也比沒主意好，她向來不在任何人面前服軟！好吧，爽性來乾脆的吧，好壞都憑這一錘子了！「今兒個都說清了也好，就打算是這麼筆賬兒吧，你怎樣呢？我倒要聽聽！這可是你自己找病，別說我有心氣你！」

打牌的人們似乎聽見他們父女吵嘴，可是捨不得分心看別的，為抵抗他們的聲音，大家把牌更摔得響了一些，而且嘴裡叫喚著紅的，碰——祥子把事兒已聽明白，照舊低著頭掃地，他心中有了底；說翻了，揍！

「你簡直的是氣我嗎！」老頭子的眼已瞪得極圓。「把我氣死，你好去倒貼兒？甭打算，我還得活些年呢！」

「甭擺閒盤，你怎辦吧？」虎妞心裡噗通，嘴裡可很硬。

「我怎辦？不是說過了，有他沒我，有我沒他！我不能都便宜了個臭拉車的！」

祥子把笤帚扔了，直起腰來，看準了劉四，問：「說誰呢？」

劉四狂笑起來：「哈哈，你這小子要造反嗎？說你哪，說誰！你給我馬上滾！看著你不錯，賞你臉，你敢在太歲頭上動土，我是幹什麼的，你也不打聽打聽！滾！永遠別再教我瞧見你，上他媽的這兒找便宜來啦，啊？」

老頭子的聲音過大了，招出幾個車伕來看熱鬧。打牌的人們以為劉四又和個車伕吵鬧，依舊不肯抬頭看看。

祥子沒有個便利的嘴，想要說的話很多，可是一句也不到舌頭上來。他呆呆的立在那裡，直著脖子咽吐沫。

「給我滾！快滾！上這兒來找便宜？我往外掏壞的時候還沒有你呢，哼！」老頭子有點純為唬嚇祥子而唬嚇了，他心中恨祥子並不像恨女兒那麼厲害，就是生著氣還覺得祥子的確是個老實人。

「好了，我走！」祥子沒話可說，只好趕緊離開這裡；無論如何，鬥嘴他是鬥不過他們的。

車伕們本來是看熱鬧，看見劉四爺罵祥子，大家還記著早晨那一場，覺得很痛快。及至聽到老頭子往外趕祥子，他們又向著他了——祥子受了那麼多的累，過河拆橋，老頭子翻臉不認人，他們替祥子不平。有的趕過來問：「怎麼了，祥子？」祥子搖了搖頭。

「祥子你等等走！」

虎妞心中打了個閃似的，看清楚：自己的計劃是沒多大用處了，急不如快，得趕緊抓住祥子，別雞也飛蛋也打了！「咱們倆的事，一條繩拴著兩螞蚱，誰也跑不了！你等等，等我說明白了！」她轉過頭來，衝著老頭子：「乾脆說了吧，我已經有了，祥子的！他上哪兒我也上哪兒！你是把我給他呢？還是把我們倆一齊趕出去？聽你一句話！」

虎妞沒想到事情來得這麼快，把最後的一招這麼早就拿出來。劉四爺更沒想到事情會弄到了這步天地。但是，事已至此，他不能服軟，特別是在大家面前。「你真有臉往外說，我這個老臉都替你發燒！」他打了自己個嘴巴。「呸！好不要臉！」

打牌的人們把手停住了，覺出點不大是味來，可是糊里糊塗，不知是怎回事，搭不上嘴；有的立起來，有的呆呆的看著自己的牌。

話都說出來，虎妞反倒痛快了：「我不要臉？別教我往外說你的事兒，你什麼屎沒拉過？我這才是頭一回，還都是你的錯兒：男大當娶，女大當聘，你六十九了，白活！這不是當著大眾，」她向四下裡一指，「咱們弄清楚了頂好，心明眼亮！就著這個喜棚，你再辦一通兒事得了！」

「我？」劉四爺的臉由紅而白，把當年的光棍勁兒全拿了出來：「我放把火把棚燒了，也不能給你用！」

「好！」虎妞的嘴唇哆嗦上了，聲音非常的難聽，「我捲起舖蓋一走，你給我多少錢？」

「錢是我的，我愛給誰才給！」老頭子聽女兒說要走，心中有些難過，但是為鬥這口氣，他狠了心。

「你的錢？我幫你這些年了；沒我，你想想，你的錢要不都填給野娘們才怪，咱們憑良心吧！」她的眼又找到祥子，「你說吧！」

祥子直挺挺的立在那裡，沒有一句話可說。

十五　血紅的喜字

講動武，祥子不能打個老人，也不能打個姑娘。他的力量沒地方用。耍無賴，只能想想，耍不出。論虎妞這個人，他滿可以跺腳一跑。為目前這一場，她既然和父親鬧翻，而且願意跟他走；骨子裡的事沒人曉得，表面上她是為祥子而犧牲；當著大家面前，他沒法不拿出點英雄氣兒來。他沒話可說，只能立在那裡，等個水落石出；至少他得作到這個，才能像個男子漢。

劉家父女只剩了彼此瞪著，已無話可講；祥子是閉口無言。車伕們，不管向著誰吧，似乎很難插嘴。打牌的人們不能不說話了，靜默得已經很難堪。不過，大家只能浮面皮的敷衍幾句，勸雙方不必太掛火，慢慢的說，事情沒有過不去的。他們只能說這些，不能解決什麼，也不想解決什麼。見兩方面都不肯讓步，那麼，清官難斷家務事，有機會便溜了吧。

沒等大家都溜淨，虎姑娘抓住了天順煤廠的馮先生：「馮先生，你們鋪子裡不是有地方嗎？先讓祥子住兩天。我們的事說辦就快，不能長佔住你們的地方。祥子你跟馮先生去，明天見，商量商量咱們的事。告訴你，我出回門子，還是非坐花轎不出這個門！馮先生，我可把他交給你了，明天跟你要人！」

馮先生直吸氣，不願負這個責任。祥子急於離開這裡，說了句：「我跑不了！」

虎姑娘瞪了老頭子一眼，回到自己屋中，詛娕著嗓子哭起來[31]，把屋門從裡面鎖上。

馮先生把劉四爺也勸進去，老頭子把外場勁兒又拿出來，請大家別走，還得喝幾盅：「諸位放心，從此她是她，我是我，再也不吵嘴。走她的，只當我沒有過這麼個丫頭。我外場一輩子，臉教她給丟淨！倒退二十年，我把她們倆全活劈了！現在，隨她去；打算跟我要一個小銅錢，萬難！一個子兒不給！不給！看她怎麼活著！教她嘗嘗，她就曉得了，到底是爸爸好，還是野漢子好！別走，再喝一盅！」大家敷衍了幾句，都急於躲避是非。

祥子上了天順煤廠。

31. 詛娕，尖聲。

事情果然辦得很快。虎妞在毛家灣一個大雜院裡租到兩間小北房；馬上找了裱糊匠糊得四白落地；求馮先生給寫了幾個喜字，貼在屋中。屋子糊好，她去講轎子：一乘滿天星的轎子，十六個響器，不要金燈，不要執事。一切講好，她自己趕了身紅綢子的上轎衣；在年前赴得，省得不過破五就動針。喜日定的是大年初六，既是好日子，又不用忌門。她自己把這一切都辦好，告訴祥子去從頭至腳都得買新的：「一輩子就這麼一回！」

祥子手中只有五塊錢！

虎妞又瞧了眼：「怎麼？我交給你那三十多塊呢？」

祥子沒法不說實話了，把曹宅的事都告訴了她。她眨巴著眼似信似疑的：「好吧，我沒工夫跟你吵嘴，咱們各憑良心吧！給你這十五塊吧！你要是到日子不打扮得像個新人，你可提防著！」

初六，虎妞坐上了花轎。沒和父親過一句話，沒有弟兄的護送，沒有親友的祝賀；只有那些鑼鼓在新年後的街上響得很熱鬧，花轎穩穩的走過西安門，西四牌樓，也惹起穿著新衣的人們——特別是鋪戶中的夥計——一些羨慕，一些感觸。

祥子穿著由天橋買來的新衣，紅著臉，戴著三角錢一頂的緞小帽。他彷彿忘了自己，而傻傻忽忽的看著一切，聽著一切，連自己好似也不認識了。

他由一個煤舖遷入裱糊得雪白的新房，不知道是怎回事：以前的事正如煤廠裡，一堆堆都是黑的；現在茫然的進到新房，白得閃眼，貼著幾個血紅的喜字。他覺到一種嘲弄，一種白的，渺茫的，悶氣。

屋裡，擺著虎妞原有的桌椅與床；火爐與菜案卻是新的；屋角裡插著把五色雞毛的撢子。他認識那些桌椅，可是對火爐，菜案，與雞毛撢子，又覺得生疏。新舊的器物合在一處又使他想起過去，又擔心將來。一切任人擺佈，他自己既像個舊的，又像是個新的，一個什麼擺設，什麼奇怪的東西；他不認識了自己。

他想不起哭，他想不起笑，他的大手大腳在這小而暖的屋中活動著，像小木籠裡一隻大兔子，眼睛紅紅的看著外邊，看著裡邊，空有能飛跑的腿，跑不出去！虎妞穿著紅襖，臉上抹著白粉與胭脂，眼睛溜著他。他不敢正眼看她。她也是既舊又新的一個什麼奇怪的東西，是姑娘，也是娘們；像女的，又像男的；像人，又像什麼兇惡的走獸！

這個走獸，穿著紅襖，已經捉到他，還預備著細細的收拾他。誰都能收拾他，這個走獸特別的厲害，要一刻不離的守著他，向他瞪眼，向他發笑，而且能緊緊的抱住他，把他所有的力量吸盡。他沒法脫逃。他摘了那頂緞小帽，呆呆的看著帽上的紅結子，直到看得眼花——一轉臉，牆上全是一顆顆的紅點，飛旋著，跳動著，中間有一塊更大的，紅的，臉上發著醜笑的虎妞！

婚夕，祥子才明白：虎妞並沒有懷了孕。像變戲法的，她解釋給他聽：「要不這麼冤你一下，你怎會死心踏地的點頭呢！我在褲腰上塞了個枕頭！哈哈，哈哈！」她笑得流出淚來：「你個傻東西！甭提了，反正我對得起你；你是怎個人，我是怎個人？我楞和爸爸吵了，跟著你來，你還不謝天謝地？」

第二天，祥子很早就出去了。多數的舖戶已經開了市，可是還有些家關著門。門上的春聯依然紅艷，黃的掛錢卻有被風吹碎了的。街上很冷靜，洋車可不少，車伕們也好似比往日精神了一些，差不離的都穿著雙新鞋，車背後還有貼著塊紅紙兒的。

祥子很羨慕這些車伕，覺得他們倒有點過年的樣子，而自己是在個葫蘆裡憋悶了這好幾天；他們都安分守己的混著，而他沒有一點營生，在大街上閒晃。他不安於游手好閒，可是打算想明天的事，就得去和虎妞——他的老婆商議；他是在老婆——這麼個老婆！——手裡討飯吃。空長了那麼高的身量，空有那麼大的力氣，沒用。他第一得先伺候老婆，那個紅襖虎牙的東西；吸人精血的東西；他已不是人，而只是一塊肉。他沒了自己，只在她的牙中掙扎著，像被貓叼住的一個小鼠。

他不想跟她去商議，他得走；想好了主意，給她個不辭而別。這沒有什麼對不起人的地方，她是會拿枕頭和他變戲法的女怪！他窩心，他不但想把那身新衣扯碎，也想把自己從內到外放在清水裡洗一回，他覺得混身都黏著些不潔淨的，使人噁心的什麼東西，教他從心裡厭煩。他願永遠不再見她的面！

上哪裡去呢？他沒有目的地。平日拉車，他的腿隨著別人的嘴走，今天，他的腿自由了，心中茫然。順著西四牌樓一直往南，他出了宣武門：道是那麼直，他的心更不會拐彎。出了城門，還往南，他看見個澡堂子。他決定去洗個澡。

脫得光光的，看著自己的肢體，他覺得非常的羞愧。下到池子裡去，熱水把全身燙得有些發木，他閉上了眼，身上麻麻酥酥的彷彿往外放射著一些積存的污濁。他幾乎不敢去摸自己，心中空空的，頭上流下大汗珠來。一直到呼吸已有些急促，他才懶懶的爬上來，混身通紅，像個初生下來的嬰兒。

他似乎不敢就那麼走出來，圍上條大毛巾，他還覺得自己醜陋；雖然汗珠劈嗒啪嗒的往下落，他還覺得自己不乾淨——心中那點污穢彷彿永遠也洗不掉：在劉四爺眼中，在一切知道他的人眼中，他永遠是個偷娘們的人！

汗還沒完全落下去，他急忙的穿上衣服，跑了出來。他怕大家看他的赤身！出了澡堂，被涼風一颼，他覺出身上的輕鬆。街上也比剛才熱鬧的多了。響晴的天空，給人人臉上一些光華。

祥子的心還是揪揪著，不知上哪裡去好。往南，往東，再往南，他奔了天橋去。新年後，九點多鐘，舖戶的徒弟們就已吃完早飯，來到此地。各色的貨攤，各樣賣藝的場子，都很早的擺好占好。祥子來到，此處已經圍上一圈圈的人，裡邊打著鑼鼓。他沒心去看任何玩藝，他已經不會笑。

平日，這裡的說相聲的，耍狗熊的，變戲法的，數來寶的，唱秧歌的，說鼓書的，練把式的，都能供給他一些真的快樂，使他張開大嘴去笑。他捨不得北平，天橋得算一半兒原因。每逢望到天橋的席棚，與那一圈一圈兒的人，他便想起許多可笑可愛的事。現在他懶得往前擠，天橋的笑聲裡已經沒了他的份兒。他躲開人群，向清靜的地方走，又覺得捨不得！不，他不能離開這個熱鬧可愛的地方，不能離開天橋，不能離開北平。走？無路可走！

他還是得回去跟她——跟她！——去商議。他不能走，也不能閒著，他得退一步想，正如一切人到了無可如何的時候都得退一步想。什麼委屈都受過了，何必單在這一點上叫真兒呢？他沒法矯正過去的一切，那麼只好順著路兒往下走吧。

他站定了，聽著那雜亂的人聲，鑼鼓響；看著那來來往往的人，車馬，忽然想起那兩間小屋。耳中的聲音似乎沒有了，眼前的人物似乎不見了，只有那兩間白、暖、貼著紅喜字的小屋，方方正正的立在面前。

雖然只住過一夜，但是非常的熟習親密，就是那個穿紅襖的娘們彷彿也並不是隨便就可以捨棄的。立在天橋，他什麼也沒有，什麼也不是；在那兩間小屋裡，他有了一切。回去，只有回去才能有辦法。明天的一切都在那小屋裡。羞愧，怕事，難過，都沒用；打算活著，得找有辦法的地方去。

他一氣走回來，進了屋門，大概也就剛交十一點鐘。虎妞已把午飯作好：餾的饅頭，熬白菜加肉丸子，一碟虎皮凍，一碟醬蘿蔔。別的都已擺好，只有白菜還在火上煨著，發出些極美的香味。她已把紅襖脫去，又穿上平日的棉褲棉襖，頭上可是戴著一小朵絨作的紅花，花上還有個小金紙的元寶。

祥子看了她一眼，她不像個新婦。她的一舉一動都像個多年的媳婦，麻利，老到，還帶著點自得的勁兒。雖然不像個新婦，可是到底使他覺出一點新的什麼來；她作飯，收拾屋子；屋子裡那點香味，暖氣，都是他所未曾經驗過的。不管她怎樣，他覺得自己是有了家。一個家總有它的可愛處。他不知怎樣好了。

「上哪兒啦？你！」她一邊去盛白菜，一邊問。

「洗澡去了。」他把長袍脫下來。

「啊！以後出去，言語一聲！別這麼大咧咧的甩手一走！」

他沒言語。

「會哼一聲不會？不會，我教給你！」

他哼了一聲，沒法子！他知道娶來一位母夜叉，可是這個夜叉會作飯，會收拾屋子，會罵他也會幫助他，教他怎樣也不是味兒！他吃開了饅頭。飯食的確是比平日的可口，熱火；可是吃著不香，嘴裡嚼著，心裡覺不出平日狼吞虎嚥的那種痛快，他吃不出汗來。

吃完飯，他躺在了炕上，頭枕著手心，眼看著棚頂。

「嗨！幫著刷傢伙！我不是誰的使喚丫頭！」她在外間屋裡叫。

很懶的他立起來，看了她一眼，走過去幫忙。他平日非常的勤緊，現在他憋著口氣來作事。

在車廠子的時候，他常幫她的忙，現在越看她越討厭，他永遠沒恨人像恨她這麼厲害，他說不上是為了什麼。有氣，可是不肯發作，全圈在心裡；既不能和她一刀兩斷，吵架是沒意思的。在小屋裡轉轉著，他感到整個的生命是一部委屈。

收拾完東西，她四下裡掃了一眼，歎了口氣。緊跟著笑了笑。

「怎樣？」

「什麼？」祥子蹲在爐旁，烤著手；手並不冷，因為沒地方安放，只好烤一烤。這兩間小屋的確像個家，可是他不知道往哪裡放手放腳好。

「帶我出去玩玩？上白雲觀？不，晚點了；街上蹓蹓去？」她要充分的享受新婚的快樂。雖然結婚不成個樣子，可是這麼無拘無束的也倒好，正好和丈夫多在一塊兒，痛痛快快的玩幾天。在娘家，她不缺吃，不缺穿，不缺零錢；只是沒有個知心的男子。現在，她要撈回來這點缺欠，要大搖大擺的在街上，在廟會上，同著祥子去玩。

祥子不肯去。

第一他覺得滿世界帶著老婆逛是件可羞的事，第二他以為這麼來的一個老婆，只可以藏在家中；這不是什麼體面的事，越少在大家眼前顯擺越好。還有，一出去，哪能不遇上熟人，西半城的洋車伕們誰不曉得虎妞和祥子，他不能去招大家在他背後嘀嘀咕咕。

「商量商量好不好？」他還是蹲在那裡。

「有什麼可商量的？」她湊過來，立在爐子旁邊。他把手拿下去，放在膝上，呆呆的看著火苗。楞了好久，他說出一句來：「我不能這麼閒著！」

「受苦的命！」她笑了一聲。「一天不拉車，身上就癢癢，是不是？你看老頭子，人家玩了一輩子，到老了還開上車廠子。他也不拉車，也不賣力氣，憑心路吃飯。你也得學著點，拉一輩子車又算老幾？咱們先玩幾天再說，事情也不單忙在這幾天上，奔什麼命？這兩天我不打算跟你拌嘴，你可也別成心氣我！」

「先商量商量！」祥子決定不讓步。既不能跺腳一走，就得想辦法作事，先必得站一頭兒，不能打鞦韆似的來回晃悠。

「好吧，你說說！」她搬過個凳子來，坐在火爐旁。

「你有多少錢？」他問。

「是不是？我就知道你要問這個嘛！你不是娶媳婦呢，是娶那點錢，對不對？」

祥子像被一口風噎住，往下連嚥了好幾口氣。劉老頭子，和人和廠的車伕，都以為他是貪財，才勾搭上虎妞；現在，她自己這麼說出來了！自己的車，自己的錢，無緣無故的丟掉，而今被壓在老婆的幾塊錢底下；吃飯都得順脊梁骨下去！他恨不能雙手掐住她的脖子，掐！掐！掐！一直到她翻了白眼！把一切都掐死，而後自己抹了脖子。他們不是人，得死；他自己不是人，也死；大家不用想活著！

祥子立起來，想再出去走走；剛才就不應當回來。看祥子的神色不對，她又軟和了點兒：「好吧，我告訴你。我手裡一共有五百來塊錢。連轎子，租房——三份兒[32]，糊棚，作衣裳，買東西，帶給你，歸了包堆[33]花了小一百，還剩四百來塊。「我告訴你，你不必著急。咱們給它個得樂且樂。你呢，成年際拉車出臭汗，也該漂漂亮亮的玩幾天；我呢，當了這麼些年老姑娘，也該痛快幾天。等到快把錢花完，咱們還是求老頭子去。

「我呢，那天要是不跟他鬧翻了，決走不出來。現在我氣都消了，爸爸到底是爸爸。他呢，只有我這麼個女兒，你又是他喜愛的人，咱們服個軟，給他陪個『不是』，

32. 三份兒，租房第一月付三個月的房租。
33. 歸了包堆，即總共一起。

大概也沒有過不去的事。這多麼現成！他有錢，咱們正當正派的承受過來，一點沒有不合理的地方；強似你去給人家當牲口！

「過兩天，你就先去一趟；他也許不見你。一次不見，再去第二次；面子都給他，他也就不能不回心轉意了。然後我再去，好歹的給他幾句好聽的，說不定咱們就能都搬回去。咱們一搬回去，管保挺起胸脯，誰也不敢斜眼看咱們；咱們要是老在這兒忍著，就老是一對黑人兒，你說是不是？」

祥子沒有想到過這個。自從虎妞到曹宅找他，他就以為娶過她來，用她的錢買上車，自己去拉。雖然用老婆的錢不大體面，但是他與她的關係既是種有口說不出的關係，也就無可如何了。

他沒想到虎妞還有這麼一招。把長臉往下一拉呢，自然這的確是個主意，可是祥子不是那樣的人。前前後後的一想，他似乎明白了點：自己有錢，可以教別人白白的搶去，有冤無處去訴。趕到別人給你錢呢，你就非接受不可；接受之後，你就完全不能再拿自己當個人，你空有心胸，空有力量，得去當人家的奴隸：作自己老婆的玩物，作老丈人的奴僕。一個人彷彿根本什麼也不是，只是一隻鳥，自己去打食，便會落到網裡。吃人家的糧米，便得老老實實的在籠兒裡，給人家啼唱，而隨時可以被人賣掉！

他不肯去找劉四爺。跟虎妞，是肉在肉裡的關係；跟劉四，沒有什麼關係。已經吃了她的虧，不能再去央告她的爸爸！

「我不願意閒著！」他只說了這麼一句，為是省得費話與吵嘴。

「受累的命嗎！」她敲著撩著的說。「不愛閒著，作個買賣去。」

「我不會！賺不著錢！我會拉車，我愛拉車！」祥子頭上的筋都跳起來。

「告訴你吧，就是不許你拉車！我就不許你混身臭汗，臭烘烘的上我的炕！你有你的主意，我有我的主意，看吧，看吧，看誰彆扭得過誰！你娶老婆，可是我花的錢，你沒往外掏一個小錢。想想吧，咱倆是誰該聽誰的？」

祥子又沒了話。

十六　變了樣的人和車廠

鬧到元宵節，祥子沒法再忍下去了。

虎妞很高興。她張羅著煮元宵，包餃子，白天逛廟，晚上逛燈。她不許祥子有任何主張，可是老不缺著他的嘴，變法兒給他買些作些新鮮的東西吃。

大雜院裡有七八戶人家，多數的都住著一間房；一間房裡有的住著老少七八戶。這些人有的拉車，有的作小買賣，有的當巡警，有的當僕人。各人有各人的事，誰也沒個空閒，連小孩子們也都提著小筐，早晨去打粥，下午去拾煤核。只有那頂小的孩子才把屁股凍得通紅的在院裡玩耍或打架。

爐灰塵土髒水就都倒在院中，沒人顧得去打掃，院子當中間兒凍滿了冰，大孩子拾煤核回來拿這當作冰場，嚷鬧著打冰出溜玩。

頂苦的是那些老人與婦女。老人們無衣無食，躺在冰涼的炕上，乾等著年輕的掙來一點錢，好喝碗粥，年輕賣力氣的也許掙得來錢，也許空手回來，回來還要發脾氣，找著縫兒吵嘴。老人們空著肚子得拿眼淚當作水，嚥到肚中去。

那些婦人們，既得顧著老的，又得顧著小的，還得敷衍年輕掙錢的男人。她們懷著孕也得照常操作，只吃著窩窩頭與白薯粥；不，不但要照常工作，還得去打粥，兜攬些活計——幸而老少都吃飽了躺下，她們得抱著個小煤油燈給人家洗，作，縫縫補補。

屋子是那麼小，牆是那麼破，冷風從這面的牆縫鑽進來，一直的從那面出去，把所有的一點暖氣都帶了走。她們的身上只掛著些破布，肚子盛著一碗或半碗粥，或者還有個六七個月的胎。她們得工作，得先盡著老的少的吃飽。她們渾身都是病，不到三十歲已脫了頭髮，可是一時一刻不能閒著，從病中走到死亡；死了，棺材得去向「善人」們募化。

那些姑娘們，十六七歲了，沒有褲子，只能圍著塊什麼破東西在屋中——天然的監獄——幫著母親作事，趕活。要到茅房去，她們得看準了院中無人才敢賊也似的往外跑；一冬天，她們沒有見過太陽與青天。那長得醜的，將來承襲她們媽媽的一切；那長得有個模樣的，連自己也知道，早晚是被父母賣出，「享福去」！

就是在個這樣的雜院裡，虎妞覺得很得意。她是唯一的有吃有穿，不用著急，而且可以走走逛逛的人。

她高揚著臉，出來進去，既覺出自己的優越，並且怕別人沾惹她，她不理那群苦人。來到這裡作小買賣的，幾乎都是賣那頂賤的東西，什麼刮骨肉，凍白菜，生豆汁，驢馬肉，都來這裡找照顧主。

自從虎妞搬來，什麼賣羊頭肉的，熏魚的，硬麵餑餑的，鹵煮炸豆腐的，也在門前吆喊兩聲。她端著碗，揚著臉，往屋裡端這些零食，小孩子們都把鐵條似的手指伸在口裡看著她，彷彿她是個什麼公主似的。她是來享受，她不能，不肯，也不願，看別人的苦處。

祥子第一看不上她的舉動，他是窮小子出身，曉得什麼叫困苦。他不願吃那些零七八碎的東西，可惜那些錢。第二，更使他難堪的，是他琢磨出點意思來：她不許他去拉車，而每天好菜好飯的養著他，正好像養肥了牛好往外擠牛奶！他完全變成了她的玩藝兒。

他看見過：街上的一條瘦老的母狗，當跑腿的時候，也選個肥壯的男狗。想起這個，他不但是厭惡這種生活，而且為自己擔心。他曉得一個賣力氣的漢子應當怎樣保護身體，身體是一切。假若這麼活下去，他會有一天成為一個乾骨頭架子，還是這麼大，而膛兒裡全是空的。

他哆嗦起來。打算要命，他得馬上去拉車，出去跑，跑一天，回來倒頭就睡，人事不知；不吃她的好東西，也就不伺候著她玩。他決定這麼辦，不能再讓步；她願出錢買車呢，好；她不願意，他會去賃車拉。

一聲沒出，他想好就去賃車了。十七那天，他開始去拉車，賃的是「整天兒」。拉過兩個較長的買賣，他覺出點以前未曾有過的毛病，腿肚子發緊，胯骨軸兒發酸。他曉得自己的病源在哪裡，可是為安慰自己，他以為這大概也許因為二十多天沒拉車，把腿擱生了；跑過幾趟來，把腿蹓開，或者也就沒事了。

又拉上個買賣，這回是幫兒車，四輛一同走。抄起車把來，大家都讓一個四十多歲的高個子在前頭走。高個子笑了笑，依了實，他知道那三輛車都比他自己「棒」。他可是賣了力氣，雖然明知跑不過後面的三個小伙子，可是不肯倚老賣老。跑出一里多地，後面誇了他句：「怎麼著，要勁兒嗎？還真不離！」

他喘著答了句：「跟你們哥兒們走車，慢了還行?!」

他的確跑得不慢，連祥子也得掏七八成勁兒才跟得上他。他的跑法可不好看：高個子，他塌不下腰去，腰和背似乎是塊整的木板，所以他的全身得整個的往前撲著；身子向前，手就顯著靠後；不像跑，而像是拉著點東西往前鑽。腰死板，他的胯骨便非活動不可；腳幾乎是拉拉在地上，加緊的往前扭。扭得真不慢，可是看著就知道他極費力。到拐彎抹角的地方，他整著身子硬拐，大家都替他攥著把汗；他老像是只管身子往前鑽，而不管車過得去過不去。

拉到了，他的汗劈嗒啪嗒的從鼻尖上，耳朵唇上，一劲兒往下滴嗒。放下車，他趕緊直了直腰，咧了咧嘴。接錢的時候，手都哆嗦得要拿不住東西似的。

在一塊兒走過一趟車便算朋友，他們四個人把車放在了一處。祥子們擦擦汗，就照舊說笑了。那個高個子獨自蹓了半天，乾嗽了一大陣，吐出許多白沫子來，才似乎緩過點兒來，開始跟他們說話兒：「完了！還有那個心哪；腰，腿，全不給勁嘍！無論怎麼提腰，腿抬不起來；乾著急！」

「剛才那兩步就不離，你當是慢哪！」一個二十多歲矮身量的小伙子接過來：「不屈心，我們三個都夠棒的，誰沒出汗？」高個子有點得意，可又慚愧似的，歎了口氣。

「就說你這個跑法，差不離的還真得教你給撅了，你信不信？」另一個小伙子說。

「歲數了，不是說著玩的。」高個子微笑著，搖了搖頭：「也還不都在乎歲數，哥兒們！我告訴你一句真的，幹咱們這行兒的，別成家，真的！」看大家都把耳朵遞過來，他放小了點聲兒：「一成家，黑天白日全不閒著，玩完！瞧瞧我的腰，整的，沒有一點活軟氣！還是別跑緊了，一咬牙就咳嗽，心口窩辣蒿蒿的！甭說了，幹咱們這行兒的就得它媽的打一輩子光棍兒！連它媽的小家雀兒都一對一對兒的，不許咱們成家！

「還有一說，成家以後，一年一個孩子，我現在有五個了！全張著嘴等著吃！車份大，糧食貴，買賣苦，有什麼法兒呢！不如打一輩子光棍，犯了勁上白房子，長上楊梅大瘡，認命！一個人，死了就死了！這玩藝一成家，連大帶小，好幾口兒，死了也不能閉眼！你說是不是？」他問祥子。

祥子點了點頭，沒說出話來。

這陣兒，來了個座兒，那個矮子先講的價錢，可是他讓了，叫著高個子：「老大哥，你拉去吧！這玩藝家裡還有五個孩子呢！」

高個子笑了：「得，我再奔一趟！按說可沒有這麼辦的！得了，回頭好多帶回幾個餅子去！回頭見了，哥兒們！」

看著高個子走遠了，矮子自言自語的說：「混它媽的下輩子，連個媳婦都摸不著！人家它媽的宅門裡，一人摟著四五個娘們！」

「先甭提人家，」另個小伙子把話接過去。「你瞧幹這個營生的，還真得留神，高個子沒說錯。你就這麼說吧，成家為幹嗎？能擺著當玩藝兒看？不能！好，這就是樓子[34]！成天啃窩窩頭，兩氣夾攻，多麼棒的小伙子也得爬下！」

聽到這兒，祥子把車拉了起來，搭訕著說了句：「往南放放，這兒沒買賣。」

「回見！」那兩個年輕的一齊說。

祥子彷彿沒有聽見。一邊走一邊踢腿，胯骨軸的確還有點發酸！本想收車不拉了，可是簡直沒有回家的勇氣。家裡的不是個老婆，而是個吸人血的妖精！

天已慢慢長起來，他又轉晃了兩三趟，才剛到五點來鐘。他交了車，在茶館裡又耗了會兒。喝了兩壺茶，他覺出餓來，決定在外面吃飽再回家。吃了十二兩肉餅，一碗紅豆小米粥，一邊打著響嗝一邊慢慢往家走。准知道家裡有個雷等著他呢，可是他很鎮定；他下了決心：不跟她吵，不跟她鬧，倒頭就睡，明天照舊出來拉車，她愛怎樣怎樣！

一進屋門，虎妞在外間屋裡坐著呢，看了他一眼，臉沉得要滴下水來。祥子打算合合稀泥，把長臉一拉，招呼她一聲。可是他不慣作這種事，他低著頭走進裡屋去。她一

34. 樓子，即亂子，毛病。

聲沒響，小屋裡靜得像個深山古洞似的。院中街坊的咳嗽，說話，小孩子哭，都聽得極真，又像是極遠，正似在山上聽到遠處的聲音。

倆人誰也不肯先說話，閉著嘴先後躺下了，像一對永不出聲的大龜似的。睡醒一覺，虎妞說了話，語音帶出半惱半笑的意思：「你幹什麼去了？整走了一天！」

「拉車去了！」他似睡似醒的說，嗓子裡彷彿堵著點什麼。

「嘔！不出臭汗去，心裡癢癢，你個賤骨頭！我給你炒下的菜，你不回來吃，繞世界胡塞去舒服？你別把我招翻了，我爸爸是光棍出身，我什麼事都作得出來！明天你敢再出去，我就上吊給你看看，我說得出來，就行得出來！」

「我不能閒著！」

「你不會找老頭子去？」

「不去！」

「真豪橫！」

祥子真掛了火，他不能還不說出心中的話，不能再忍：「拉車，買上自己的車，誰攔著我，我就走，永不回來了！」

「嗯——」她鼻中旋轉著這個聲兒，很長而曲折。在這個聲音裡，她表示出自傲與輕視祥子的意思來，可是心中也在那兒繞了個彎兒。她知道祥子是個——雖然很老實——硬漢。硬漢的話是向不說著玩的。好容易捉到他，不能隨便的放手。

他是理想的人：老實，勤儉，壯實；以她的模樣年紀說，實在不易再得個這樣的寶貝。能剛能柔才是本事，她得瀎泧[35]他一把兒：「我也知道你是要強啊，可是你也得知道我是真疼你。你要是不肯找老頭子去呢，這麼辦：我去找。反正就是他的女兒，丟個臉也沒什麼的。」

「老頭要咱們，我也還得去拉車！」祥子願把話說到了家。

虎妞半天沒言語。她沒想到祥子會這麼聰明。他的話雖然是這麼簡單，可是顯然的說出來他不再上她的套兒，他並不是個蠢驢。因此，她才越覺得有點意思，她頗得用點心思才能攏得住這個急了也會尥蹶的大人，或是大東西。

她不能太逼緊了，找這麼個大東西不是件很容易的事。她得鬆一把，緊一把，教他老逃不出她的手心兒去。「好吧，你愛拉車，我也無法。你得起誓，不能去拉包車，天天得回來；你瞧，我要是一天看不見你，我心裡就發慌！答應我，你天天晚上准早早的回來！」

35. 瀎泧，用手輕微地捋，這裡指懷柔籠絡。

祥子想起白天高個子的話！睜著眼看著黑暗，看見了一群拉車的，作小買賣的，賣苦力氣的，腰背塌不下去，拉拉著腿。他將來也是那個樣。可是他不便於再彆扭她，只要能拉車去，他已經算得到一次勝利。

「我老拉散座！」他答應下來。

雖然她那麼說，她可是並不很熱心找劉四爺去。父女們在平日自然也常拌嘴，但是現在的情形不同了，不能那麼三說兩說就一天雲霧散，因為她已經不算劉家的人。出了嫁的女人跟娘家父母總多少疏遠一些。

她不敢直入公堂的回去。萬一老頭子真翻臉不認人呢，她自管會鬧，他要是死不放手財產，她一點法兒也沒有。就是有人在一旁調解著，到了無可如何的時候，也只能勸她回來，她有了自己的家。

祥子照常去拉車，她獨自在屋中走來走去，幾次三番的要穿好衣服找爸爸去，心想到而手懶得動。她為了難。為自己的舒服快樂，非回去不可；為自己的體面，以不去為是。假若老頭子消了氣呢，她只要把祥子拉到人和廠去，自然會教他有事作，不必再拉車，而且穩穩當當的能把爸爸的事業拿過來。她心中一亮。假若老頭子硬到底呢？她丟了臉，不，不但丟了臉，而且就得認頭作個車伕的老婆了；她，哼！和雜院裡那群婦女沒有任何分別了。

她心中忽然漆黑。她幾乎後悔嫁了祥子，不管他多麼要強，爸爸不點頭，他一輩子是個拉車的。想到這裡，她甚至想獨自回娘家，跟祥子一刀兩斷，不能為他而失去自己的一切。繼而一想，跟著祥子的快活，又不是言語所能形容的。她坐在炕頭上，呆呆的，渺茫的，追想婚後的快樂；全身像一朵大的紅花似的，香暖的在陽光下開開。不，捨不得祥子。任憑他去拉車，他去要飯，也得永遠跟著他。看，看院裡那些婦女，她們要是能受，她也就能受。散了，她不想到劉家去了。

祥子，自從離開人和廠，不肯再走西安門大街。這兩天拉車，他總是出門就奔東城，省得西城到處是人和廠的車，遇見怪不好意思的。

這一天，可是，收車以後，他故意的由廠子門口過，不為別的，只想看一眼。虎妞的話還在他心中，彷彿他要試驗試驗有沒有勇氣回到廠中來，假若虎妞能跟老頭子說好了的話；在回到廠子以前，先試試敢走這條街不敢。

把帽子往下拉了拉，他老遠的就溜著廠子那邊，唯恐被熟人看見。遠遠的看見了車門的燈光，他心中不知怎的覺得非常的難過。想起自己初到這裡來的光景，想起虎妞的誘惑，想起壽日晚間那一場。這些，都非常的清楚，像一些圖畫浮在眼前。在這些圖畫之間，還另外有一些，清楚而簡短的夾在這幾張中間：西山，駱駝，曹宅，偵探——都分明的，可怕的，聯成一片。

這些圖畫是那麼清楚，他心中反倒覺得有些茫然，幾乎像真是看著幾張畫兒，而忘了自己也在裡邊。及至想到自己與它們的關係，他的心亂起來，它們忽然上下左右的旋轉，零亂而迷糊，他無從想起到底為什麼自己應當受這些折磨委屈。

這些場面所佔的時間似乎是很長，又似乎是很短，他鬧不清自己是該多大歲數了。他只覺得自己，比起初到人和廠的時候來，老了許多許多。那時候，他滿心都是希望；現在，一肚子都是憂慮。不明白是為什麼，可是這些圖畫決不會欺騙他。

眼前就是人和廠了，他在街的那邊立住，呆呆的看著那盞極明亮的電燈。看著看著，猛然心裡一動。那燈下的四個金字——人和車廠——變了樣兒！他不識字，他可是記得頭一個字是什麼樣子：像兩根棍兒聯在一處，既不是個叉子，又沒作成個三角，那麼個簡單而奇怪的字。

由聲音找字，那大概就是「人」。這個「人」改了樣兒，變成了「仁」——比「人」更奇怪的一個字。他想不出什麼道理來。再看東西間——他永遠不能忘了的兩間屋子——都沒有燈亮。

立得他自己都不耐煩了，他才低著頭往家走。一邊走著一邊尋思，莫非人和廠倒出去了？他得慢慢的去打聽，先不便對老婆說什麼。

回到家中，虎妞正在屋裡嗑瓜子兒解悶呢。

「又這麼晚！」她的臉上沒有一點好氣兒。「告訴你吧，這麼著下去我受不了！你一出去就是一天，我連窩兒不敢動，一院子窮鬼，怕丟了東西。一天到晚連句話都沒地方說去，不行，我不是木頭人。你想主意得了，這麼著不行！」

祥子一聲沒出。

「你說話呀！成心逗人家的火是怎麼著？你有嘴沒有？有嘴沒有？」她的話越說越快，越脆，像一掛小炮似的連連的響。祥子還是沒有話說。

「這麼著得了，」她真急了，可是又有點無可如何他的樣子，臉上既非哭，又非笑，那麼十分焦躁而無法盡量的發作。「咱們買兩輛車賃出去，你在家裡吃車份兒行不行？行不行？」

「兩輛車一天進上三毛錢，不夠吃的！賃出一輛，我自己拉一輛，湊合了！」祥子說得很慢，可是很自然；聽說買車，他把什麼都忘了。

「那還不是一樣？你還是不著家兒！」

「這麼著也行，」祥子的主意似乎都跟著車的問題而來，「把一輛賃出去，進個整天的份兒。那一輛，我自己拉半天，再賃出半天去。我要是拉白天，一早兒出去，三點鐘就回來；要拉晚兒呢，三點才出去，夜裡回來。挺好！」

她點了點頭。「等我想想吧，要是沒有再好的主意，就這麼辦啦。」

祥子心中很高興。假若這個主意能實現，他算是又拉上了自己的車。雖然是老婆給買的，可是慢慢的攢錢，自己還能再買車。直到這個時候，他才覺出來虎妞也有點好處，他居然向她笑了笑，一個天真的，發自內心的笑，彷彿把以前的困苦全一筆勾銷，而笑著換了個新的世界，像換一件衣服那麼容易，痛快！

十七　祥子的車

祥子慢慢的把人和廠的事打聽明白：劉四爺把一部分車賣出去，剩下的全倒給了西城有名的一家車主。祥子能猜想得出，老頭子的歲數到了，沒有女兒幫他的忙，他弄不轉這個營業，所以乾脆把它收了，自己拿著錢去享福。他到哪裡去了呢？祥子可是沒有打聽出來。

對這個消息，他說不上是應當喜歡，還是不喜歡。由自己的志向與豪橫說，劉四爺既決心棄捨了女兒，虎妞的計劃算是全盤落了空；他可以老老實實的去拉車掙飯吃，不依賴著任何人。由劉四爺那點財產說呢，又實在有點可惜；誰知道劉老頭子怎麼把錢攘出去呢，他和虎妞連一個銅子也沒沾潤著。

可是，事已至此，他倒沒十分為它思索，更說不到動心。他是這麼想，反正自己的力氣是自己的，自己肯賣力掙錢，吃飯是不成問題的。他一點沒帶著感情，簡單的告訴了虎妞。

她可動了心。聽到這個，她馬上看清楚了自己的將來——完了！什麼全完了！自己只好作一輩子車伕的老婆了！她永遠逃不出這個大雜院去！

她想到爸爸會再娶上一個老婆，而決沒想到會這麼抖手一走。假若老頭子真娶上個小老婆，虎妞會去爭財產，說不定還許聯絡好了繼母，而自己得點好處——主意有的是，只要老頭子老開著車廠子。決沒想到老頭子會這麼堅決，這麼毒辣，把財產都變成現錢，偷偷的藏起去！原先跟他鬧翻，她以為不過是一種手段，必會不久便言歸於好，她曉得人和廠非有她不行；誰能想到老頭子會撒手了車廠子呢?!

春已有了消息，樹枝上的鱗苞已顯著紅肥。但在這個大雜院裡，春並不先到枝頭上，這裡沒有一棵花木。在這裡，春風先把院中那塊冰吹得起了些小麻子坑兒，從穢土中吹出一些腥臊的氣味，把雞毛蒜皮與碎紙吹到牆角，打著小小的旋風。雜院裡的人們，四時都有苦惱。那老人們現在才敢出來曬曬暖；年輕的姑娘們到現在才把鼻尖上的煤污減去一點，露出點紅黃的皮膚來；那些婦女們才敢不甚慚愧的把孩子們趕到院中去玩玩；那些小孩子們才敢扯著張破紙當風箏，隨意的在院中跑，而不至把小黑手兒凍得裂開幾道口子。

但是，粥廠停了鍋，放賑的停了米，行善的停止了放錢；把苦人們彷彿都交給了春風與春光！正是春麥剛綠如小草，陳糧缺欠的時候，糧米照例的長了價錢。天又加長，連老人們也不能老早的就躺下，去用夢欺騙著飢腸。春到了人間，在這大雜院裡只增多了困難。長老了的虱子——特別的厲害——有時爬到老人或小兒的棉花疙疸外，領略一點春光！

虎妞看著院中將化的冰，與那些破碎不堪的衣服，聞著那複雜而微有些熱氣的味道，聽著老人們的哀歎與小兒哭叫，心中涼了半截。在冬天，人都躲在屋裡，髒東西都凍在冰上；現在，人也出來，東西也顯了原形，連碎磚砌的牆都往下落土，似乎預備著到了雨天便塌倒。滿院花花綠綠，開著窮惡的花，比冬天要更醜陋著好幾倍。哼，單單是在這時候，她覺到她將永遠住在此地；她那點錢有花完的時候，而祥子不過是個拉車的！

教祥子看家，她上南苑去找姑媽，打聽老頭子的消息。姑媽說四爺確是到她家來過一趟，大概是正月十二那天吧，一來是給她道謝，二來為告訴她，他打算上天津，或上海，玩玩去。他說：混了一輩子而沒出過京門，到底算不了英雄，乘著還有口氣兒，去到各處見識見識。再說，他自己也沒臉再在城裡混，因為自己的女兒給他丟了人。姑媽的報告只是這一點，她的評斷就更簡單：老頭子也許真出了外，也許光這麼說說，而在什麼僻靜地方藏著呢；誰知道！

回到家，她一頭扎在炕上，悶悶的哭起來，一點虛偽狡詐也沒有的哭了一大陣，把眼泡都哭腫。

哭完，她抹著淚對祥子說：「好，你豪橫！都得隨著你了！我這一寶押錯了地方。嫁雞隨雞，什麼也甭說了。給你一百塊錢，你買車拉吧！」

在這裡，她留了個心眼：原本想買兩輛車，一輛讓祥子自拉，一輛賃出去。現在她改了主意，只買一輛，教祥子去拉；其餘的錢還是在自己手中拿著。錢在自己的手中，勢力才也在自己身上，她不肯都掏出來；萬一祥子——在把錢都買了車之後——變了心呢？這不能不防備！

再說呢，劉老頭子這樣一走，使她感到什麼也不可靠，明天的事誰也不能準知道，頂好是得樂且樂，手裡得有倆錢，愛吃口什麼就吃口，她一向是吃慣了零嘴的。拿祥子掙來的——他是頭等的車伕——過日子，再有自己的那點錢墊補著自己零花，且先顧眼前歡吧。

錢有花完的那一天，人可是也不會永遠活著！嫁個拉車的——雖然是不得已——已經是委屈了自己，不能再天天手背朝下跟他要錢，而自己袋中沒一個銅子。這個決定使她又快樂了點，雖然明知將來是不得了，可是目前總不會立刻就頭朝了下；彷彿是走到日落的時候，遠處已然暗淡，眼前可是還有些亮兒，就趁著亮兒多走幾步吧。

祥子沒和她爭辯，買一輛就好，只要是自己的車，一天好歹也能拉個六七毛錢，可以夠嚼穀。不但沒有爭辯，他還覺得有些高興。過去所受的辛苦，無非為是買上車。現在能再買上，那還有什麼可說呢？

自然，一輛車而供給兩個人兒吃，是不會剩下錢的；這輛車有拉舊了的時候，而沒有再製買新車的預備，危險！可是，買車既是那麼不易，現在能買上也就該滿意了，何必想到那麼遠呢！

雜院裡的二強子正要賣車。

二強子在去年夏天把女兒小福子——十九歲——賣給了一個軍人。賣了二百塊錢。小福子走後，二強子頗闊氣了一陣，把當都贖出來，還另外作了幾件新衣，全家都穿得怪齊整的。

二強嫂是全院裡最矮最醜的婦人，𩕳腦門，大腮幫，頭上沒有什麼頭髮，牙老露在外邊，臉上被雀斑佔滿，看著令人噁心。她也紅著眼皮，一邊哭著女兒，一邊穿上新藍大衫。

二強子的脾氣一向就暴，賣了女兒之後，常喝幾盅酒；酒後眼淚在眼圈裡，就特別的好找毛病。二強嫂雖然穿上新大衫，也吃口飽飯，可是樂不抵苦，挨揍的次數比以前差不多增加了一倍。

二強子四十多了，打算不再去拉車。於是買了副筐子，弄了個雜貨挑子，瓜果梨桃，花生煙卷，貨很齊全。作了兩個月的買賣，粗粗的一摟賬，不但是賠，而且賠得很多。

拉慣了車，他不會對付買賣；拉車是一衝一撞的事，成就成，不成就拉倒；作小買賣得苦對付，他不會。拉車的人曉得怎麼賒東西，所以他磨不開臉不許熟人們欠賬；欠下，可就不容易再要回來。這樣，好照顧主兒拉不上，而與他交易的都貪著賒了不給，他沒法不賠錢。

賠了錢，他難過；難過就更多喝酒。醉了，在外面時常和巡警們吵，在家裡拿老婆孩子殺氣。得罪了巡警，打了老婆，都因為酒。酒醒過來，他非常的後悔，苦痛。再一想，這點錢是用女兒換來的，白白的這樣賠出去，而且還喝酒打人，他覺得自己不是人。在這種時候，他能懊睡一天，把苦惱交給了夢。

他決定放棄了買賣，還去拉車，不能把那點錢全白的糟踐了。他買上了車。在他醉了的時候，他一點情理不講。在他清醒的時候，他頂愛體面。因為愛體面，他往往擺起窮架子，事事都有個譜兒。買了新車，身上也穿得很整齊，他覺得他是高等的車伕，他得喝好茶葉，拉體面的座兒。他能在車口上，亮著自己的車，和身上的白褲褂，和大家談天，老不屑於張羅買賣。

他一會兒啪啪的用新藍布撢子抽抽車，一會兒跺跺自己的白底雙臉鞋，一會兒眼看著鼻尖，立在車旁微笑，等著別人來誇獎他的車，然後就引起話頭，說上沒完。他能這樣白「泡」一兩天。及至他拉上了個好座兒，他的腿不給他的車與衣服作勁，跑不動！這個，又使他非常的難過。一難過就想到女兒，只好去喝酒。這麼樣，他的錢全白墊出去，只剩下那輛車。

在立冬前後吧，他又喝醉。一進屋門，兩個兒子——一個十三，一個十一歲——就想往外躲。這個招翻了他，給他們一人一腳。二強嫂說了句什麼，他奔了她去，一腳踹在小肚子上，她躺在地上半天沒出聲。兩個孩子急了，一個拿起煤鏟，一個抄起擀麵杖，和爸爸拚了命。三個打在一團，七手八腳的又踩了二強嫂幾下。街坊們過來，好容易把二強子按倒在炕上，兩個孩子抱著媽媽哭起來。二強嫂醒了過來，可是始終不能再下地。到臘月初三，她的呼吸停止了，穿著賣女兒時候作的藍大衫。

二強嫂的娘家不答應，非打官司不可。經朋友們死勸活勸，娘家的人們才讓了步，二強子可也答應下好好的發送她，而且給她娘家人十五塊錢。

他把車押出去，押了六十塊錢。轉過年來，他想出手那輛車，他沒有自己把它贖回來的希望。在喝醉的時候，他倒想賣個兒子，但是絕沒人要。他也曾找過小福子的丈夫，人家根本不承認他這麼個老丈人，別的話自然不必再說。

祥子曉得這輛車的歷史，不很喜歡要它，車多了去啦，何必單買這一輛，這輛不吉祥的車，這輛以女兒換來，而因打死老婆才出手的車！

虎妞不這麼看，她想用八十出頭買過來，便宜！車才拉過半年來的，連皮帶的顏色還沒怎麼變，而且地道是西城的名廠德成家造的。買輛七成新的，還不得個五六十塊嗎？她捨不得這個便宜。

她也知道過了年不久，處處錢緊，二強子不會賣上大價兒，而又急等著用錢。她親自去看了車，親自和二強子講了價，過了錢；祥子只好等著拉車，沒說什麼，也不便說什麼，錢既不是他自己的。

把車買好，他細細看了看，的確骨力硬棒。可是他總覺得有點彆扭。最使他不高興的是黑漆的車身，而配著一身白銅活，在二強子打這輛車的時候，原為黑白相映，顯著漂亮；祥子老覺得這有點喪氣，像穿孝似的。他很想換一份套子，換上土黃或月白色兒的，或者足以減去一點素淨勁兒。可是他沒和虎妞商議，省得又招她一頓閒話。

拉出這輛車去，大家都特別注意，有人竟自管它叫作「小寡婦」。祥子心裡不痛快。他變著法兒不去想它，可是車是一天到晚的跟著自己，他老毛毛咕咕的，似乎不知哪時就要出點岔兒。有時候忽然想起二強子，和二強子的遭遇，他彷彿不是拉著輛車，而是拉著口棺材似的。在這輛車上，他時時看見一些鬼影，彷彿是。

可是，自從拉上這輛車，並沒有出什麼錯兒，雖然他心中嘀嘀咕咕的不安。天是越來越暖和了，脫了棉的，幾乎用不著夾衣，就可以穿單褲單褂了；北平沒有多少春天。天長得幾乎使人不耐煩了，人人覺得睏倦。祥子一清早就出去，轉轉到四五點鐘，已經覺得賣夠了力氣。太陽可是還老高呢。他不願再跑，可又不肯收車，猶疑不定的打著長而懶的哈欠。

天是這麼長，祥子若是覺得疲倦無聊，虎妞在家中就更寂寞。冬天，她可以在爐旁取暖，聽著外邊的風聲，雖然苦悶，可是總還有點「不出去也好」的自慰。現在，火爐搬到簷下，在屋裡簡直無事可作。院裡又是那麼髒臭，連棵青草也沒有。到街上去，又不放心街坊們，就是去買趟東西也得直去直來，不敢多散逛一會兒。

她好像圈在屋裡的一個蜜蜂，白白的看著外邊的陽光而飛不出去。跟院裡的婦女們，她談不到一塊兒。她們所說的是家長里短，而她是野調無腔的慣了，不愛說，也不愛聽這些個。她們的委屈是由生活上的苦痛而來，每一件小事都可以引下淚來；她的委屈是一些對生活的不滿意，她無淚可落，而是想罵誰一頓，出出悶氣。她與她們不能彼此瞭解，所以頂好各幹各的，不必過話[36]。

一直到了四月半，她才有了個伴兒。二強子的女兒小福子回來了。小福子的「人」是個軍官。他到處都安一份很簡單的家，花個一百二百的弄個年輕的姑娘，再買份兒大號的鋪板與兩張椅子，便能快樂的過些日子。等軍隊調遣到別處，他撒手一走，連人帶鋪板放在原處。

花這麼一百二百的，過一年半載，並不吃虧，單說縫縫洗洗衣服，作飯，等等的小事，要是雇個僕人，連吃帶掙的月間不也得花個十塊八塊的嗎？這麼娶個姑娘呢，既是僕人，又能陪著睡覺，而且準保乾淨沒病。高興呢，給她裁件花布大衫，塊兒多錢的事。不高興呢，教她光眼子在家裡蹲著，她也沒什麼辦法。等到他開了差呢，他一點也

36. 過話，即交談。

不可惜那份舖板與一兩把椅子，因為欠下的兩個月房租得由她想法子給上，把舖板什麼折賣了還許不夠還這筆賬的呢。

小福子就是把舖板賣了，還上房租，只穿著件花洋布大衫，戴著一對銀耳環，回到家中來的。

二強子在賣了車以後，除了還上押款與利錢，還剩下二十來塊。有時候他覺得是中年喪妻，非常的可憐；別人既不憐惜他，他就自己喝盅酒，喝口好東西，自憐自慰。在這種時候，他彷彿跟錢有仇似的，拚命的亂花。有時候他又以為更應當努力去拉車，好好的把兩個男孩拉扯大了，將來也好有點指望。

在這麼想到兒子的時候，他就嘎七馬八的買回一大堆食物，給他們倆吃。看他倆狼吞虎嚥的吃那些東西，他眼中含著淚，自言自語的說：「沒娘的孩子！苦命的孩子！爸爸去苦奔，奔的是孩子！我不屈心，我吃飽吃不飽不算一回事，得先讓孩子吃足！吃吧！你們長大成人別忘了我就得了！」在這種時候，他的錢也不少花。慢慢的二十來塊錢就全墊出去了。

沒了錢，再趕上他喝了酒，犯了脾氣，他一兩天不管孩子們吃了什麼。孩子們無法，只好得自己去想主意弄幾個銅子，買點東西吃。他們會給辦紅白事的去打執事，會去跟著土車拾些碎銅爛紙，有時候能買上幾個燒餅，有時候只能買一斤麥茬白薯，連皮帶鬚子都吞了下去，有時候倆人才有一個大銅子，只好買了落花生或鐵蠶豆，雖然不能擋饑，可是能多嚼一會兒。

小福子回來了，他們見著了親人，一人抱著她一條腿，沒有話可說，只流著淚向她笑。媽媽沒有了，姐姐就是媽媽！

二強子對女兒回來，沒有什麼表示。她回來，就多添了個吃飯的。可是，看著兩個兒子那樣的歡喜，他也不能不承認家中應當有個女的，給大家作作飯，洗洗衣裳。他不便於說什麼，走到哪兒算哪兒吧。

小福子長得不難看。雖然原先很瘦小，可是自從跟了那個軍官以後，很長了些肉，個子也高了些。圓臉，眉眼長得很勻調，沒有什麼特別出色的地方，可是結結實實的並不難看。上唇很短，無論是要生氣，還是要笑，就先張了唇，露出些很白而齊整的牙來。那個軍官就是特別愛她這些牙。露出這些牙，她顯出一些呆傻沒主意的樣子，同時也彷彿有點嬌憨。這點神氣使她——正如一切貧而不難看的姑娘——像花草似的，只要稍微有點香氣或顏色，就被人挑到市上去賣掉。

虎妞，一向不答理院中的人們，可是把小福子看成了朋友。小福子第一是長得有點模樣，第二是還有件花洋布的長袍，第三是虎妞以為她既嫁過了軍官，總得算見過了世面，所以肯和她來往。

婦女們不容易交朋友，可是要交往就很快；沒有幾天，她倆已成了密友。虎妞愛吃零食，每逢弄點瓜子兒之類的東西，總把小福子喊過來，一邊說笑，一邊吃著。在說笑之中，小福子愚傻的露出白牙，告訴好多虎妞所沒聽過的事。隨著軍官，她並沒享福，可是軍官高了興，也帶她吃回飯館，看看戲，所以她很有些事情說，說出來教虎妞羨慕。她還有許多說不出口的事：在她，這是蹂躪；在虎妞，這是些享受。虎妞央告著她說，她不好意思講，可是又不好意思拒絕。她看過春宮，虎妞就沒看見過。

諸如此類的事，虎妞聽了一遍，還愛聽第二遍。她把小福子看成個最可愛，最可羨慕，也值得嫉妒的人。聽完那些，再看自己的模樣，年歲，與丈夫，她覺得這一輩子太委屈。她沒有過青春，而將來也沒有什麼希望，現在呢，祥子又是那麼死磚頭似的一塊東西！越不滿意祥子，她就越愛小福子，小福子雖然是那麼窮，那麼可憐，可是在她眼中是個享過福，見過陣式的，就是馬上死了也不冤。在她看，小福子就足代表女人所應有的享受。

小福子的困苦，虎妞好像沒有看見。小福子什麼也沒有帶回來，她可是得——無論爸爸是怎樣的不要強——顧著兩個兄弟。她哪兒去弄錢給他倆預備飯呢？

二強子喝醉，有了主意：「你要真心疼你的兄弟，你就有法兒掙錢養活他們！都指著我呀，我成天際去給人家當牲口，我得先吃飽；我能空著肚子跑嗎？教我一個跟頭摔死，你看著可樂是怎著？你閒著也是閒著，有現成的，不賣等什麼？」

看看醉貓似的爸爸，看看自己，看看兩個餓得像老鼠似的弟弟，小福子只剩了哭，眼淚感動不了父親，眼淚不能餵飽了弟弟，她得拿出更實在的來。為教弟弟們吃飽，她得賣了自己的肉。摟著小弟弟，她的淚落在他的頭髮上，他說：「姐姐，我餓！」姐姐！姐姐是塊肉，得給弟弟吃！

虎妞不但不安慰小福子，反倒願意幫她的忙：虎妞願意拿出點資本，教她打扮齊整，掙來錢再還給她。虎妞願意借給她地方，因為她自己的屋子太髒，而虎妞的多少有個樣子，況且是兩間，大家都有個轉身的地方。祥子白天既不會回來，虎妞樂得的幫忙朋友，而且可以多看些，多明白些，自己所缺乏的，想作也作不到的事。每次小福子用房間，虎妞提出個條件，須給她兩毛錢。

朋友是朋友，事情是事情，為小福子的事，她得把屋子收拾得好好的，既須勞作，也得多花些錢，難道置買笤帚簸箕什麼的不得花錢麼？兩毛錢絕不算多，因為彼此是朋友，所以才能這樣見情面。

小福子露出些牙來，淚落在肚子裡。

祥子什麼也不知道，可是他又睡不好覺了。虎妞「成全」了小福子，也要在祥子身上找到失去了的青春。

十八　大雜院的日常

到了六月，大雜院裡在白天簡直沒什麼人聲。孩子們抓早兒提著破筐去拾所能拾到的東西；到了九點，毒花花的太陽已要將他們的瘦脊背曬裂，只好拿回來所拾得的東西，吃些大人所能給他們的食物。然後，大一點的要是能找到世界上最小的資本，便去連買帶拾，湊些冰核去賣。若找不到這點資本，便結伴出城到護城河裡去洗澡，順手兒在車站上偷幾塊煤，或捉些蜻蜓與知了兒賣與那富貴人家的小兒。

那小些的，不敢往遠處跑，都到門外有樹的地方，拾槐蟲，挖「金鋼」[37]什麼的去玩。孩子都出去，男人也都出去，婦女們都赤了背在屋中，誰也不肯出來；不是怕難看，而是因為院中的地已經曬得燙腳。

直到太陽快落，男人與孩子們才陸續的回來，這時候院中有了牆影與一些涼風，而

37. 金鋼，即槐蟲的蛹。

屋裡圈著一天的熱氣，像些火籠；大家都在院中坐著，等著婦女們作飯。此刻，院中非常的熱鬧，好像是個沒有貨物的集市。大家都受了一天的熱，紅著眼珠，沒有好脾氣；肚子又餓，更個個急叉白臉。一句話不對路，有的便要打孩子，有的便要打老婆；即使打不起來，也罵個痛快。這樣鬧哄，一直到大家都吃過飯。小孩有的躺在院中便睡去，有的到街上去撒歡。

大人們吃飽之後，脾氣和平了許多，愛說話的才三五成團，說起一天的辛苦。那吃不上飯的，當已無處去當，賣已無處去賣——即使有東西可當或賣——因為天色已黑上來。男的不管屋中怎樣的熱，一頭扎在炕上，一聲不出，也許大聲的叫罵。女的含著淚向大家去通融，不定碰多少釘子，才借到一張二十枚的破紙票。攥著這張寶貝票子，她出去弄點雜合麵來，勾一鍋粥給大家吃。

虎妞與小福子不在這個生活秩序中。虎妞有了孕，這回是真的。祥子清早就出去，她總得到八九點鐘才起來；懷孕不宜多運動是傳統的錯謬信仰，虎妞既相信這個，而且要借此表示出一些身分：大家都得早早的起來操作，唯有她可以安閒自在的愛躺到什麼時候就躺到什麼時候。到了晚上，她拿著個小板凳到街門外有風的地方去坐著，直到院中的人差不多都睡了才進來，她不屑於和大家閒談。

小福子也起得晚，可是她另有理由。她怕院中那些男人們斜著眼看她，所以等他們都走淨，才敢出屋門。白天，她不是找虎妞來，便是出去走走，因為她的廣告便是她自己。晚上，為躲著院中人的注目，她又出去在街上轉，約摸著大家都躺下，她才偷偷的溜進來。

在男人裡，祥子與二強子是例外。祥子怕進這個大院，更怕往屋裡走。院裡眾人的窮說，使他心裡鬧得慌，他願意找個清靜的地方獨自坐著。屋裡呢，他越來越覺得虎妞像個母老虎。小屋裡是那麼熱，憋氣，再添上那個老虎，他一進去就彷彿要出不來氣。前些日子，他沒法不早回來，為是省得虎妞吵嚷著跟他鬧。近來，有小福子作伴兒，她不甚管束他了，他就晚回來一些。

二強子呢，近來幾乎不大回家來了。他曉得女兒的營業，沒臉進那個街門。但是他沒法攔阻她，他知道自己沒力量養活著兒女們。他只好不再回來，作為眼不見心不煩。有時候他恨女兒，假若小福子是個男的，管保不用這樣出醜；既是個女胎，幹嗎投到他這裡來！有時候他可憐女兒，女兒是賣身養著兩個弟弟！恨吧疼吧，他沒辦法。趕到他喝了酒，而手裡沒了錢，他不恨了，也不可憐了，他回來跟她要錢。在這種時候，他看女兒是個會掙錢的東西，他是作爸爸的，跟她要錢是名正言順。這時候他也想起體面來：大家不是輕看小福子嗎，她的爸爸也沒饒了她呀，他逼著她拿錢，而且罵罵咧咧，似乎是罵給大家聽——二強子沒有錯兒，小福子天生的不要臉。

他吵，小福子連大氣也不出。倒是虎妞一半罵一半勸，把他對付走，自然他手裡得多少拿去點錢。這種錢只許他再去喝酒，因為他要是清醒著看見它們，他就會去跳河或上吊。

六月十五那天，天熱得發了狂。太陽剛一出來，地上已像下了火。一些似雲非雲，似霧非霧的灰氣低低的浮在空中，使人覺得憋氣。一點風也沒有。祥子在院中看了看那灰紅的天，打算去拉晚兒——過下午四點再出去；假若掙不上錢的話，他可以一直拉到天亮：夜間無論怎樣也比白天好受一些。

虎妞催著他出去，怕他在家裡礙事，萬一小福子拉來個客人呢。「你當在家裡就好受哪？屋子裡一到晌午連牆都是燙的！」

他一聲沒出，喝了瓢涼水，走了出去。

街上的柳樹，像病了似的，葉子掛著層灰土在枝上打著捲；枝條一動也懶得動的，無精打采的低垂著。馬路上一個水點也沒有，乾巴巴的發著些白光。便道上塵土飛起多高，與天上的灰氣聯接起來，結成一片毒惡的灰沙陣，燙著行人的臉。處處乾燥，處處燙手，處處憋悶，整個的老城像燒透的磚窯，使人喘不出氣。狗爬在地上吐出紅舌頭，騾馬的鼻孔張得特別的大，小販們不敢吆喝，柏油路化開；甚至於鋪戶門前的銅牌也好像要被曬化。街上異常的清靜，只有銅鐵鋪裡發出使人焦躁的一些單調的叮叮噹噹。

拉車的人們，明知不活動便沒有飯吃，也懶得去張羅買賣：有的把車放在有些陰涼的地方，支起車棚，坐在車上打盹；有的鑽進小茶館去喝茶；有的根本沒拉出車來，而來到街上看看，看看有沒有出車的可能。那些拉著買賣的，即使是最漂亮的小伙子，也居然甘於丟臉，不敢再跑，只低著頭慢慢的走。每一個井台都成了他們的救星，不管剛拉了幾步，見井就奔過去；趕不上新汲的水，便和驢馬們同在水槽裡灌一大氣。還有的，因為中了暑，或是發痧，走著走著，一頭栽在地上，永不起來。

連祥子都有些膽怯了！拉著空車走了幾步，他覺出由臉到腳都被熱氣圍著，連手背上都流了汗。可是，見了座兒，他還想拉，以為跑起來也許倒能有點風。他拉上了個買賣，把車拉起來，他才曉得天氣的厲害已經到了不允許任何人工作的程度。一跑，便喘不過氣來，而且嘴唇發焦，明知心裡不渴，也見水就想喝。不跑呢，那毒花花的太陽把手和脊背都要曬裂。好歹的拉到了地方，他的褲褂全裹在了身上。拿起芭蕉扇搧，沒用，風是熱的。他已經不知喝了幾氣涼水，可是又跑到茶館去。兩壺熱茶喝下去，他心裡安靜了些。茶由口中進去，汗馬上由身上出來，好像身上已是空膛的，不會再藏儲一點水分。他不敢再動了。

坐了好久，他心中膩煩了。既不敢出去，又沒事可作，他覺得天氣彷彿成心跟他過不去。不，他不能服軟。他拉車不止一天了，夏天這也不是頭一遭，他不能就這麼白白的「泡」一天。想出去，可是腿真懶得動，身上非常的軟，好像洗澡沒洗痛快那樣，汗雖出了不少，而心裡還不暢快。又坐了會兒，他再也坐不住了，反正坐著也是出汗，不如爽性出去試試。

一出來，才曉得自己的錯誤。天上那層灰氣已散，不甚憋悶了，可是陽光也更厲害了許多：沒人敢抬頭看太陽在哪裡，只覺得到處都閃眼，空中，屋頂上，牆壁上，地上，都白亮亮的，白裡透著點紅；由上至下整個的像一面極大的火鏡，每一條光都像火鏡的焦點，曬得東西要發火。

在這個白光裡，每一個顏色都刺目，每一個聲響都難聽，每一種氣味都混含著由地上蒸發出來的腥臭。街上彷彿已沒了人，道路好像忽然加寬了許多，空曠而沒有一點涼氣，白花花的令人害怕。祥子不知怎麼是好了，低著頭，拉著車，極慢的往前走，沒有主意，沒有目的，昏昏沉沉的，身上掛著一層黏汗，發著餿臭的味兒。走了會兒，腳心和鞋襪黏在一塊，好像踩著塊濕泥，非常的難過。本來不想再喝水，可是見了井不由的又過去灌了一氣，不為解渴，似乎專為享受井水那點涼氣，由口腔到胃中，忽然涼了一下，身上的毛孔猛的一收縮，打個冷戰，非常舒服。喝完，他連連的打嗝，水要往上漾！

走一會兒，坐一會兒，他始終懶得張羅買賣。一直到了正午，他還覺不出餓來。想去照例的吃點什麼，看見食物就要噁心。胃裡差不多裝滿了各樣的水，有時候裡面會輕輕的響，像騾馬似的喝完水肚子裡光光光的響動。

拿冬與夏相比，祥子總以為冬天更可怕。他沒想到過夏天這麼難受。在城裡過了不止一夏了，他不記得這麼熱過。是天氣比往年熱呢，還是自己的身體虛呢？這麼一想，他忽然的不那麼昏昏沉沉的了，心中彷彿涼了一下。自己的身體，是的，自己的身體不行了！他害了怕，可是沒辦法。他沒法趕走虎妞，他將要變成二強子，變成那回遇見的那個高個子，變成小馬兒的祖父。祥子完了！

正在午後一點的時候，他又拉上個買賣。這是一天裡最熱的時候，又趕上這一夏裡最熱的一天，可是他決定去跑一趟。他不管太陽下是怎樣的熱了：假若拉完一趟而並不怎樣呢，那就證明自己的身子並沒壞；設若拉不下來這個買賣呢，那還有什麼可說的，一個跟頭栽死在那發著火的地上也好！

剛走了幾步，他覺到一點涼風，就像在極熱的屋裡由門縫進來一點涼氣似的。他不敢相信自己；看看路旁的柳枝，的確是微微的動了兩下。街上突然加多了人，鋪戶中的人爭著往外跑，都攥著把蒲扇遮著頭，四下裡找：「有了涼風！有了涼風！涼風下來了！」大家幾乎要跳起來嚷著。路旁的柳樹忽然變成了天使似的，傳達著上天的消息：「柳條兒動了！老天爺，多賞點涼風吧！」

還是熱，心裡可鎮定多了。涼風，即使是一點點，給了人們許多希望。幾陣涼風過去，陽光不那麼強了，一陣亮，一陣稍暗，彷彿有片飛沙在上面浮動似的。風忽然大起來，那半天沒有動作的柳條像猛的得到什麼可喜的事，飄灑的搖擺，枝條都像長出一截兒來。一陣風過去，天暗起來，灰塵全飛到半空。塵土落下一些，北面的天邊見了墨似的烏雲。祥子身上沒了汗，向北邊看了一眼，把車停住，上了雨布，他曉得夏天的雨是說來就來，不容工夫的。

剛上好了雨布，又是一陣風，黑雲滾似的已遮黑半邊天。地上的熱氣與涼風攙合起來，夾雜著腥臊的乾土，似涼又熱；南邊的半個天響晴白日，北邊的半個天烏雲如墨，彷彿有什麼大難來臨，一切都驚慌失措。車伕急著上雨布，鋪戶忙著收幌子，小販們慌手忙腳的收拾攤子，行路的加緊往前奔。又一陣風。風過去，街上的幌子，小攤，與行人，彷彿都被風捲了走，全不見了，只剩下柳枝隨著風狂舞。

雲還沒鋪滿了天，地上已經很黑，極亮極熱的晴午忽然變成黑夜了似的。風帶著雨星，像在地上尋找什麼似的，東一頭西一頭的亂撞。北邊遠處一個紅閃，像把黑雲掀開一塊，露出一大片血似的。

風小了，可是利颼有勁，使人顫抖。一陣這樣的風過去，一切都不知怎好似的，連柳樹都驚疑不定的等著點什麼。又一個閃，正在頭上，白亮亮的雨點緊跟著落下來，極硬的砸起許多塵土，土裡微帶著雨氣。

大雨點砸在祥子的背上幾個，他哆嗦了兩下。雨點停了，黑雲鋪勻了滿天。又一陣風，比以前的更厲害，柳枝橫著飛，塵土往四下裡走，雨道往下落；風、土、雨，混在一處，聯成一片，橫著豎著都灰茫茫冷颼颼，一切的東西都被裹在裡面，辨不清哪是樹，哪是地，哪是雲，四面八方全亂，全響，全迷糊。

風過去了，只剩下直的雨道，扯天扯地的垂落，看不清一條條的，只是那麼一片，一陣，地上射起了無數的箭頭，房屋上落下萬千條瀑布。幾分鐘，天地已分不開，空中的河往下落，地上的河橫流，成了一個灰暗昏黃，有時又白亮亮的，一個水世界。

祥子的衣服早已濕透，全身沒有一點乾鬆地方；隔著草帽，他的頭髮已經全濕。地上的水過了腳面，已經很難邁步；上面的雨直砸著他的頭與背，橫掃著他的臉，裹著他的襠。他不能抬頭，不能睜眼，不能呼吸，不能邁步。

他像要立定在水中，不知道哪是路，不曉得前後左右都有什麼，只覺得透骨涼的水往身上各處澆。他什麼也不知道了，只心中茫茫的有點熱氣，耳旁有一片雨聲。他要把車放下，但是不知放在哪裡好。想跑，水裹住他的腿。他就那麼半死半活的，低著頭一步一步的往前曳。坐車的彷彿死在了車上，一聲不出的任著車伕在水裡掙命。

雨小了些，祥子微微直了直脊背，吐出一口氣：「先生，避避再走吧！」

「快走！你把我扔在這兒算怎回事？」坐車的跺著腳喊。

祥子真想硬把車放下，去找個地方避一避。可是，看看身上，已經全往下流水，他知道一站住就會哆嗦成一團。他咬上了牙，蹚著水不管高低深淺的跑起來。剛跑出不遠，天黑了一陣，緊跟著一亮，雨又迷住他的眼。

拉到了，坐車的連一個銅板也沒多給。祥子沒說什麼，他已顧不過命來。

雨住一會兒，又下一陣兒，比以前小了許多。祥子一氣跑回了家。抱著火，烤了一陣，他哆嗦得像風雨中的樹葉。虎妞給他沖了碗薑糖水，他傻子似的抱著碗一氣喝完。

喝完，他鑽了被窩，什麼也不知道了，似睡非睡的，耳中刷刷的一片雨聲。

到四點多鐘，黑雲開始顯出疲乏來，綿軟無力的打著不甚紅的閃。一會兒，西邊的雲裂開，黑的雲峰鑲上金黃的邊，一些白氣在雲下奔走；閃都到南邊去，曳著幾聲不甚響亮的雷。

又待了一會兒，西邊的雲縫露出來陽光，把帶著雨水的樹葉照成一片金綠。東邊天上掛著一雙七色的虹，兩頭插在黑雲裡，橋背頂著一塊青天。虹不久消散了，天上已沒有一塊黑雲，洗過了的藍空與洗過了的一切，像由黑暗裡剛生出一個新的，清涼的，美麗的世界。連大雜院裡的水坑上也來了幾個各色的蜻蜓。

可是，除了孩子們赤著腳追逐那些蜻蜓，雜院裡的人們並顧不得欣賞這雨後的晴天。小福子屋的後簷牆塌了一塊，姐兒三個忙著把炕席揭起來，堵住窟窿。院牆塌了好幾處，大家沒工夫去管，只顧了收拾自己的屋裡：有的台階太矮，水已灌到屋中，大家七手八腳的拿著簸箕破碗往外淘水。有的倒了山牆，設法去填堵。有的屋頂漏得像個噴壺，把東西全淋濕，忙著往出搬運，放在爐旁去烤，或擱在窗台上去曬。

在正下雨的時候，大家躲在那隨時可以塌倒而把他們活埋了的屋中，把命交給了老天；雨後，他們算計著，收拾著，那些損失；雖然大雨過去，一斤糧食也許落一半個銅子，可是他們的損失不是這個所能償補的。他們花著房錢，可是永遠沒人修補房子；除非塌得無法再住人，來一兩個泥水匠，用些素泥碎磚稀鬆的堵砌上——預備著再塌。房錢交不上，全家便被攆出去，而且扣了東西。房子破，房子可以砸死人，沒人管。他們那點錢，只能租這樣的屋子；破，危險，都活該！

最大的損失是被雨水激病。他們連孩子帶大人都一天到晚在街上找生意，而夏天的暴雨隨時能澆在他們的頭上。他們都是賣力氣掙錢，老是一身熱汗，而北方的暴雨是那麼急，那麼涼，有時夾著核桃大的冰雹；冰涼的雨點，打在那開張著的汗毛眼上，至少教他們躺在炕上，發一兩天燒。

孩子病了，沒錢買藥；一場雨，催高了田中的老玉米與高粱，可是也能澆死不少城裡的貧苦兒女。大人們病了，就更了不得；雨後，詩人們吟詠著荷珠與雙虹；窮人家，大人病了，便全家挨了餓。一場雨，也許多添幾個妓女或小賊，多有些人下到監獄去；大人病了，兒女們作賊作娼也比餓著強！雨下給富人，也下給窮人；下給義人，也下給不義的人。其實，雨並不公道，因為下落在一個沒有公道的世界上。

祥子病了。大雜院裡的病人並不止於他一個。

十九　難產

祥子昏昏沉沉的睡了兩晝夜，虎妞著了慌。到娘娘廟，她求了個神方：一點香灰之外，還有兩三味草藥。給他灌下去，他的確睜開眼看了看，可是待了一會兒又睡著了，嘴裡唧唧咕咕的不曉得說了些什麼。虎妞這才想起去請大夫。扎了兩針，服了劑藥，他清醒過來，一睜眼便問：「還下雨嗎？」

第二劑藥煎好，他不肯吃。既心疼錢，又恨自己這樣的不濟，居然會被一場雨給激病，他不肯喝那碗苦汁子。為證明他用不著吃藥，他想馬上穿起衣裳就下地。可是剛一坐起來，他的頭像有塊大石頭贅著，脖子一軟，眼前冒了金花，他又倒下了。什麼也無須說了，他接過碗來，把藥吞下去。

他躺了十天。越躺著越起急，有時候他爬在枕頭上，有淚無聲的哭。他知道自己不能去掙錢，那麼一切花費就都得由虎妞往外墊；多咱把她的錢墊完，多咱便全仗著他的一輛車子；憑虎妞的愛花愛吃，他供給不起，況且她還有了孕呢！越起不來越愛胡思亂想，越想越愁得慌，病也就越不容易好。剛顧過命來，他就問虎妞：「車呢？」

「放心吧，賃給丁四拉著呢！」

「啊！」他不放心他的車，唯恐被丁四，或任何人，給拉壞。可是自己既不能下地，當然得賃出去，還能閒著嗎？他心裡計算：自己拉，每天好歹一背拉[38]總有五六毛錢的進項。房錢，煤米柴炭，燈油茶水，還先別算添衣服，也就將夠兩個人用的，還得處分摳搜[39]，不能像虎妞那麼滿不在乎。現在，每天只進一毛多錢的車租，得乾賠上四五毛，還不算吃藥。假若病老不好，該怎辦呢？

是的，不怪二強子喝酒，不怪那些苦朋友們胡作非為，拉車這條路是死路！不管你怎樣賣力氣，要強，你可就別成家，別生病，別出一點岔兒。哼！他想起來，自己的頭一輛車，自己攢下的那點錢，又招誰惹誰了？不因生病，也不是為成家，就那麼無情無理的丟了！

好也不行，歹也不行，這條路上只有死亡，而且說不定哪時就來到，自己一點也不

38. 背拉，即平均。
39. 摳搜，即儉省。

曉得。想到這裡，由憂愁改為頹廢，嗐，幹它的去，起不來就躺著，反正是那麼回事！他什麼也不想了，靜靜的躺著。不久他又忍不下去了，想馬上起來，還得去苦奔；道路是死的，人心是活的，在入棺材以前總是不斷的希望著。可是，他立不起來。只好無聊的，乞憐的，要向虎妞說幾句話：

「我說那輛車不吉祥，真不吉祥！」

「養你的病吧！老說車，車迷！」

他沒再說什麼。對了，自己是車迷！自從一拉車，便相信車是一切，敢情——病剛輕了些，他下了地。對著鏡子看了看，他不認得鏡中的人了：滿臉鬍子拉碴，太陽穴與腮都癟進去，眼是兩個深坑，那塊疤上有好多皺紋！

屋裡非常的熱悶，他不敢到院中去，一來是腿軟得像沒了骨頭，二來是怕被人家看見他。不但在這個院裡，就是東西城各車口上，誰不知道祥子是頭頂頭的棒小伙子。祥子不能就是這個樣的病鬼！他不肯出去。在屋裡，又憋悶得慌。他恨不能一口吃壯起來，好出去拉車。可是，病是毀人的，它的來去全由著它自己。

歇了有一個月，他不管病完全好了沒有，就拉上車。把帽子戴得極低，為是教人認不出來他，好可以緩著勁兒跑。「祥子」與「快」是分不開的，他不能大模大樣的慢慢蹭，教人家看不起。

身子本來沒好利落，又貪著多拉幾號，好補上病中的虧空，拉了幾天，病又回來了。這回添上了痢疾。他急得抽自己的嘴巴，沒用，肚皮似乎已挨著了腰，還瀉。好容易痢疾止住了，他的腿連蹲下再起來都費勁，不用說想去跑一陣了。

他又歇了一個月！他曉得虎妞手中的錢大概快墊完了！到八月十五，他決定出車，這回要是再病了，他起了誓，他就去跳河！

在他第一次病中，小福子時常過來看看。祥子的嘴一向幹不過虎妞，而心中又是那麼憋悶，所以有時候就和小福子說幾句。這個，招翻了虎妞。祥子不在家，小福子是好朋友；祥子在家，小福子是，按照虎妞的想法，「來吊棒[40]！好不要臉！」她力逼著小福子還上欠著她的錢，「從此以後，不准再進來！」

小福子失去了招待客人的地方，而自己的屋裡又是那麼破爛——炕席堵著後簷牆，她無可如何，只得到「轉運公司」[41]去報名。可是，「轉運公司」並不需要她這樣的貨。人家是介紹「女學生」與「大家閨秀」的，門路高，用錢大，不要她這樣的平凡人物。

40.吊棒，下流話，即調情。
41.給暗娼介紹生意的地方。

她沒了辦法。想去下窯子，既然沒有本錢，不能混自家的買賣，當然得押給班兒裡。但是，這樣辦就完全失去自由，誰照應著兩個弟弟呢？死是最簡單容易的事，活著已經是在地獄裡。

她不怕死，可也不想死，因為她要作些比死更勇敢更偉大的事。她要看著兩個弟弟都能掙上錢，再死也就放心了。自己早晚是一死，但須死一個而救活了倆！想來想去，她只有一條路可走：賤賣。肯進她那間小屋的當然不肯出大價錢，好吧，誰來也好吧，給個錢就行。這樣，倒省了衣裳與脂粉；來找她的並不敢希望她打扮得怎麼夠格局，他們是按錢數取樂的；她年紀很輕，已經是個便宜了。

虎妞的身子已不大方便，連上街買趟東西都怕有些失閃，而祥子一走就是一天，小福子又不肯過來，她寂寞得像個被拴在屋裡的狗。越寂寞越恨，她以為小福子的減價出售是故意的氣她。她才不能吃這個癟子：坐在外間屋，敞開門，她等著。有人往小福子屋走，她便扯著嗓子說閒話，教他們難堪，也教小福子吃不住。小福子的客人少了，她高了興。

小福子曉得這麼下去，全院的人慢慢就會都響應虎妞，而把自己攆出去。她只是害怕，不敢生氣，落到她這步天地的人曉得把事實放在氣和淚的前邊。她帶著小弟弟過來，給虎妞下了一跪。什麼也沒說，可是神色也帶出來：這一跪要還不行的話，她自己不怕死，誰可也別想活著！最偉大的犧牲是忍辱，最偉大的忍辱是預備反抗。

虎妞倒沒了主意。怎想怎不是味兒，可是帶著那麼個大肚子，她不敢去打架。武的既拿不出來，只好給自己個台階：她是逗著小福子玩呢，誰想弄假成真，小福子的心眼太死。這樣解釋開，她們又成了好友，她照舊給小福子維持一切。

自從中秋出車，祥子處處加了謹慎，兩場病教他明白了自己並不是鐵打的。多掙錢的雄心並沒完全忘掉，可是屢次的打擊使他認清楚了個人的力量是多麼微弱；好漢到時候非咬牙不可，但咬上牙也會吐了血！

痢疾雖然已好，他的肚子可時時的還疼一陣。有時候腿腳正好蹓開了，想試著步兒加點速度，肚子裡繩絞似的一擰，他緩了步，甚至於忽然收住腳，低著頭，縮著肚子，強忍一會兒。獨自拉著座兒還好辦，趕上拉幫兒車的時候，他猛孤仃的收住步，使大家莫名其妙，而他自己非常的難堪。自己才二十多歲，已經這麼鬧笑話，趕到三四十歲的時候，應當怎樣呢？這麼一想，他轟的一下冒了汗！

為自己的身體，他很願再去拉包車。到底是一工兒活有個緩氣的時候；跑的時候要快，可是休息的工夫也長，總比拉散座兒輕閒。他可也準知道，虎妞絕對不會放手他，成了家便沒了自由，而虎妞又是特別的厲害。他認了背運。

半年來的，由秋而冬，他就那麼一半對付，一半掙扎，不敢大意，也不敢偷懶，心中憋憋悶悶的，低著頭苦奔。低著頭，他不敢再像原先那麼楞蔥似的，什麼也不在乎了。至於掙錢，他還是比一般的車伕多掙著些。除非他的肚子正絞著疼，他總不肯空放走一個買賣，該拉就拉，他始終沒染上惡習。什麼故意的繃大價，什麼中途倒車，什麼死等好座兒，他都沒學會。這樣，他多受了累，可是天天準進錢。他不取巧，所以也就沒有危險。

可是，錢進得太少，並不能剩下。左手進來，右手出去，一天一個乾淨。他連攢錢都想也不敢想了。他知道怎樣省著，虎妞可會花呢。

虎妞的「月子」是轉過年二月初的。自從一入冬，她的懷已顯了形，而且愛故意的往外腆著，好顯出自己的重要。看著自己的肚子，她簡直連炕也懶得下。作菜作飯全託付給了小福子，自然那些剩湯臘水的就得教小福子拿去給弟弟們吃。這個，就費了許多。

飯菜而外，她還得吃零食，肚子越顯形，她就覺得越須多吃好東西；不能虧著嘴。她不但隨時的買零七八碎的，而且囑咐祥子每天給她帶回點兒來。祥子掙多少，她花多少，她的要求隨著他的錢漲落。

祥子不能說什麼。他病著的時候，花了她的錢，那麼一還一報，他當然也得給她花。祥子稍微緊一緊手，她馬上會生病，「懷孕就是害九個多月的病，你懂得什麼？」她說的也是真話。到過新年的時候，她的主意就更多了。她自己動不了窩，便派小福子七趟八趟的去買東西。她恨自己出不去，又疼愛自己而不肯出去，不出去又憋悶的慌，所以只好多買些東西來看著還舒服些。

她口口聲聲不是為她自己買而是心疼祥子：「你苦奔了一年，還不吃一口哪？自從病後，你就沒十分足壯起來；到年底下還不吃，等餓得像個癟臭蟲哪？」祥子不便辯駁，也不會辯駁；及至把東西作好，她一吃便是兩三大碗。吃完，又沒有運動，她撐得慌，抱著肚子一定說是犯了胎氣！

過了年，她無論如何也不准祥子在晚間出去，她不定哪時就生養，她害怕。這時候，她才想起自己的實在歲數來，雖然還不肯明說，可是再也不對他講，「我只比你大『一點』」了。

她這麼鬧哄，祥子迷了頭。生命的延續不過是生兒養女，祥子心裡不由的有點喜歡，即使一點也不需要一個小孩，可是那個將來到自己身上，最簡單而最玄妙的「爸」

字，使鐵心的人也得要閉上眼想一想，無論怎麼想，這個字總是動心的。祥子，笨手笨腳的，想不到自己有什麼好處和可自傲的地方；一想到這個奇妙的字，他忽然覺出自己的尊貴，彷彿沒有什麼也沒關係，只要有了小孩，生命便不會是個空的。同時，他想對虎妞盡自己所能的去供給，去伺候，她現在已不是「一」個人；即使她很討厭，可是在這件事上她有一百成的功勞。不過，無論她有多麼大的功勞，她的鬧騰勁兒可也真沒法受。她一會兒一個主意，見神見鬼的亂哄，而祥子必須出去掙錢，需要休息，即使錢可以亂花，他總得安安頓頓的睡一夜，好到明天再去苦曳。

她不准他晚上出去，也不准他好好的睡覺，他一點主意也沒有，成天際暈暈忽忽的，不知怎樣才好。有時候欣喜，有時候著急，有時候煩悶，有時候為欣喜而又要慚愧，有時候為著急而又要自慰，有時候為煩悶而又要欣喜，感情在他心中繞著圓圈，把個最簡單的人鬧得不知道了東西南北。有一回，他竟自把座兒拉過了地方，忘了人家雇到哪裡！

燈節左右，虎妞決定教祥子去請收生婆，她已支持不住。收生婆來到，告訴她還不到時候，並且說了些要臨盆時的徵象。她忍了兩天，就又鬧騰起來。把收生婆又請了來，還是不到時候。她哭著喊著要去尋死，不能再受這個折磨。祥子一點辦法沒有，為表明自己盡心，只好依了她的要求，暫不去拉車。

一直鬧到月底，連祥子也看出來，這是真到了時候，她已經不像人樣了。收生婆又來到，給祥子一點暗示，恐怕要難產。虎妞的歲數，這又是頭胎，平日缺乏運動，而胎又很大，因為孕期裡貪吃油膩；這幾項合起來，打算順順當當的生產是希望不到的。況且一向沒經過醫生檢查過，胎的部位並沒有矯正過；收生婆沒有這份手術，可是會說：就怕是橫生逆產呀！

在這雜院裡，小孩的生與母親的死已被大家習慣的並為一談。可是虎妞比別人都更多著些危險，別個婦人都是一直到臨盆那一天還操作活動，而且吃得不足，胎不會很大，所以倒能容易產生。她們的危險是在產後的失調，而虎妞卻與她們正相反。她的優越正是她的禍患。

祥子，小福子，收生婆，連著守了她三天三夜。她把一切的神佛都喊到了，並且許下多少誓願，都沒有用。最後，她嗓子已啞，只低喚著「媽喲！媽喲！」收生婆沒辦法，大家都沒辦法，還是她自己出的主意，教祥子到德勝門外去請陳二奶奶——頂著一位蝦蟆大仙。陳二奶奶非五塊錢不來，虎妞拿出最後的七八塊錢來：「好祥子，快快去吧！花錢不要緊！等我好了，我乖乖的跟你過日子！快去吧！」

陳二奶奶帶著「童兒」——四十來歲的一位黃臉大漢——快到掌燈的時候才來到。她有五十來歲，穿著藍綢子襖，頭上戴著紅石榴花，和全份的鍍金首飾。眼睛直勾勾的，進門先淨了手，而後上了香；她自己先磕了頭，然後坐在香案後面，呆呆的看著香苗。忽然連身子都一搖動，打了個極大的冷戰，垂下頭，閉上眼，半天沒動靜。屋中連落個針都可以聽到，虎妞也咬上牙不敢出聲。慢慢的，陳二奶奶抬起頭來，點著頭看了看大家；「童兒」扯了扯祥子，教他趕緊磕頭。祥子不知道自己信神不信，只覺得磕頭總不會出錯兒。迷迷忽忽的，他不曉得磕了幾個頭。立起來，他看著那對直勾勾的「神」眼，和那燒透了的紅亮香苗，聞著香煙的味道，心中渺茫的希望著這個陣式裡會有些好處，呆呆的，他手心上出著涼汗。

蝦蟆大仙說話老聲老氣的，而且有些結巴：「不，不，不要緊！畫道催，催，催生符！」

「童兒」急忙遞過黃綿紙，大仙在香苗上抓了幾抓，而後沾著吐沫在紙上畫。畫完符，她又結結巴巴的說了幾句：大概的意思是虎妞前世裡欠這孩子的債，所以得受些折磨。祥子暈頭打腦的沒甚聽明白，可是有些害怕。

陳二奶奶打了個長大的哈欠，閉目楞了會兒，彷彿是大夢初醒的樣子睜開了眼。

「童兒」趕緊報告大仙的言語。她似乎很喜歡：「今天大仙高興，愛說話！」然後她指導著祥子怎樣教虎妞喝下那道神符，並且給她一丸藥，和神符一同服下去。

陳二奶奶熱心的等著看看神符的效驗，所以祥子得給她預備點飯。祥子把這個託付給小福子去辦。小福子給買來熱芝蔴醬燒餅和醬肘子；陳二奶奶還嫌沒有盅酒吃。

虎妞服下去神符，陳二奶奶與「童兒」吃過了東西，虎妞還是翻滾的鬧。直鬧了一點多鐘，她的眼珠已慢慢往上翻。陳二奶奶還有主意，不慌不忙的教祥子跪一股高香。祥子對陳二奶奶的信心已經剩不多了。但是既花了五塊錢，爽性就把她的方法都試驗試驗吧；既不肯打她一頓，那麼就依著她的主意辦好了，萬一有些靈驗呢！

直挺挺的跪在高香前面，他不曉得求的是什麼神，可是他心中想要虔誠。看著香火的跳動，他假裝在火苗上看見了一些什麼形影，心中便禱告著。香越燒越矮，火苗當中露出些黑道來，他把頭低下去，手扶在地上，迷迷胡胡的有些發睏，他已兩三天沒得好好的睡了。脖子忽然一軟，他唬了一跳，再看，香已燒得剩了不多。他沒管到了該立起來的時候沒有，拄著地就慢慢立起來，腿已有些發木。

陳二奶奶和「童兒」已經偷偷的溜了。

祥子沒顧得恨她，而急忙過去看虎妞，他知道事情到了極不好辦的時候。虎妞只剩了大口的噝氣，已經不會出聲。收生婆告訴他，想法子到醫院去吧，她的方法已經用盡。

祥子心中彷彿忽然的裂了，張著大嘴哭起來。小福子也落著淚，可是處在幫忙的地位，她到底心裡還清楚一點。「祥哥！先別哭！我去上醫院問問吧？」

沒管祥子聽見了沒有，她抹著淚跑出去。

她去了有一點鐘。跑回來，她已喘得說不上來話。扶著桌子，她乾嗽了半天才說出來：醫生來一趟是十塊錢，只是看看，並不管接生。接生是二十塊。要是難產的話，得到醫院去，那就得幾十塊了。「祥哥！你看怎辦呢?!」祥子沒辦法，只好等著該死的就死吧！

愚蠢與殘忍是這裡的一些現象；所以愚蠢，所以殘忍，卻另有原因。

虎妞在夜裡十二點，帶著個死孩子，斷了氣。

二十　夏先生一家

祥子的車賣了！

錢就和流水似的，他的手已攔不住；死人總得抬出去，連開張殃榜也得花錢。

祥子像傻了一般，看著大家忙亂，他只管往外掏錢。他的眼紅得可怕，眼角堆著一團黃白的眵目糊；耳朵發聾，楞楞磕磕的隨著大家亂轉，可不知道自己作的是什麼。

跟著虎妞的棺材往城外走，他這才清楚了一些，可是心裡還顧不得思索任何事情。沒有人送殯，除了祥子，就是小福子的兩個弟弟，一人手中拿著薄薄的一打兒紙錢，沿路撒給那攔路鬼。

楞楞磕磕的，祥子看著槓夫把棺材埋好，他沒有哭。他的腦中像燒著一把烈火，把淚已燒乾，想哭也哭不出。呆呆的看著，他幾乎不知那是幹什麼呢。直到「頭兒」過來交待，他才想起回家。

屋裡已被小福子給收拾好。回來，他一頭倒在炕上，已經累得不能再動。眼睛乾巴巴的閉不上，他呆呆的看著那有些雨漏痕跡的頂棚。既不能睡去，他坐了起來。看了屋中一眼，他不敢再看。心中不知怎樣好。他出去買了包「黃獅子」煙來。坐在炕沿上，點著了一支煙；並不愛吸。呆呆的看著煙頭上那點藍煙，忽然淚一串串的流下來，不但想起虎妞，也想起一切。

到城裡來了幾年，這是他努力的結果，就是這樣，就是這樣！他連哭都哭不出聲來！車，車，車是自己的飯碗。買，丟了；再買，賣出去；三起三落，像個鬼影，永遠抓不牢，而空受那些辛苦與委屈。

沒了，什麼都沒了，連個老婆也沒了！虎妞雖然厲害，但是沒了她怎能成個家呢？看著屋中的東西，都是她的，她本人可是埋在了城外！越想越恨，淚被怒火截住，他狠狠的吸那支煙，越不愛吸越偏要吸。把煙吸完，手捧著頭，口中與心中都發辣，要狂喊一陣，把心中的血都噴出來才痛快。

不知道什麼工夫，小福子進來了，立在外間屋的菜案前，呆呆的看著他。

他猛一抬頭，看見了她，淚極快的又流下來。此時，就是他看見隻狗，他也會流淚；滿心的委屈，遇見個活的東西才想發洩；他想跟她說說，想得到一些同情。可是，話太多，他的嘴反倒張不開了。

「祥哥！」她往前湊了湊，「我把東西都收拾好了。」

他點了點頭，顧不及謝謝她；悲哀中的禮貌是虛偽。「你打算怎辦呢？」

「啊？」他好像沒聽明白，但緊跟著他明白過來，搖了搖頭——他顧不得想辦法。

她又往前走了兩步，臉上忽然紅起來，露出幾個白牙，可是話沒能說出。她的生活使她不能不忘掉羞恥，可是遇到正經事，她還是個有真心的女人：女子的心在羞恥上運用著一大半。「我想——」她只說出這麼點來。她心中的話很多；臉一紅，它們全忽然的跑散，再也想不起來。

人間的真話本來不多，一個女子的臉紅勝過一大片話；連祥子也明白了她的意思。在他的眼裡，她是個最美的女子，美在骨頭裡，就是她滿身都長了瘡，把皮肉都爛掉，在他心中她依然很美。

她美，她年輕，她要強，她勤儉。假若祥子想再娶，她是個理想的人。他並不想馬上就續娶，他顧不得想任何的事。可是她既然願意，而且是因為生活的壓迫不能不馬上提出來，他似乎沒有法子拒絕。她本人是那麼好，而且幫了他這麼多的忙，他只能點頭，他真想過去抱住她，痛痛快快的哭一場，把委屈都哭淨，而後與她努力同心的再往下苦奔。

在她身上，他看見了一個男人從女子所能得的與所應得的安慰。他的口不大愛說話，見了她，他願意隨便的說；有她聽著，他的話才不至於白說；她的一點頭，或一笑，都是最美滿的回答，使他覺得真是成了「家」。

正在這個時候，小福子的二弟弟進來了：「姐姐！爸爸來了！」

她皺了皺眉。她剛推開門，二強子已走到院中。「你上祥子屋裡幹什麼去了？」二強子的眼睛瞪圓，兩腳拌著蒜，東一晃西一晃的撲過來：「你賣還賣不夠，還得白教祥子玩？你個不要臉的東西！」

祥子，聽到自己的名字，趕了出來，立在小福子的身後。

「我說祥子，」二強子歪歪擰擰的想挺起胸脯，可是連立也立不穩：「我說祥子，你還算人嗎？你佔誰的便宜也罷，單佔她的便宜？什麼玩藝！」

祥子不肯欺負個醉鬼，可是心中的積鬱使他沒法管束住自己的怒氣。他趕上一步去。四隻紅眼睛對了光，好像要在空氣中激觸，發出火花。祥子一把扯住二強子的肩，就像提拉著個孩子似的，擲出老遠。

良心的譴責，藉著點酒，變成狂暴：二強子的醉本來多少有些假裝。經這一摔，他醒過來一半。他想反攻，可是明知不是祥子的對手。就這麼老老實實的出去，又十分的不是味兒。他坐在地上，不肯往起立，又不便老這麼坐著。心中十分的亂，嘴裡只好隨便的說了：「我管教兒女，與你什麼相干？揍我？你姥姥！你也得配！」

祥子不願還口，只靜靜的等著他反攻。

小福子含著淚，不知怎樣好。勸父親是沒用的，看著祥子打他也於心不安。她將全身都摸索到了，湊出十幾個銅子兒來，交給了弟弟。弟弟平日絕不敢挨近爸爸的身，今天看爸爸是被揍在地上，膽子大了些。

「給你，走吧！」

二強子稜稜著眼把錢接過去，一邊往起立，一邊叨嘮：「放著你們這群丫頭養的！招翻了太爺，媽的弄刀全宰了你們！」快走到街門了，他喊了聲「祥子！擱著這個碴兒[42]，咱們外頭見！」

二強子走後，祥子和小福子一同進到屋中。

「我沒法子！」她自言自語的說了這麼句，這一句總結了她一切的困難，並且含著無限的希望——假如祥子願意娶她，她便有了辦法。

42. 擱著這個碴，即暫不了結，日後再說。

祥子，經過這一場，在她的身上看出許多黑影來。他還喜歡她，可是負不起養著她兩個弟弟和一個醉爸爸的責任！他不敢想虎妞一死，他便有了自由；虎妞也有虎妞的好處，至少是在經濟上幫了他許多。他不敢想小福子要是死吃他一口，可是她這一家人都不會掙飯吃也千真萬確。愛與不愛，窮人得在金錢上決定，「情種」只生在大富之家。

他開始收拾東西。

「你要搬走吧？」小福子連嘴唇全白了。

「搬走！」他狠了心，在沒有公道的世界裡，窮人仗著狠心維持個人的自由，那很小很小的一點自由。

看了他一眼，她低著頭走出去。她不恨，也不惱，只是絕望。

虎妞的首飾與好一點的衣服，都帶到棺材裡去。剩下的只是一些破舊的衣裳，幾件木器，和些盆碗鍋勺什麼的。祥子由那些衣服中揀出幾件較好的來，放在一邊；其餘的連衣服帶器具全賣。

他叫來個「打鼓兒的」[43]，一口價賣了十幾塊錢。他急於搬走，急於打發了這些東

43. 打鼓兒的，北京收舊貨的小販。

西，所以沒心思去多找幾個人來慢慢的繃著價兒[44]。「打鼓兒的」把東西收拾了走，屋中只剩下他的一份舖蓋和那幾件挑出來的衣服，在沒有席的炕上放著。

屋中全空，他覺得痛快了些，彷彿擺脫開了許多纏繞，而他從此可以遠走高飛了似的。可是，不大一會兒，他又想起那些東西。桌子已被搬走，桌腿兒可還留下一些痕跡——一堆堆的細土，貼著牆根形成幾個小四方塊。

看著這些印跡，他想起東西，想起人，夢似的都不見了。不管東西好壞，不管人好壞，沒了它們，心便沒有地方安放。他坐在了炕沿上，又掏出支「黃獅子」來。

隨著煙卷，他帶出一張破毛票兒來。有意無意的他把錢全掏了出來；這兩天了，他始終沒顧到算一算賬。掏出一堆來，洋錢，毛票，銅子票，銅子，什麼也有。堆兒不小，數了數，還不到二十塊。湊上賣東西的十幾塊，他的財產全部只是三十多塊錢。

把錢放在炕磚上，他瞪著它們，不知是哭好，還是笑好。屋裡沒有人，沒有東西，只剩下他自己與這一堆破舊霉污的錢。這是幹什麼呢？

長歎了一聲，無可如何的把錢揣在懷裡，然後他把舖蓋和那幾件衣服抱起來，去找小福子。

44. 繃著價兒，即等著高價。

「這幾件衣裳，你留著穿吧！把鋪蓋存在這一會兒，我先去找好車廠子，再來取。」不敢看小福子，他低著頭一氣說完這些。

她什麼也沒說，只答應了兩聲。

祥子找好車廠，回來取鋪蓋，看見她的眼已哭腫。他不會說什麼，可是設盡方法想出這麼兩句：「等著吧！等我混好了，我來！一定來！」

她點了點頭，沒說什麼。

祥子只休息了一天，便照舊去拉車。他不像先前那樣火著心拉買賣了，可也不故意的偷懶，就那麼淡而不厭的一天天的混。

這樣混過了一個來月，他心中覺得很平靜。他的臉臌滿起來一些，可是不像原先那麼紅撲撲的了；臉色發黃，不顯著足壯，也並不透出瘦弱。眼睛很明，可沒有什麼表情，老是那麼亮亮的似乎挺有精神，又似乎什麼也沒看見。

他的神氣很像風暴後的樹，靜靜的立在陽光裡，一點不敢再動。原先他就不喜歡說話，現在更不愛開口了。天已很暖，柳枝上已掛滿嫩葉，他有時候向陽放著車，低著頭自言自語的嘴微動著，有時候仰面承受著陽光，打個小盹；除了必須開口，他簡直的不大和人家過話。

煙卷可是已吸上了癮。一坐在車上，他的大手便向胸墊下面摸去。點著了支煙，他極緩慢的吸吐，眼隨著煙圈兒向上看，呆呆的看著，然後點點頭，彷彿看出點意思來似的。

拉起車來，他還比一般的車伕跑得麻利，可是他不再拚命的跑。在拐彎抹角和上下坡兒的時候，他特別的小心。幾乎是過度的小心。有人要跟他賽車，不論是怎樣的逗弄激發，他低著頭一聲也不出，依舊不快不慢的跑著。他似乎看透了拉車是怎回事，不再想從這裡得到任何的光榮與稱讚。

在廠子裡，他可是交了朋友；雖然不大愛說話，但是不出聲的雁也喜歡群飛。再不交朋友，他的寂寞恐怕就不是他所能忍受的了。

他的煙卷盒兒，只要一掏出來，便繞著圈兒遞給大家。有時候人家看他的盒裡只剩下一支，不好意思伸手，他才簡截的說：「再買！」趕上大家賭錢，他不像從前那樣躲在一邊，也過來看看，並且有時候押上一注，輸贏都不在乎的，似乎只為向大家表示他很合群，很明白大家奔忙了幾天之後應當快樂一下。

他們喝酒，他也陪著；不多喝，可是自己出錢買些酒菜讓大家吃。以前他所看不上眼的事，現在他都覺得有些意思——自己的路既走不通，便沒法不承認別人作得對。

朋友之中若有了紅白事，原先他不懂得行人情，現在他也出上四十銅子的份子，或隨個「公議兒」[45]。不但是出了錢，他還親自去弔祭或慶賀，因為他明白了這些事並非是只為糟蹋錢，而是有些必須盡到的人情。在這裡人們是真哭或真笑，並不是瞎起哄。

那三十多塊錢，他可不敢動。弄了塊白布，他自己笨手八腳的拿個大針把錢縫在裡面，永遠放在貼著肉的地方。不想花，也不想再買車，只是帶在身旁，作為一種預備——誰知道將來有什麼災患呢！病，意外的禍害，都能隨時的來到自己身上，總得有個預備。人並不是鐵打的，他明白過來。

快到立秋，他又拉上了包月。這回，比以前所混過的宅門裡的事都輕閒；要不是這樣，他就不會應下這個事來。他現在懂得選擇事情了，有合適的包月才幹；不然，拉散座也無所不可，不像原先那樣火著心往宅門裡去了。他曉得了自己的身體是應該保重的，一個車伕而想拚命——像他原先那樣——只有喪了命而得不到任何好處。經驗使人知道怎樣應當油滑一些，因為命只有一條啊！

這回他上工的地方是在雍和宮附近。主人姓夏，五十多歲，知書明禮；家裡有太太和十二個兒女。最近娶了個姨太太，不敢讓家中知道，所以特意的挑個僻靜地方另組織

45. 公議兒，共同商定的禮物。

了個小家庭。

在雍和宮附近的這個小家庭，只有夏先生和新娶的姨太太；此外還有一個女僕，一個車伕——就是祥子。

祥子很喜歡這個事。先說院子吧，院中一共才有六間房，夏先生住三間，廚房占一間，其餘的兩間作為下房。院子很小，靠著南牆根有棵半大的小棗樹，樹尖上掛著十幾個半紅的棗兒。祥子掃院子的時候，幾乎兩三笤帚就由這頭掃到那頭，非常的省事。沒有花草可澆灌，他很想整理一下那棵棗樹，可是他曉得棗樹是多麼任性，歪歪擰擰的不受調理，所以也就不便動手。

別的工作也不多。夏先生早晨到衙門去辦公，下午五點才回來，祥子只須一送一接；回到家，夏先生就不再出去，好像避難似的。夏太太倒常出去，可是總在四點左右就回來，好讓祥子去接夏先生——接回他來，祥子一天的工作就算交待了。再說，夏太太所去的地方不過是東安市場與中山公園什麼的，拉到之後，還有很大的休息時間。這點事兒，祥子鬧著玩似的就都作了。

夏先生的手很緊，一個小錢也不肯輕易撒手；出來進去，他目不旁視，彷彿街上沒有人，也沒有東西。太太可手鬆，三天兩頭的出去買東西；若是吃的，不好吃便給了僕人；若是用品，等到要再去買新的時候，便先把舊的給了僕人，好跟夏先生交涉要錢。夏先生一生的使命似乎就是鞠躬盡瘁的把所有的精力與金錢全敬獻給姨太太；此外，他沒有任何生活與享受。他的錢必須藉著姨太太的手才會出去，他自己不會花，更說不到給人──據說，他的原配夫人與十二個兒女住在保定，有時候連著四五個月得不到他的一個小錢。

祥子討厭這位夏先生：成天際彎彎著腰，縮縮著脖，賊似的出入，眼看著腳尖，永遠不出聲，不花錢，不笑，連坐在車上都像個瘦猴；可是偶爾說一兩句話，他會說得極不得人心，彷彿誰都是混賬，只有他自己是知書明禮的君子人。

祥子不喜歡這樣的人。可是他把「事」看成了「事」，只要月間進錢，管別的幹什麼呢?!況且太太還很開通，吃的用的都常得到一些；算了吧，直當是拉著個不通人情的猴子吧。

對於那個太太，祥子只把她當作個會給點零錢的女人，並不十分喜愛她。她比小福子美多了，而且香粉香水的漚著，綾羅綢緞的包著，更不是小福子所能比上的。不過，她雖然長得美，打扮得漂亮，可是他不知為何一看見她便想起虎妞來；她的身上老有些地方像虎妞，不是那些衣服，也不是她的模樣，而是一點什麼態度或神味，祥子找不到適當的字來形容。只覺得她與虎妞是，用他所能想出的字，一道貨。

她很年輕，至多也就是二十二三歲，可是她的氣派很老到，絕不像個新出嫁的女子，正像虎妞那樣永遠沒有過少女的靦腆與溫柔。她燙著頭，穿著高跟鞋，衣服裁得正好能幫忙她扭得有稜有角的。

連祥子也看得出，她雖然打扮得這樣入時，可是她沒有一般的太太們所有的氣度。但是她又不像是由妓女出身。祥子摸不清她是怎回事。他只覺得她有些可怕，像虎妞那樣可怕。不過，虎妞沒有她這麼年輕，沒有她這麼美好；所以祥子就更怕她，彷彿她身上帶著他所嘗受過的一切女性的厲害與毒惡。他簡直不敢正眼看她。

在這兒過了些日子，他越發的怕她了。拉著夏先生出去，祥子沒見過他花什麼錢；可是，夏先生也有時候去買東西——到大藥房去買藥。

祥子不曉得他買的是什麼藥；不過，每逢買了藥來，他們夫婦就似乎特別的喜歡，連大氣不出的夏先生也顯著特別的精神。

精神了兩三天，夏先生又不大出氣了，而且腰彎得更深了些，很像由街上買來的活魚，乍放在水中歡熾一會兒，不久便又老實了。一看到夏先生坐在車上像個死鬼似的，祥子便知道又到了上藥房的時候。

他不喜歡夏先生，可是每逢到藥房去，他不由的替這個老瘦猴難過。趕到夏先生拿著藥包回到家中，祥子便想起虎妞，心中說不清的怎麼難受。他不願意懷恨著死鬼，可是看看自己，看看夏先生，他沒法不怨恨她了；無論怎說，他的身體是不像從前那麼結實了，虎妞應負著大部分的責任。

他很想辭工不幹了。可是，為這點不靠邊的事而辭工，又彷彿不像話；吸著「黃獅子」，他自言自語的說，「管別人的閒事幹嗎?!」

二十一 刺兒頭

菊花下市的時候，夏太太因為買了四盆花，而被女僕楊媽摔了一盆，就和楊媽吵鬧起來。楊媽來自鄉間，根本以為花草算不了什麼重要的東西；不過，既是打了人家的物件，不管怎麼不重要，總是自己粗心大意，所以就一聲沒敢出。及至夏太太鬧上沒完，村的野的一勁兒叫罵，楊媽的火兒再也按不住，可就還了口。

鄉下人急了，不會拿著尺寸說話，她抖著底兒把最粗野的罵出來。夏太太跳著腳兒罵了一陣，教楊媽馬上捲舖蓋滾蛋。

祥子始終沒過來勸解，他的嘴不會勸架，更不會勸解兩個婦人的架。及至他聽到楊媽罵夏太太是暗門子，千人騎萬人摸的臭X，他知道楊媽的事必定吹了。同時也看出來，楊媽要是吹了，他自己也得跟著吹；夏太太大概不會留著個知道她的歷史的僕人。楊媽走後，他等著被辭；算計著，大概新女僕來到就是他該捲舖蓋的時候了。他可是沒為這個發愁，經驗使他冷靜的上工辭工，犯不著用什麼感情。

可是，楊媽走後，夏太太對祥子反倒非常的客氣。沒了女僕，她得自己去下廚房做飯。她給祥子錢，教他出去買菜。買回來，她囑咐他把什麼該剝了皮，把什麼該洗一洗。他剝皮洗菜，她就切肉煮飯，一邊作事，一邊找著話跟他說。她穿著件粉紅的衛生衣，下面襯著條青褲子，腳上趿拉著雙白緞子繡花的拖鞋。祥子低著頭笨手笨腳的工作，不敢看她，可是又想看她，她的香水味兒時時強烈的流入他的鼻中，似乎是告訴他非看看她不可，像香花那樣引逗蜂蝶。

祥子曉得婦女的厲害，也曉得婦女的好處；一個虎妞已足使任何人怕女子，又捨不得女子。何況，夏太太又遠非虎妞所能比得上的呢。祥子不由的看了她兩眼，假若她和虎妞一樣的可怕，她可是有比虎妞強著許多倍使人愛慕的地方。

這要擱在二年前，祥子決不敢看她這麼兩眼。現在，他不大管這個了：一來是經過婦女引誘過的，沒法再管束自己。二來是他已經漸漸入了「車伕」的轍：一般車伕所認為對的，他現在也看著對；自己的努力與克己既然失敗，大家的行為一定是有道理的，他非作個「車伕」不可，不管自己願意不願意；與眾不同是行不開的。那麼，拾個便宜是一般的苦人認為正當的，祥子幹嗎見便宜不撿著呢？

他看了這個娘們兩眼，是的，她只是個娘們！假如她願意呢，祥子沒法拒絕。他不敢相信她就能這麼下賤，可是萬一呢？她不動，祥子當然不動；她要是先露出點意思，他沒主意。她已經露出點意思來了吧？要不然，幹嗎散了楊媽而不馬上去僱人，單教祥子幫忙做飯呢？幹嗎下廚房還擦那麼多香水呢？

祥子不敢決定什麼，不敢希望什麼，可是心裡又微微的要決定點什麼，要有點什麼希望。他好像是作著個不實在的好夢，知道是夢，又願意繼續往下作。生命有種熱力逼著他承認自己沒出息，而在這沒出息的事裡藏著最大的快樂——也許是最大的苦惱，誰管它！

一點希冀，鼓起些勇氣；一些勇氣激起很大的熱力；他心中燒起火來。這裡沒有一點下賤，他與她都不下賤，慾火是平等的！

一點恐懼，喚醒了理智；一點理智澆滅了心火；他幾乎想馬上逃走。這裡只有苦惱，上這條路的必鬧出笑話！

忽然希冀，忽然懼怕，他心中像發了瘧疾。這比遇上虎妞的時候更加難過；那時候，他什麼也不知道，像個初次出來的小蜂落在蛛網上；現在，他知道應當怎樣的小心，也知道怎樣的大膽，他莫名其妙的要往下淌，又清清楚楚的怕掉下去！

他不輕看這位姨太太，這位暗娼，這位美人，她是一切，又什麼也不是。假若他也有些可以自解的地方，他想，倒是那個老瘦猴似的夏先生可惡，應當得些惡報。有他那樣的丈夫，她作什麼也沒過錯。有他那樣的主人，他——祥子——作什麼也沒關係。他膽子大起來。

可是，她並沒理會他看了她沒有。作得了飯，她獨自在廚房裡吃；吃完，她喊了聲祥子：「你吃吧。吃完可得把傢伙刷出來。下半天你接先生去的時候，就手兒買來晚上的菜，省得再出去了。明天是星期，先生在家，我出去找老媽子去。你有熟人沒有，給薦一個？老媽子真難找！好吧，先吃去吧，別涼了！」

她說得非常的大方，自然。那件粉紅的衛生衣忽然——在祥子眼中——彷彿素淨了許多。他反倒有些失望，由失望而感到慚愧，自己看明白自己已不是要強的人，不僅是不要強的人，而且是壞人！糊糊塗塗的扒摟了兩碗飯，他覺得非常的無聊。洗了傢伙，到自己屋中坐下，一氣不知道吸了多少根「黃獅子」！

到下午去接夏先生的時候，他不知為什麼非常的恨這個老瘦猴。他真想拉得歡歡的，一撒手，把這老傢伙摔個半死。他這才明白過來，先前在一個宅門裡拉車，老爺的三姨太太和大少爺不甚清楚，經老爺發覺了以後，大少爺怎麼幾乎把老爺給毒死；他先前以為大少爺太年輕不懂事，現在他才明白過來那個老爺怎麼該死。可是，他並不想殺人，他只覺得夏先生討厭，可惡，而沒有法子懲治他。

他故意的上下顛動車把，搖這個老猴子幾下。老猴子並沒說什麼，祥子反倒有點不得勁兒。他永遠沒作過這樣的事，偶爾有理由的作出來也不能原諒自己。後悔使他對一切都冷淡了些，幹嗎故意找不自在呢？無論怎說，自己是個車伕，給人家好好作事就結了，想別的有什麼用？

他心中平靜了，把這場無結果的事忘掉；偶爾又想起來，他反覺有點可笑。

第二天，夏太太出去找女僕。出去一會兒就帶回來個試工的。祥子死了心，可是心中怎想怎不是味兒。

星期一午飯後，夏太太把試工的老媽子打發了，嫌她太不乾淨。然後，她叫祥子去買一斤栗子來。

買了斤熟栗子回來，祥子在屋門外叫了聲。

「拿進來吧，」她在屋中說。

祥子進去，她正對著鏡子擦粉呢，還穿著那件粉紅的衛生衣，可是換了一條淡綠的下衣。由鏡子中看到祥子進來，她很快的轉過身來，向他一笑。祥子忽然在這個笑容中看見了虎妞，一個年輕而美艷的虎妞。他木在了那裡。他的膽氣，希望，恐懼，小心，都沒有了，只剩下可以大可以小的一口熱氣，撐著他的全體。這口氣使他進就進，退便退，他已沒有主張。

次日晚上，他拉著自己的鋪蓋，回到廠子去。

平日最怕最可恥的一件事，現在他打著哈哈似的洩露給大家——他撒不出尿來了！大家爭著告訴他去買什麼藥，或去找哪個醫生。誰也不覺得這可恥，都同情的給他出主意，並且紅著點臉而得意的述說自己這種的經驗。好幾位年輕的曾經用錢買來過這種病，好幾位中年的曾經白拾過這個症候，好幾位拉過包月的都有一些份量不同而性質一樣的經驗，好幾位拉過包月的沒有親自經驗過這個，而另有些關於主人們的故事，頗值得述說。

祥子這點病使他們都打開了心，和他說些知己的話。他自己忘掉羞恥，可也不以這為榮，就那麼心平氣和的忍受著這點病，和受了點涼或中了些暑並沒有多大分別。到疼痛的時候，他稍微有點後悔；舒服一會兒，又想起那點甜美。無論怎樣呢，他不著急；生活的經驗教他看輕了生命，著急有什麼用呢。

這麼點藥，那麼個偏方，湊出他十幾塊錢去；病並沒有除了根。馬馬虎虎的，他以為是好了便停止住吃藥。趕到陰天或換節氣的時候，他的骨節兒犯疼，再臨時服些藥，或硬挺過去，全不拿它當作一回事。命既苦到底兒，身體算什麼呢？把這個想開了，連個蒼蠅還會在糞坑上取樂呢，何況這麼大的一個活人。

病過去之後，他幾乎變成另一個人。身量還是那麼高，可是那股正氣沒有了，肩頭故意的往前鬆著些，搭拉著嘴，唇間叼著支煙卷。有時候也把半截煙放在耳朵上夾著，不為那個地方方便，而專為耍個飄兒[46]。他還是不大愛說話，可是要張口的時候也勉強的要點俏皮，即使說得不圓滿利落，好歹是那麼股子勁兒。心裡鬆懈，身態與神氣便吊兒啷噹。

不過，比起一般的車伕來，他還不能算是很壞。當他獨自坐定的時候，想起以前的自己，他還想要強，不甘心就這麼溜下去。雖然要強並沒有用處，可是毀掉自己也不見得高明。

在這種時候，他又想起買車。自己的三十多塊錢，為治病已花去十多塊，花得冤枉！但是有二十來塊打底兒，他到底比別人的完全扎空槍更有希望。這麼一想，他很想把未吸完的半盒「黃獅子」扔掉，從此煙酒不動，咬上牙攢錢。由攢錢想到買車，由

46. 耍個飄兒，耍俏。

買車便想到小福子。他覺得有點對不起她，自從由大雜院出來，始終沒去看看她，而自己不但沒往好了混，反倒弄了一身髒病！

及至見了朋友們，他照舊吸著煙，有機會也喝點酒，把小福子忘得一乾二淨。和朋友們在一塊，他並不挑著頭兒去幹什麼，不過別人要作點什麼，他不能不陪著。一天的辛苦與一肚子的委屈，只有和他們說說玩玩，才能暫時忘掉。眼前的舒服驅逐走了高尚的志願，他願意快樂一會兒，而後混天地黑的睡個大覺；誰不喜歡這樣呢，生活既是那麼無聊，痛苦，無望！生活的毒瘡只能藉著煙酒婦人的毒藥麻木一會兒，以毒攻毒，毒氣有朝一日必會歸了心，誰不知道這個呢，可又誰能有更好的主意代替這個呢?!

越不肯努力便越自憐。以前他什麼也不怕，現在他會找安閒自在：颳風下雨，他都不出車；身上有點酸痛，也一歇就是兩三天。自憐便自私，他那點錢不肯借給別人一塊，專為留著風天雨天自己墊著用。煙酒可以讓人，錢不能借出去，自己比一切人都嬌貴可憐。越閒越懶，無事可作又悶得慌，所以時時需要些娛樂，或吃口好東西。及至想到不該這樣浪費光陰與金錢，他的心裡永遠有句現成的話，由多少經驗給他鑄成的一句話：「當初咱倒要強過呢，有一釘點好處沒有？」這句後沒人能夠駁倒，沒人能把它解釋開；那麼，誰能攔著祥子不往低處去呢?!

懶，能使人脾氣大。祥子現在知道怎樣對人瞪眼。對車座兒，對巡警，對任何人，他決定不再老老實實的敷衍。當他勤苦賣力的時候，他沒得到過公道。現在，他知道自己的汗是怎樣的寶貴，能少出一滴便少出一滴；有人要佔他的便宜，休想。隨便的把車放下，他懶得再動，不管那是該放車的地方不是。巡警過來干涉，他動嘴不動身子，能延宕一會兒便多停一會兒。趕到看見非把車挪開不可了，他的嘴更不能閒著，他會罵。巡警要是不肯挨罵，那麼，打一場也沒什麼，好在祥子知道自己的力氣大，先把巡警揍了，再去坐獄也不吃虧。

在打架的時候，他又覺出自己的力氣與本事，把力氣都砸在別人的肉上，他見了光明，太陽好像特別的亮起來。攢著自己的力氣好預備打架，他以前連想也沒想到過，現在居然成為事實了，而且是件可以使他心中痛快一會兒的事；想起來，多麼好笑呢！

不要說是個赤手空拳的巡警，就是那滿街橫行的汽車，他也不怕。汽車迎頭來了，捲起地上所有的灰土，祥子不躲，不論汽車的喇叭怎樣的響，不管坐車的怎樣著急。汽車也沒了法，只好放慢了速度。它慢了，祥子也躲開了，少吃許多塵土。汽車要是由後邊來，他也用這一招。他算清楚了，反正汽車不敢傷人，那麼為什麼老早的躲開，好教它把塵土都帶起來呢？巡警是專為給汽車開道的，唯恐它跑得不快與帶起來的塵土不多，祥子不是巡警，就不許汽車橫行。在巡警眼中，祥子是頭等的「刺兒頭」，可是他們也不敢惹「刺兒頭」。苦人的懶是努力而落了空的自然結果，苦人的耍刺兒含著一些公理。

對於車座兒，他絕對不客氣。講到哪裡拉到哪裡，一步也不多走。講到胡同口「上」，而教他拉到胡同口「裡」，沒那個事！座兒瞪眼，祥子的眼瞪得更大。他曉得那些穿洋服的先生們是多麼怕髒了衣裳，也知道穿洋服的先生們——多數的——是多麼強橫而吝嗇。好，他早預備好了；說翻了，過去就是一把，抓住他們五六十塊錢一身的洋服的袖子，至少給他們印個大黑手印！贈給他們這麼個手印兒，還得照樣的給錢，他們曉得那隻大手有多麼大的力氣，那一把已將他們的小細胳臂攥得生疼。

他跑得還不慢，可是不能白白的特別加快。座兒一催，他的大腳便蹭了地：「快呀，加多少錢？」沒有客氣，他賣的是血汗。他不再希望隨他們的善心多賞幾個了，一分錢一分貨，得先講清楚了再拿出力氣來。

對於車，他不再那麼愛惜了。買車的心既已冷淡，對別人家的車就漠不關心。車只是輛車，拉著它呢，可以掙出嚼穀與車份便算完結了一切；不拉著它呢，便不用交車份，那麼只要手裡有夠吃一天的錢，就無須往外拉它。人與車的關係不過如此。自然，他還不肯故意的損傷了人家的車，可是也不便分外用心的給保護著。有時候無心中的被別個車伕給碰傷了一塊，他決不急裡蹦跳的和人家吵鬧，而極冷靜的拉回廠子去，該賠五毛的，他拿出兩毛來，完事。廠主不答應呢，那好辦，最後的解決總出不去起打；假如廠主願意打呢，祥子陪著！

經驗是生活的肥料，有什麼樣的經驗便變成什麼樣的人，在沙漠裡養不出牡丹來。祥子完全入了轍，他不比別的車伕好，也不比他們壞，就是那麼個車伕樣的車伕。這麼著，他自己覺得倒比以前舒服，別人也看他順眼；老鴉是一邊黑的，他不希望獨自成為白毛兒的。

冬天又來到，從沙漠吹來的黃風一夜的工夫能凍死許多人。聽著風聲，祥子把頭往被子裡埋，不敢再起來。直到風停止住那狼嗥鬼叫的響聲，他才無可如何的起來，打不定主意是出去好呢，還是歇一天。他懶得去拿那冰涼的車把，怕那噎得使人噁心的風。狂風怕日落，直到四點多鐘，風才完全靜止，昏黃的天上透出些夕照的微紅。他強打精神，把車拉出來。揣著手，用胸部頂著車把的頭，無精打采的慢慢的晃，嘴中叼著半根煙卷。一會兒，天便黑了，他想快拉上倆買賣，好早些收車。懶得去點燈，直到沿路的巡警催了他四五次，才把它們點上。

在鼓樓前，他在燈下搶著個座兒，往東城拉。連大棉袍也沒脫，就那麼稀裡胡蘆的小跑著。他知道這不像樣兒，可是，不像樣就不像樣吧；像樣兒誰又多給幾個子兒呢？這不是拉車，是混；頭上見了汗，他還不肯脫長衣裳，能湊合就湊合。進了小胡同，一條狗大概看穿長衣拉車的不甚順眼，跟著他咬。他停住了車，倒攥著布撢子，拚命的追著狗打。一直把狗趕沒了影，他還又等了會兒，看牠敢回來不敢。狗沒敢回來，祥子痛快了些：「媽媽的！當我怕你呢！」

「你這算哪道拉車的呀？虧我問你！」車上的人沒有好氣兒的問。

祥子的心一動，這個語聲聽著耳熟。胡同裡很黑，車燈雖亮，可是光都在下邊，他看不清車上的是誰。車上的人戴著大風帽，連嘴帶鼻子都圍在大圍脖之內，只露著兩個眼。

祥子正在猜想。車上的人又說了話：「你不是祥子嗎？」

祥子明白了，車上的是劉四爺！

他轟的一下，全身熱辣辣的，不知怎樣才好。

「我的女兒呢？」

「死了！」祥子呆呆的在那裡立著，不曉得是自己，還是另一個人說了這兩個字。

「什麼？死了？」

「死了！」

「落在他媽的你手裡，還有個不死?!」

祥子忽然找到了自己：「你下來！下來！你太老了，禁不住我揍；下來！」

劉四爺的手顫著走下來。

「埋在了哪兒？我問你！」

「管不著！」祥子拉起車來就走。

他走出老遠，回頭看了看，老頭子——一個大黑影似的——還在那兒站著呢。

二十二　曙光乍現

祥子忘了是往哪裡走呢。他昂著頭，雙手緊緊握住車把，眼放著光，邁著大步往前走；只顧得走，不管方向與目的地。

他心中痛快，身上輕鬆，彷彿把自從娶了虎妞之後所有的倒霉一股攏總都噴在劉四爺身上。

忘了冷，忘了張羅買賣，他只想往前走，彷彿走到什麼地方他必能找回原來的自己，那個無牽無掛，純潔，要強，處處努力的祥子。

想起胡同中立著的那塊黑影，那個老人，似乎什麼也不必再說了，戰勝了劉四便是戰勝了一切。雖然沒打這個老傢伙一拳，沒踹他一腳，可是老頭子失去唯一的親人，而祥子反倒逍遙自在；誰說這不是報應呢！老頭子氣不死，也得離死差不遠！劉老頭子有一切，祥子什麼也沒有；而今，祥子還可以高高興興的拉車，而老頭子連女兒的墳也找不到！好吧，隨你老頭子有成堆的洋錢，與天大的脾氣，你治不服這個一天現混兩個飽的窮光蛋！

越想他越高興，他真想高聲的唱幾句什麼，教世人都聽到這凱歌——祥子又活了，祥子勝利了！晚間的冷氣削著他的臉，他不覺得冷，反倒痛快。街燈發著寒光，祥子心中覺得舒暢的發熱，處處是光，照亮了自己的將來。

半天沒吸煙了，不想再吸，從此煙酒不動，祥子要重打鼓另開張，照舊去努力自強，今天戰勝了劉四，永遠戰勝劉四；劉四的詛咒適足以教祥子更成功，更有希望。一口惡氣吐出，祥子從此永遠吸著新鮮的空氣。

看看自己的手腳，祥子不還是很年輕麼？祥子將要永遠年輕，教虎妞死，劉四死，而祥子活著，快活的，要強的，活著——惡人都會遭報，都會死，那搶他車的大兵，不給僕人飯吃的楊太太，欺騙他壓迫他的虎妞，輕看他的劉四，詐他錢的孫偵探，愚弄他的陳二奶奶，誘惑他的夏太太——都會死，只有忠誠的祥子活著，永遠活著！

「可是，祥子你得從此好好的幹哪！」他囑咐著自己。

「幹嗎不好好的幹呢？我有志氣，有力量，年紀輕！」他替自己答辯：「心中一痛快，誰能攔得住祥子成家立業呢？把前些日子的事擱在誰身上，誰能高興，誰能不往下溜？那全過去了，明天你們會看見一個新的祥子，比以前的還要好，好的多！」

嘴裡咕噥著，腳底下便更加了勁，好像是為自己的話作見證——不是瞎說，我確是有個身子骨兒。雖然鬧過病，犯過見不起人的症候，有什麼關係呢。心一變，馬上身子也強起來，不成問題！

出了一身的汗，口中覺得渴，想喝口水，他這才覺出已到了後門。顧不得到茶館去，他把車放在城門西的「停車處」，叫過提著大瓦壺，拿著黃砂碗的賣茶的小孩來，喝了兩碗刷鍋水似的茶；非常的難喝，可是他告訴自己，以後就得老喝這個，不能再都把錢花在好茶好飯上。這麼決定好，爽性再吃點東西——不好往下嚥的東西——就作為勤苦耐勞的新生活的開始。

他買了十個煎包兒，裡邊全是白菜幫子，外邊又「皮」[47]又牙磣[48]。不管怎樣難吃，也都把它們吞下去。吃完，用手背抹了抹嘴。上哪兒去呢？

可以投奔的，可依靠的，人，在他心中，只有兩個。打算努力自強，他得去找這兩個——小福子與曹先生。曹先生是「聖人」，必能原諒他，幫助他，給他出個好主意。

47.皮，不焦。
48.牙磣，食物中夾雜著砂子，嚼起來牙齒不舒服。

順著曹先生的主意去作事，而後再有小福子的幫助；他打外，她打內，必能成功，必能成功，這是無可疑的！

誰知道曹先生回來沒有呢？不要緊，明天到北長街去打聽；那裡打聽不著，他會上左宅去問，只要找著曹先生，什麼便都好辦了。好吧，今天先去拉一晚上，明天去找曹先生；找到了他，再去看小福子，告訴她這個好消息：祥子並沒混好，可是決定往好裡混，咱們一同齊心努力的往前奔吧！

這樣計劃好，他的眼亮得像個老鷹的眼，發著光向四外掃射，看見個座兒，他飛也似跑過去，還沒講好價錢便脫了大棉襖。跑起來，腿確是不似先前了，可是一股熱氣支撐著全身，他拚了命！祥子到底是祥子，祥子拚命跑，還是沒有別人的份兒。見一輛，他開一輛，好像發了狂。汗痛快的往外流。跑完一趟，他覺得身上輕了許多，腿又有了那種彈力，還想再跑，像名馬沒有跑足，立定之後還踢騰著蹄兒那樣。他一直跑到夜裡一點才收車。回到廠中，除了車份，他還落下九毛多錢。

一覺，他睡到了天亮；翻了個身，再睜開眼，太陽已上來老高。疲乏後的安息是最甜美的享受，起來伸了個懶腰，骨節都輕脆的響，胃中像完全空了，極想吃點什麼。吃了點東西，他笑著告訴廠主：「歇一天，有事。」心中計算好：歇一天，把事情都辦好，明天開始新的生活。

一直的他奔了北長街去，試試看，萬一曹先生已經回來了呢。一邊走，一邊心裡禱告著：曹先生可千萬回來了，別教我撲個空！頭一樣兒不順當，樣樣兒就都不順當！祥子改了，難道老天爺還不保佑麼？

到了曹宅門外，他的手哆嗦著去按鈴。等著人來開門，他的心要跳出來。對這個熟識的門，他並沒顧得想過去的一切，只希望門一開，看見個熟識的臉。他等著，他懷疑院裡也許沒有人，要不然為什麼這樣的安靜呢，安靜得幾乎可怕。忽然門裡有點響動，他反倒嚇了一跳。門開了，門的響聲裡夾著一聲最可寶貴，最親熱可愛的「喲！」高媽！「祥子？可真少見哪！你怎麼瘦了？」高媽可是胖了一些。「先生在家？」祥子顧不得說別的。

「在家呢。你可倒好，就知道有先生，彷彿咱們就誰也不認識誰！連個好兒也不問！你真成，永遠是『客（怯）木匠——一鋸（句）』！進來吧！你混得倒好哇？」她一邊往裡走，一邊問。

「哼！不好！」祥子笑了笑。

「那什麼，先生，」高媽在書房外面叫，「祥子來了！」

曹先生正在屋裡趕著陽光移動水仙呢：「進來！」「唉，你進去吧，回頭咱們再說話兒；我去告訴太太一聲；我們全時常念道你！傻人有個傻人緣，你倒別瞧！」高媽叨嘮著走進去。

祥子進了書房：「先生，我來了！」想要問句好，沒說出來。

「啊，祥子！」曹先生在書房裡立著，穿著短衣，臉上怪善淨的微笑。「坐下！那——」他想了會兒：「我們早就回來了，聽老程說，你在——對，人和廠。高媽還去找了你一趟，沒找到。坐下！你怎樣？事情好不好？」

祥子的淚要落下來。他不會和別人談心，因為他的話都是血作的，窩在心的深處。鎮靜了半天，他想要把那片血變成的簡單的字，流瀉出來。一切都在記憶中，一想便全想起來，他得慢慢的把它們排列好，整理好。他是要說出一部活的歷史，雖然不曉得其中的意義，可是那一串委屈是真切的，清楚的。

曹先生看出他正在思索，輕輕的坐下，等著他說。

祥子低著頭楞了好大半天，忽然抬頭看看曹先生，彷彿若是找不到個人聽他說，就不說也好似的。

「說吧！」曹先生點了點頭。

祥子開始說過去的事，從怎麼由鄉間到城裡說起。本來不想說這些沒用的事，可是不說這些，心中不能痛快，事情也顯著不齊全。他的記憶是血汗與苦痛砌成的，不能隨便說著玩，一說起來也不願掐頭去尾。每一滴汗，每一滴血，都是由生命中流出去的，所以每一件事都有值得說的價值。

進城來，他怎樣作苦工，然後怎樣改行去拉車。怎樣攢錢買上車，怎樣丟了——一直說到他現在的情形。連他自己也覺著奇怪，為什麼他能說得這麼長，而且說得這麼暢快。事情，一件挨著一件，全想由心中跳出來。事情自己似乎會找到相當的字眼，一句挨著一句，每一句都是實在的，可愛的，可悲的。他的心不能禁止那些事往外走，他的話也就沒法停住。

沒有一點遲疑，混亂，他好像要一口氣把整個的心都拿出來。越說越痛快，忘了自己，因為自己已包在那些話中，每句話中都有他，那要強的，委屈的，辛苦的，墮落的，他。說完，他頭上見了汗，心中空了，空得舒服，像暈倒過去而出了涼汗那麼空虛舒服。

「現在教我給你出主意？」曹先生問。

祥子點了點頭；話已說完，他似乎不願再張口了。「還得拉車？」

祥子又點了點頭。他不會幹別的。

「既是還得去拉車，」曹先生慢慢的說，「那就出不去兩條路。一條呢是湊錢買上車，一條呢是暫且賃車拉著，是不是？你手中既沒有積蓄，借錢買車，得出利息，還不是一樣？莫如就先賃車拉著。還是拉包月好，事情整重，吃住又都靠盤兒。我看你就還上我這兒來好啦；我的車賣給了左先生，你要來的話，得賃一輛來；好不好？」

「那敢情好！」祥子立了起來。「先生不記著那回事了？」「哪回事？」

「那回，先生和太太都跑到左宅去！」

「嘔！」曹先生笑起來。「誰記得那個！那回，我有點太慌。和太太到上海住了幾個月，其實滿可以不必，左先生早給說好了，那個阮明現在也作了官，對我還不錯。那，大概你不知道這點兒；算了吧，我一點也沒記著它。還說咱們的吧：你剛才說的那個小福子，她怎麼辦呢？」

「我沒主意！」

「我給你想想看：你要是娶了她，在外面租間房，還是不上算；房租，煤燈炭火都是錢，不夠。她跟著你去作工，哪能又那麼湊巧，你拉車，她作女僕，不易找到！這倒不好辦！」曹先生搖了搖頭。「你可別多心，她到底可靠不可靠呢？」祥子的臉紅起來，哽吃了半天才說出來：「她沒法子才作那個事，我敢下腦袋，她很好！她——」他心中亂開了：許多不同的感情凝成了一團，又忽然要裂開，都要往外跑；他沒了話。

「要是這麼著呀，」曹先生遲疑不決的說，「除非我這兒可以將就你們。你一個人占一間房，你們倆也占一間房；住的地方可以不發生問題。不知道她會洗洗作作的不會，假若她能作些事呢，就讓她幫助高媽；太太不久就要生小孩，高媽一個人也太忙點。她呢，白吃我的飯，我可就也不給她工錢，你看怎樣？」

「那敢情好！」祥子天真的笑了。

「不過，這我可不能完全作主，得跟太太商議商議！」

「沒錯！太太要不放心，我把她帶來，教太太看看！」「那也好，」曹先生也笑了，沒想到祥子還能有這麼個心眼。「這麼著吧，我先和太太提一聲，改天你把她帶來；太太點了頭，咱們就算成功！」

「那麼先生，我走吧？」祥子急於去找小福子，報告這個連希望都沒敢希望過的好消息。

祥子出了曹宅，大概有十一點左右吧，正是冬季一天裡最可愛的時候。這一天特別的晴美，藍天上沒有一點雲，日光從乾涼的空氣中射下，使人感到一些爽快的暖氣。雞鳴犬吠，和小販們的吆喝聲，都能傳達到很遠，隔著街能聽到些響亮清脆的聲兒，像從天上落下的鶴唳。洋車都打開了布棚，車上的銅活閃著黃光。便道上駱駝緩慢穩當的走著，街心中汽車電車疾馳，地上來往著人馬，天上飛著白鴿，整個的老城處處動中有靜，亂得痛快，靜得痛快，一片聲音，萬種生活，都覆在晴爽的藍天下面，到處靜靜的立著樹木。

祥子的心要跳出來，一直飛到空中去，與白鴿們一同去盤旋！什麼都有了：事情，工錢，小福子，在幾句話裡美滿的解決了一切，想也沒想到呀！看這個天，多麼晴爽乾燥，正像北方人那樣爽直痛快。人遇到喜事，連天氣也好了，他似乎沒見過這樣可愛的冬晴。

為更實際的表示自己的快樂，他買了個凍結實了的柿子，一口下去，滿嘴都是冰凌！扎牙根的涼，從口中慢慢涼到胸部，使他全身一顫。幾口把它吃完，舌頭有些麻木，心中舒服。他扯開大步，去找小福子。心中已看見了那個雜院，那間小屋，與他心愛的人；只差著一對翅膀把他一下送到那裡。只要見了她，以前的一切可以一筆勾銷，從此另闢一個天地。

此刻的急切又超過了去見曹先生的時候，曹先生與他的關係是朋友，主僕，彼此以好換好。她不僅是朋友，她將把她的一生交給他，兩個地獄中的人將要抹去淚珠而含著笑攜手前進。曹先生的話能感動他，小福子不用說話就能感動他。他對曹先生說了真實的話，他將要對小福子說些更知心的話，跟誰也不能說的話都可以對她說。她，現在，就是他的命，沒有她便什麼也算不了一回事。他不能僅為自己的吃喝努力，他必須把她從那間小屋救拔出來，而後與他一同住在一間乾淨暖和的屋裡，像一對小鳥似的那麼快活，體面，親熱！她可以不管二強子，也可以不管兩個弟弟，她必須來幫助祥子。二強子本來可以自己掙飯吃，那兩個弟弟也可以對付著去倆人拉一輛車，或作些別的事了；祥子，沒她可不行。他的身體，精神，事情，沒有一處不需要她的。她也正需要他這麼個男人。

越想他越急切，越高興；天下的女人多了，沒有一個像小福子這麼好，這麼合適的！他已娶過，偷過；已接觸過美的和醜的，年老的和年輕的；但是她們都不能掛在他的心上，她們只是婦女，不是伴侶。不錯，她不是他心目中所有的那個一清二白的姑娘，可是正因為這個，她才更可憐，更能幫助他。那傻子似的鄉下姑娘也許非常的清白，可是絕不會有小福子的本事與心路。況且，他自己呢？心中也有許多黑點呀！那麼，他與她正好是一對兒，誰也不高，誰也不低，像一對都有破紋，而都能盛水的罐子，正好擺在一處。

無論怎想，這是件最合適的事。想過這些，他開始想些實際的：先和曹先生支一月的工錢，給她買件棉袍，齊理齊理鞋腳，然後再帶她去見曹太太。穿上新的，素淨的長棉袍，頭上腳下都乾乾淨淨的，就憑她的模樣，年歲，氣派，一定能拿得出手去，一定能討曹太太的喜歡。沒錯兒！

走到了地方，他滿身是汗。見了那個破大門，好像見了多年未曾回來過的老家：破門，破牆，門樓上的幾棵乾黃的草，都非常可愛。他進了大門，一直奔了小福子的屋子去。顧不得敲門，顧不得叫一聲，他一把拉開了門。一拉開門，他本能的退了回來。炕上坐著個中年的婦人，因屋中沒有火，她圍著條極破的被子。

祥子楞在門外，屋裡出了聲：「怎麼啦！報喪哪？怎麼不言語一聲楞往人家屋裡走啊?!你找誰？」

祥子不想說話。他身上的汗全忽然落下去，手扶著那扇破門，他又不敢把希望全都扔棄了：「我找小福子！」

「不知道！趕明兒你找人的時候，先問一聲再拉門！什麼小福子大福子的！」

坐在大門口，他楞了好大半天，心中空了，忘了他是幹什麼呢。慢慢的他想起一點來，這一點只有小福子那麼大小，小福子在他心中走過來，又走過去，像走馬燈上的紙人，老那麼來回的走，沒有一點作用，他似乎忘了他與她的關係。慢慢的，小福子的形影縮小了些，他的心多了一些活動。這才知道了難過。

在不準知道事情的吉凶的時候，人總先往好裡想。祥子猜想著，也許小福子搬了家，並沒有什麼更大的變動。自己不好，為什麼不常來看看她呢？慚愧令人動作，好補補自己的過錯。最好是先去打聽吧。他又進了大院，找住個老鄰居探問了一下。沒得到什麼正確的消息。還不敢失望，連飯也不顧得吃，他想去找二強子；找到那兩個弟弟也行。這三個男人總在街面上，不至於難找。

見人就問，車口上，茶館中，雜院裡，盡著他的腿的力量走了一天，問了一天，沒有消息。

晚上，他回到車廠，身上已極疲乏，但是還不肯忘了這件事。一天的失望，他不敢再盼望什麼了。苦人是容易死的，苦人死了是容易被忘掉的。莫非小福子已經不在了麼？退一步想，即使她沒死，二強子又把她賣掉，賣到極遠的地方去，是可能的；這比死更壞！

煙酒又成了他的朋友。不吸煙怎能思索呢？不喝醉怎能停止住思索呢？

二十三　小福子之死

祥子在街上喪膽遊魂的走，遇見了小馬兒的祖父。老頭子已不拉車，身上的衣裳比以前更薄更破，扛著根柳木棍子，前頭掛著個大瓦壺，後面懸著個破元寶筐子，筐子裡有些燒餅油鬼和一大塊磚頭。他還認識祥子。

說起話來，祥子才知道小馬兒已死了半年多，老人把那輛破車賣掉，天天就弄壺茶和些燒餅果子在車口兒上賣。老人還是那麼和氣可愛，可是腰彎了許多，眼睛迎風流淚，老紅著眼皮像剛哭完似的。

祥子喝了他一碗茶，把心中的委屈也對他略略說了幾句。「你想獨自混好？」老人評斷著祥子的話：「誰不是那麼想呢？可是誰又混好了呢？當初，我的身子骨兒好，心眼好，一直混到如今了，我落到現在的樣兒！身子好？鐵打的人也逃不出去咱們這個天羅地網。心眼好？有什麼用呢！善有善報，惡有惡報，並沒有這麼八宗事！我當年輕的時候，真叫作熱心腸兒，拿別人的事當自己的作。有用沒有？沒有！我還救過人命呢，跳河的，上吊的，我都救過，有報應沒有？沒有！告訴你，我不定哪天就凍死，我算是明白了，幹苦活兒的打算獨自一個人混好，比登天還難。一個人能有什麼蹦兒[49]？看見過螞蚱吧？獨自一個兒也蹦得怪遠的，可是教個小孩子逮住，用線兒拴上，連飛也飛不起來。趕到成了群，打成陣，哼，一陣就把整頃的莊稼吃淨，誰也沒法兒治牠們！你說是不是？我的心眼倒好呢，連個小孫子都守不住。他病了，我沒錢給他買好藥，眼看著他死在我的懷裡！甭說了，什麼也甭說了！——茶來！誰喝碗熱的？」

祥子真明白了：劉四，楊太太，孫偵探——並不能因為他的咒罵就得了惡報；他自己，也不能因為要強就得了好處。自己，專仗著自己，真像老人所說的，就是被小孩子用線拴上的螞蚱，有翅膀又怎樣呢？

他根本不想上曹宅去了。一上曹宅，他就得要強，要強有什麼用呢？就這麼大咧咧的瞎混吧：沒飯吃呢，就把車拉出去；夠吃一天的呢，就歇一天，明天再說明天的。這不但是個辦法，而且是唯一的辦法。攢錢，買車，都給別人預備著來搶，何苦呢？何不得樂且樂呢？

49. 蹦兒，本領，前途的意思。

再說，設若找到了小福子，他也還應當去努力，不為自己，還不為她嗎？既然找不到她，正像這老人死了孫子，為誰混呢？他把小福子的事也告訴了老人，他把老人當作了真的朋友。

「誰喝碗熱的？」老人先吆喝了聲，而後替祥子來想：「大概據我這麼猜呀，出去兩條道兒：不是教二強子賣給人家當小啊，就是押在了白房子。哼，多半是下了白房子！怎麼說呢？小福子既是，像你剛才告訴我的，嫁過人，就不容易再有人要；人家買姨太太的要整貨。那麼，大概有八成，她是下了白房子。我快六十歲了，見過的事多了去啦：拉車的壯實小伙子要是有個一兩天不到街口上來，你去找吧，不是拉上包月，準在白房子爬著呢；咱們拉車人的姑娘媳婦要是忽然不見了，總有七八成也是上那兒去了。咱們賣汗，咱們的女人賣肉，我明白，我知道！你去上那裡找找看吧，不盼著她真在那裡，不過，——茶來！誰喝碗熱的?!」祥子一氣跑到西直門外。

一出了關廂，馬上覺出空曠，樹木削瘦的立在路旁，枝上連隻鳥也沒有。灰色的樹木，灰色的土地，灰色的房屋，都靜靜的立在灰黃色的天下；從這一片灰色望過去，看見那荒寒的西山。鐵道北，一片樹林，林外幾間矮屋，祥子算計著，這大概就是白房子了。看看樹林，沒有一點動靜；再往北看，可以望到萬牲園外的一些水地，高低不平的只剩下幾棵殘蒲敗葦。小屋子外沒有一個人，沒動靜。遠近都這麼安靜，他懷疑這是否那個出名的白房子了。他大著膽往屋子那邊走，屋門上都掛著草簾子，新掛上的，都黃黃的有些光澤。他聽人講究過，這裡的婦人，在夏天，都赤著背，在屋外坐著，招呼著行人。那來照顧她們的，還老遠的要唱著窯調[50]，顯出自己並不是外行。為什麼現在這麼安靜呢？難道冬天此地都不作買賣了麼？

他正在這麼猜疑，靠邊的那一間的草簾子動了一下，露出個女人頭來。祥子嚇了一跳，那個人頭，猛一看，非常像虎妞的。他心裡說：「來找小福子，要是找到了虎妞，才真算見鬼！」

「進來吧，傻乖乖！」那個人頭說了話，語音可不像虎妞的；嗓子啞著，很像他常在天橋聽見的那個賣野藥的老頭子，啞而顯著急切。

屋子裡什麼也沒有，只有那個婦人和一舖小炕，炕上沒有席，可是炕裡燒著點火，臭氣烘烘的非常的難聞。炕上放著條舊被子，被子邊兒和炕上的磚一樣，都油亮油亮的。婦人有四十來歲，蓬著頭，還沒洗臉。她下邊穿著條夾褲，上面穿著件青布小棉襖，沒繫鈕扣。祥子大低頭才對付著走進去，一進門就被她摟住了。小棉襖本沒扣著，

50. 窯調，在妓院裡流行的小調。

胸前露出一對極長極大的奶來。

祥子坐在了炕沿上，因為立著便不能伸直了脖子。他心中很喜歡遇上了她，常聽人說，白房子有個「白麵口袋」，這必定是她。「白麵口袋」這個外號來自她那兩個大奶。祥子開門見山的問她看見個小福子沒有，她不曉得。祥子把小福子的模樣形容了一番，她想起來了：「有，有這麼個人！年紀不大，好露出幾個白牙，對，我們都管她叫小嫩肉。」

「她在哪屋裡呢？」祥子的眼忽然睜得帶著殺氣。「她？早完了！」「白麵口袋」向外一指，「吊死在樹林裡了！」

「怎麼？」

「小嫩肉到這兒以後，人緣很好。她可是有點受不了，身子挺單薄。有一天，掌燈的時候，我還記得真真的，因為我同著兩三個娘們正在門口坐著呢。唉，就是這麼個時候，來了個逛的，一直奔了她屋裡去；她不愛同我們坐在門口，剛一來的時候還為這個挨過打，後來她有了名，大夥兒也就讓她獨自個兒在屋裡，好在來逛她的決不去找別人。待了有一頓飯的工夫吧，客人走了，一直就奔了那個樹林去。我們什麼也沒看出來，也沒人到屋裡去看她。趕到老叉桿[51]跟她去收賬的時候，才看見屋裡躺著個男人，赤身露體，睡得才香呢。他原來是喝醉了。小嫩肉把客人的衣裳剝下來，自己穿上，逃了。她真有心眼。要不是天黑了，要命她也逃不出去。天黑，她又女扮男裝，把大夥兒都給蒙了。馬上老叉桿派人四處去找，哼，一進樹林，她就在那兒掛著呢。摘下來，她已斷了氣，可是舌頭並沒吐出多少，臉上也不難看，到死的時候她還討人喜歡呢！這麼幾個月了，樹林裡到晚上一點事兒也沒有，她不出來唬嚇人，多麼仁義！——」

祥子沒等她說完，就晃晃悠悠的走出來。走到一塊墳地，四四方方的種著些松樹，樹當中有十幾個墳頭。陽光本來很微弱，松林中就更暗淡。他坐在地上，地上有些乾草與松花。什麼聲音也沒有，只有樹上的幾個山喜鵲扯著長聲悲叫。這絕不會是小福子的墳，他知道，可是他的淚一串一串的往下落。什麼也沒有了，連小福子也入了土！他是要強的，小福子是要強的，他只剩下些沒有作用的淚，她已作了吊死鬼！一領蓆，埋在亂死崗子，這就是努力一世的下場頭！

回到車廠，他懊睡了兩天。決不想上曹宅去了，連個信兒也不必送，曹先生救不了祥子的命。睡了兩天，他把車拉出去，心中完全是塊空白，不再想什麼，不再希望什

51. 老叉桿，即娼主。

麼，只為肚子才出來受罪，肚子飽了就去睡，還用想什麼呢，還用希望什麼呢？看著一條瘦得出了稜的狗在白薯挑子旁邊等著吃點皮和鬚子，他明白了他自己就跟這條狗一樣，一天的動作只為撿些白薯皮和鬚子吃。將就著活下去是一切，什麼也無須乎想了。

人把自己從野獸中提拔出，可是到現在人還把自己的同類驅逐到野獸去。祥子在那文化之城，可是變成了走獸。一點也不是他自己的過錯。他停止住思想，所以就是殺了人，他也不負什麼責任。他不再有希望，就那麼迷迷忽忽的往下墜，墜入那無底的深坑。他吃，他喝，他嫖，他賭，他懶，他狡猾，因為他沒了心，他的心被人家摘了去。他只剩下那個高大的肉架子，等著潰爛，預備著到亂死崗子去。

冬天過去了，春天的陽光是自然給一切人的衣服，他把棉衣捲巴捲巴全賣了。他要吃口好的，喝口好的，不必存著冬衣，更根本不預備著再看見冬天；今天快活一天吧，明天就死！管什麼冬天不冬天呢！不幸，到了冬天，自己還活著，那就再說吧。原先，他一思索，便想到一輩子的事；現在，他只顧眼前。經驗告訴了他，明天只是今天的繼續，明天承繼著今天的委屈。賣了棉衣，他覺得非常的痛快，拿著現錢作什麼不好呢，何必留著等那個一陣風便噎死人的冬天呢？

慢慢的，不但是衣服，什麼他也想賣，凡是暫時不用的東西都馬上出手。他喜歡看自己的東西變成錢，被自己花了；自己花用了，就落不到別人手中，這最保險。把東西賣掉，到用的時候再去買；假若沒錢買呢，就乾脆不用。臉不洗，牙不刷，原來都沒大關係，不但省錢，而且省事。體面給誰看呢？穿著破衣，而把烙餅捲醬肉吃在肚中，這是真的！肚子裡有好東西，就是死了也有些油水，不至於像個餓死的老鼠。

祥子，多麼體面的祥子，變成個又瘦又髒的低等車伕。臉，身體，衣服，他都不洗，頭髮有時候一個多月不剃一回。他的車也不講究了，什麼新車舊車的，只要車份兒小就好。拉上買賣，稍微有點甜頭，他就中途倒出去。坐車的不答應，他會瞪眼，打起架來，到警區去住兩天才不算一回事！

獨自拉著車，他走得很慢，他心疼自己的汗。及至走上幫兒車，要是高興的話，他還肯跑一氣，專為把別人落在後邊。在這種時候，他也很會掏壞，什麼橫切別的車，什麼故意拐硬彎，什麼彆扭著後面的車，什麼抽冷子搡前面的車一把，他都會。原先他以為拉車是拉著條人命，一不小心便有摔死人的危險。現在，他故意的要壞；摔死誰也沒大關係，人都該死！

他又恢復了他的靜默寡言。一聲不出的，他吃，他喝，他掏壞。言語是人類彼此交換意見與傳達感情的，他沒了意見，沒了希望，說話幹嗎呢？除了講價兒，他一天到晚老閉著口；口似乎專為吃飯喝茶與吸煙預備的。連喝醉了他都不出聲，他會坐在僻靜的地方去哭。幾乎每次喝醉他必到小福子吊死的樹林裡去落淚；哭完，他就在白房子裡住下。酒醒過來，錢淨了手，身上中了病。他並不後悔；假若他也有後悔的時候，他是後悔當初他幹嗎那麼要強，那麼謹慎，那麼老實。該後悔的全過去了，現在沒有了可悔的事。

現在，怎能佔點便宜，他就怎辦。多吸人家一支煙卷，買東西使出個假銅子去，喝豆汁多吃幾塊鹹菜，拉車少賣點力氣而多爭一兩個銅子，都使他覺到滿意。他佔了便宜，別人就吃了虧，對，這是一種報復！慢慢的再把這個擴大一點，他也學會跟朋友們借錢，借了還是不想還；逼急了他可以撒無賴。

初一上來，大家一點也不懷疑他，都知道他是好體面講信用的人，所以他一張嘴，就把錢借到。他利用著這點人格的殘餘到處去借，藉著如白撿，借到手便順手兒花去。人家要債，他會作出極可憐的樣子去央求寬限；這樣還不成，他會去再借二毛錢，而還上一毛五的債，剩下五分先喝了酒再說。

一來二去，他連一個銅子也借不出了，他開始去騙錢花。凡是以前他所混過的宅門，他都去拜訪，主人也好，僕人也好，見面他會編一套謊，騙幾個錢；沒有錢，他央求賞給點破衣服，衣服到手馬上也變了錢，錢馬上變了煙酒。他低著頭思索，想壞主意，想好一個主意就能進比拉一天車還多的錢；省了力氣，而且進錢，他覺得非常的上算。他甚至於去找曹宅的高媽。遠遠的等著高媽出來買東西，看見她出來，他幾乎是一步便趕過去，極動人的叫她一聲高大嫂。

「喲！嚇死我了！我當是誰呢？祥子啊！你怎這麼樣了？」高媽把眼都睜得圓了，像看見一個怪物。

「甭提了！」祥子低下頭去。

「你不是跟先生都說好了嗎？怎麼一去不回頭了？我還和老程打聽你呢，他說沒看見你，你到底上哪兒啦？先生和太太都直不放心！」

「病了一大場，差點死了！你和先生說說，幫我一步，等我好利落了再來上工！」祥子把早已編好的話，簡單的，動人的，說出。

「先生沒在家，你進來見見太太好不好？」

「甭啦！我這個樣兒！你給說說吧！」

高媽給他拿出兩塊錢來：「太太給你的，囑咐你快吃點藥！」

「是了！謝謝太太！」祥子接過錢來，心裡盤算著上哪兒開發了它。高媽剛一轉臉，他奔了天橋，足玩了一天。

慢慢的把宅門都串淨，他又串了個第二回，這次可就已經不很靈驗了。他看出來，這條路子不能靠長，得另想主意，得想比拉車容易掙錢的主意。

在先前，他唯一的指望便是拉車；現在，他討厭拉車。自然他一時不能完全和車斷絕關係，可是只要有法子能暫時對付三餐，他便不肯去摸車把。他的身子懶，而耳朵很尖，有個消息，他就跑到前面去。什麼公民團咧，什麼請願團咧，凡是有人出錢的事，他全幹。三毛也好，兩毛也好，他樂意去打一天旗子，隨著人群亂走。他覺得這無論怎樣也比拉車強，掙錢不多，可是不用賣力氣呢。

打著面小旗，他低著頭，嘴裡叼著煙卷，似笑非笑的隨著大家走，一聲也不出。到非喊叫幾聲不可的時候，他會張開大嘴，而完全沒聲，他愛惜自己的嗓子。對什麼事他也不想用力，因為以前賣過力氣而並沒有分毫的好處。在這種打旗吶喊的時候，設若遇見點什麼危險，他頭一個先跑開，而且跑得很快。他的命可以毀在自己手裡，再也不為任何人犧牲什麼。為個人努力的也知道怎樣毀滅個人，這是個人主義的兩端。

二十四　個人主義的末路鬼

又到了朝頂進香的時節，天氣暴熱起來。

賣紙扇的好像都由什麼地方忽然一齊鑽出來，跨著箱子，箱上的串鈴嘩啷嘩啷的引人注意。道旁，青杏已論堆兒叫賣，櫻桃照眼的發紅，玫瑰棗兒盆上落著成群的金蜂，玻璃粉在大磁盆內放著層乳光，扒糕與涼粉的挑子收拾得非常的利落，擺著各樣顏色的作料，人們也換上淺淡而花哨的單衣，街上突然增加了許多顏色，像多少道長虹散落在人間。

清道夫們加緊的工作，不住的往道路上潑灑清水，可是輕塵依舊往起飛揚，令人煩躁。輕塵中卻又有那長長的柳枝，與輕巧好動的燕子，使人又不得不覺到爽快。一種使人不知怎樣好的天氣，大家打著懶長的哈欠，疲倦而又痛快。

秧歌，獅子，開路，五虎棍，和其他各樣的會，都陸續的往山上去。敲著鑼鼓，挑著箱籠，打著杏黃旗，一當兒跟著一當兒，給全城一些異常的激動，給人們一些渺茫而又親切的感觸，給空氣中留下些聲響與埃塵。赴會的，看會的，都感到一些熱情，虔誠，與興奮。

亂世的熱鬧來自迷信，愚人的安慰只有自欺。這些色彩，這些聲音，滿天的晴雲，一街的塵土，教人們有了精神，有了事作：上山的上山，逛廟的逛廟，看花的看花——至不濟的還可以在街旁看看熱鬧，念兩聲佛。

天這麼一熱，似乎把故都的春夢喚醒，到處可以遊玩，人人想起點事做，溫度催著花草果木與人間享樂一齊往上增長。南北海裡的綠柳新蒲，招引來吹著口琴的少年，男男女女把小船放到柳陰下，或蕩在嫩荷間，口裡吹著情歌，眉眼也會接吻。公園裡的牡丹芍藥，邀來騷人雅士，緩步徘徊，搖著名貴的紙扇；走乏了，便在紅牆前，綠松下，飲幾杯足以引起閒愁的清茶，偷眼看著來往的大家閨秀與南北名花。就是那向來冷靜的地方，也被和風晴日送來遊人，正如送來蝴蝶。

崇效寺的牡丹，陶然亭的綠葦，天然博物院的桑林與水稻，都引來人聲傘影；甚至於天壇，孔廟，與雍和宮，也在嚴肅中微微有些熱鬧。好遠行的與學生們，到西山去，到溫泉去，到頤和園去，去旅行，去亂跑，去採集，去在山石上亂畫些字跡。寒苦的人們也有地方去，護國寺，隆福寺，白塔寺，土地廟，花兒市，都比往日熱鬧：各種的草花都鮮豔的擺在路旁，一兩個銅板就可以把「美」帶到家中去。豆汁攤上，鹹菜鮮麗得像朵大花，尖端上擺著焦紅的辣椒。雞子兒正便宜，炸蛋角焦黃稀嫩的惹人嚥著唾液。

天橋就更火熾，新席造起的茶棚，一座挨著一座，潔白的桌布，與妖艷的歌女，遙對著天壇牆頭上的老松。鑼鼓的聲音延長到七八小時，天氣的爽燥使鑼鼓特別的輕脆，擊亂了人心。妓女們容易打扮了，一件花洋布單衣便可以漂亮的擺出去，而且顯明的露出身上的曲線。好清靜的人們也有了去處，積水灘前，萬壽寺外，東郊的窯坑，西郊的白石橋，都可以垂釣，小魚時時碰得嫩葦微微的動。釣完魚，野茶館裡的豬頭肉，煮豆腐，白乾酒與鹽水豆兒，也能使人醉飽；然後提著釣竿與小魚，沿著柳岸，踏著夕陽，從容的進入那古老的城門。

到處好玩，到處熱鬧，到處有聲有色。夏初的一陣暴熱像一道神符，使這老城處處帶著魔力。它不管死亡，不管禍患，不管困苦，到時候它就施展出它的力量，把百萬的人心都催眠過去，作夢似的唱著它的讚美詩。它污濁，它美麗，它衰老，它活潑，它雜亂，它安閒，它可愛，它是偉大的夏初的北平。

正是在這個時節，人們才盼著有些足以解悶的新聞，足以唸兩三遍而不厭煩的新聞，足以讀完報而可以親身去看到的新聞，天是這麼長而晴爽啊！

這樣的新聞來了！電車剛由廠裡開出來，賣報的小兒已扯開尖嗓四下裡追著人喊：「槍斃阮明的新聞，九點鐘遊街的新聞！」一個銅板，一個銅板，又一個銅板，都被小黑手接了去。電車上，鋪戶中，行人的手裡，一張一張的全說的是阮明：阮明的像片，阮明的歷史，阮明的訪問記，大字小字，插圖說明，整頁的都是阮明。

阮明在電車上，在行人的眼裡，在交談者的口中，老城裡似乎已沒有了別人，只有阮明；阮明今天遊街，今日被槍斃！有價值的新聞，理想的新聞，不但口中說著阮明，待一會兒還可看見他。

婦女們趕著打扮；老人們早早的就出去，唯恐腿腳慢，落在後邊；連上學的小孩們也想逃半天學，去見識見識。到八點半鐘，街上已滿了人，興奮，希冀，擁擠，喧囂，等著看這活的新聞。車伕們忘了張羅買賣，鋪子裡亂了規矩，小販們懶得吆喝，都期待著囚車與阮明。歷史中曾有過黃巢，張獻忠，太平天國的民族，會挨殺，也愛看殺人。槍斃似乎太簡單，他們愛聽凌遲，砍頭，剝皮，活埋，聽著像吃了冰淇淋似的，痛快得微微的哆嗦。可是這一回，槍斃之外，還饒著一段遊街，他們幾乎要感謝那出這樣主意的人，使他們會看到一個半死的人捆在車上，熱鬧他們的眼睛；即使自己不是監斬官，可也差不多了。

這些人的心中沒有好歹，不懂得善惡，辨不清是非，他們死攥著一些禮教，願被稱為文明人；他們卻愛看千刀萬剮他們的同類，像小兒割宰一隻小狗那麼殘忍與痛快。一朝權到手，他們之中的任何人也會去屠城，把婦人的乳與腳割下堆成小山，這是他們的快舉。他們沒得到這個威權，就不妨先多看些殺豬宰羊與殺人，過一點癮。連這個要是也摸不著看，他們會對個孩子也罵千刀殺，萬刀殺，解解心中的惡氣。

響晴的藍天，東邊高高的一輪紅日，幾陣小東風，路旁的柳條微微擺動。東便道上有一大塊陰影，擠滿了人：老幼男女，醜俊胖瘦，有的打扮得漂亮近時，有的只穿著小褂，都談笑著，盼望著，時時向南或向北探探頭。一人探頭，大家便跟著，心中一齊跳得快了些。這樣，越來越往前擁，人群漸漸擠到馬路邊上，成了一座肉壁，只有高低不齊的人頭亂動。

巡警成隊的出來維持秩序，他們攔阻，他們叱呼，他們有時也抓出個泥塊似的孩子砸巴兩拳，招得大家哈哈的歡笑。等著，耐心的等著，腿已立酸，還不肯空空回去；前頭的不肯走，後面新來的便往前擁，起了爭執，手腳不動，專憑嘴戰，彼此詬罵，大家喊好。孩子不耐煩了，被大人打了耳光；扒手們得了手，失了東西的破口大罵。喧囂，叫鬧，吵成一片，誰也不肯動，人越增多，越不肯動，表示一致的喜歡看那半死的囚徒。

忽然，大家安靜了，遠遠的來了一隊武裝的警察。「來了！」有人喊了聲。緊跟著人聲嘈亂起來，整群的人像機器似的一齊向前擁了一寸，又一寸，來了！來了！眼睛全發了光，嘴裡都說著些什麼，一片人聲，整街的汗臭，禮教之邦的人民熱烈的愛看殺人呀。

阮明是個小矮個兒，倒捆著手，在車上坐著，像個害病的小猴子；低著頭，背後插著二尺多長的白招子。人聲就像海潮般的前浪催著後浪，大家都撇著點嘴批評，都有些失望：就是這麼個小猴子呀！就這麼稀鬆沒勁呀！低著頭，臉煞白，就這麼一聲不響呀！

有的人想起主意，要逗他一逗：「哥兒們，給他喊個好兒呀！」緊跟著，四面八方全喊了「好！」像給戲台上的坤伶喝彩似的，輕蔑的，惡意的，討人嫌的，喊著。阮明還是不出聲，連頭也沒抬一抬。有的人真急了，真看不上這樣軟的囚犯，擠到馬路邊上呸呸的啐了他幾口。阮明還是不動，沒有任何的表現。大家越看越沒勁，也越捨不得走開；萬一他忽然說出句：「再過二十年又是一條好漢」呢？萬一他要向酒店索要兩壺白乾，一碟醬肉呢？誰也不肯動，看他到底怎樣。

車過去了，還得跟著，他現在沒什麼表現，焉知道他到單牌樓不緩過氣來而高唱幾句《四郎探母》呢？跟著！有的一直跟到天橋；雖然他始終沒作出使人佩服與滿意的事，可是人們眼瞧著他吃了槍彈，到底可以算不虛此行。

在這麼熱鬧的時節，祥子獨自低著頭在德勝門城根慢慢的走。走到積水灘，他四下看了看。沒有人，他慢慢的，輕手躡腳的往湖邊上去。走到湖邊，找了棵老樹，背倚著樹幹，站了一會兒。聽著四外並沒有人聲，他輕輕的坐下。

葦葉微動，或一隻小鳥忽然叫了一聲，使他急忙立起來，頭上見了汗。他聽，他看，四下裡並沒有動靜，他又慢慢的坐下。這麼好幾次，他開始看慣了葦葉的微動，聽慣了鳥鳴，決定不再驚慌。呆呆的看著湖外的水溝裡，一些小魚，眼睛亮得像些小珠，忽聚忽散，忽來忽去；有時候頭頂著一片嫩萍，有時候口中吐出一些泡沫。靠溝邊，一些已長出腿的蝌蚪，直著身兒，擺動那黑而大的頭。水忽然流得快一些，把小魚與蝌蚪都沖走，尾巴歪歪著順流而下，可是隨著水也又來了一群，掙扎著想要停住。一個水蠍極快的跑過去。水流漸漸的穩定，小魚又結成了隊，張開小口去啃一個浮著的綠葉，或一段小草。稍大些的魚藏在深處，偶爾一露背兒，忙著轉身下去，給水面留下個漩渦與一些碎紋。翠鳥像箭似的由水面上擦過去，小魚大魚都不見了，水上只剩下浮萍。

祥子呆呆的看著這些，似乎看見，又似乎沒看見，無心中的拾起塊小石，投在水裡，濺起些水花，擊散了許多浮萍，他猛的一驚，嚇得又要立起來。

坐了許久，他偷偷的用那隻大的黑手向腰間摸了摸。點點頭，手停在那裡；待了會，手中拿出一落兒鈔票，數了數，又極慎重的藏回原處。

他的心完全為那點錢而活動著：怎樣花費了它，怎樣不教別人知道，怎樣既能享受而又安全。他已不是為自己思索，他已成為錢的附屬物，一切要聽它的支配。

這點錢的來頭已經決定了它的去路。這樣的錢不能光明正大的花出去。這點錢，與拿著它們的人，都不敢見陽光。人們都在街上看阮明，祥子藏在那清靜的城根，設法要到更清靜更黑暗的地方去。他不敢再在街市上走，因為他賣了阮明。就是獨自對著靜靜的流水，背靠著無人跡的城根，他也不敢抬頭，彷彿有個鬼影老追隨著他。在天橋倒在血跡中的阮明，在祥子心中活著，在他腰間的一些鈔票中活著。他並不後悔，只是怕，怕那個無處無時不緊跟著他的鬼。

阮明作了官以後，頗享受了一些他以前看作應該打倒的事。錢會把人引進惡劣的社會中去，把高尚的理想撇開，而甘心走入地獄中去。他穿上華美的洋服，去嫖，去賭，甚至於吸上口鴉片。當良心發現的時候，他以為這是萬惡的社會陷害他，而不完全是自己的過錯；他承認他的行為不對，可是歸罪於社會的引誘力太大，他沒法抵抗。一來二去，他的錢不夠用了，他又想起那些激烈的思想，但是不為執行這些思想而振作；他想利用思想換點錢來。把思想變成金錢，正如同在讀書的時候想拿對教員的交往白白的得到及格的分數。

懶人的思想不能和人格並立，一切可以換作金錢的都早晚必被賣出去。他受了津貼。急於宣傳革命的機關，不能極謹慎的選擇戰士，願意投來的都是同志。但是，受津貼的人多少得有些成績，不管用什麼手段作出的成績；機關裡要的是報告。阮明不能只拿錢不做些事。他參加了組織洋車伕的工作。祥子呢，已是作搖旗吶喊的老行家；因此，阮明認識了祥子。

阮明為錢，出賣思想；祥子為錢，接受思想。阮明知道，遇必要的時候，可以犧牲了祥子。祥子並沒作過這樣的打算，可是到時候就這麼做了——出賣了阮明。為金錢而工作的，怕遇到更多的金錢；忠誠不立在金錢上。阮明相信自己的思想，以思想的激烈原諒自己一切的惡劣行為。祥子聽著阮明所說的，十分有理，可是看阮明的享受也十分可羨慕——「我要有更多的錢，我也會快樂幾天！跟姓阮的一樣！」金錢減低了阮明的人格，金錢閃花了祥子的眼睛。他把阮明賣了六十塊錢。阮明要的是群眾的力量，祥子要的是更多的——像阮明那樣的——享受。阮明的血灑在津貼上，祥子把鈔票塞在了腰間。

一直坐到太陽平西，湖上的蒲葦與柳樹都掛上些金紅的光閃，祥子才立起來，順著城根往西走。騙錢，他已作慣；出賣人命，這是頭一遭。何況他聽阮明所說的還十分有理呢！城根的空曠，與城牆的高峻，教他越走越怕。偶爾看見垃圾堆上有幾個老鴉，他都想繞著走開，恐怕驚起牠們，給他幾聲不祥的啼叫。走到了西城根，他加緊了腳步，一條偷吃了東西的狗似的，他溜出了西直門。晚上能有人陪伴著他，使他麻醉，使他不怕，是理想的去處；白房子是這樣的理想地方。

入了秋，祥子的病已不允許他再拉車，祥子的信用已喪失得賃不出車來。他作了小店的照顧主兒。夜間，有兩個銅板，便可以在店中躺下。白天，他去做些只能使他喝碗粥的勞作。他不能在街上去乞討，那麼大的個子，沒有人肯對他發善心。他不會在身上作些彩，去到廟會上乞錢，因為沒受過傳授，不曉得怎麼把他身上的瘡化裝成動人的不幸。作賊，他也沒那套本事，賊人也有團體與門路啊。只有他自己會給自己掙飯吃，沒有任何別的依賴與援助。他為自己努力，也為自己完成了死亡。他等著吸那最後的一口氣，他是個還有口氣的死鬼，個人主義是他的靈魂。這個靈魂將隨著他的身體一齊爛化在泥土中。

北平自從被封為故都，它的排場，手藝，吃食，言語，巡警——已慢慢的向四外流動，去找那與天子有同樣威嚴的人和財力的地方去助威。那洋化的青島也有了北平的涮羊肉；那熱鬧的天津在半夜裡也可以聽到低悲的「硬麵——餑餑」；在上海，在漢口，在南京，也都有了說京話的巡警與差役，吃著芝麻醬燒餅；香片茶會由南而北，在北平經過雙熏再往南方去；連抬槓的槓夫也有時坐上火車到天津或南京去抬那高官貴人的棺材。

北平本身可是漸漸的失去原有的排場，點心鋪中過了九月九還可以買到花糕，賣元宵的也許在秋天就下了市，那二三百年的老舖戶也忽然想起作週年紀念，借此好散出大減價的傳單——經濟的壓迫使排場去另找去路，體面當不了飯吃。不過，紅白事情在大體上還保存著舊有的儀式與氣派，婚喪嫁娶彷彿到底值得注意，而多少要些排場。婚喪事的執事，響器，喜轎與官罩，到底還不是任何都市所能趕上的。出殯用的松鶴松獅，紙紮的人物轎馬，娶親用的全份執事，與二十四個響器，依舊在街市上顯出官派大樣，使人想到那太平年代的繁華與氣度。

祥子的生活多半仗著這種殘存的儀式與規矩。有結婚的，他替人家打著旗傘；有出殯的，他替人家舉著花圈輓聯；他不喜，也不哭，他只為那十幾個銅子，陪著人家遊街。穿上槓房或喜轎舖所預備的綠衣或藍袍，戴上那不合適的黑帽，他暫時能把一身的破布遮住，稍微體面一些。遇上那大戶人家辦事，教一干人等都剃頭穿靴子，他便有了機會使頭上腳下都乾淨利落一回。髒病使他邁不開步，正好舉著面旗，或兩條輓聯，在馬路邊上緩緩的蹭。

可是，連作這點事，他也不算個好手。他的黃金時代已經過去了，既沒從洋車上成家立業，什麼事都隨著他的希望變成了「那麼回事」。他那麼大的個子，偏爭著去打一面飛虎旗，或一對短窄的輓聯；那較重的紅傘與肅靜牌等等，他都不肯去動。和個老人，小孩，甚於至婦女，他也會去爭競。他不肯吃一點虧。

打著那麼個小東西，他低著頭，彎著背，口中叼著個由路上拾來的煙卷頭兒，有氣無力的慢慢的蹭。大家立定，他也許還走；大家已走，他也許多站一會兒；他似乎聽不見那施號發令的鑼聲。他更永遠不看前後的距離停匀不停匀，左右的隊列整齊不整齊，他走他的，低著頭像作著個夢，又像思索著點高深的道理。

那穿紅衣的鑼夫，與拿著綢旗的催押執事，幾乎把所有的村話都向他罵去：「孫子！我說你呢，駱駝！你他媽的看齊！」

他似乎還沒有聽見。打鑼的過去給了他一鑼錘，他翻了翻眼，朦朧的向四外看一下。沒管打鑼的說了什麼，他留神的在地上找，看有沒有值得拾起來的煙頭兒。體面的，要強的，好夢想的，利己的，個人的，健壯的，偉大的，祥子，不知陪著人家送了多少回殯；不知道何時何地會埋起他自己來，埋起這墮落的，自私的，不幸的，社會病胎裡的產兒，個人主義的末路鬼！

老舍作品精選：1

駱駝祥子【經典新版】

作者：老舍
發行人：陳曉林
出版所：風雲時代出版股份有限公司
地址：10576台北市民生東路五段178號7樓之3
電話：(02) 2756-0949
傳真：(02) 2765-3799
執行主編：劉宇青
美術設計：吳宗潔
業務總監：張瑋鳳

初版二刷：2023年7月
ISBN：978-986-352-922-4

風雲書網：http://www.eastbooks.com.tw
官方部落格：http://eastbooks.pixnet.net/blog
Facebook：http://www.facebook.com/h7560949
E-mail：h7560949@ms15.hinet.net
劃撥帳號：12043291
戶名：風雲時代出版股份有限公司

風雲發行所：33373桃園市龜山區公西村2鄰復興街304巷96號
電話：(03) 318-1378
傳真：(03) 318-1378
法律顧問：永然法律事務所 李永然律師
北辰著作權事務所 蕭雄淋律師

行政院新聞局局版台業字第3595號 營利事業統一編號22759935

定價：280元

國家圖書館出版品預行編目資料

老舍作品精選. 1：駱駝祥子 / 老舍著. -- 臺北市：風雲時代出版股份有限公司, 2021.01　面；　公分

ISBN 978-986-352-922-4 (平裝)

857.7　　109019825